TAKE
SHOBO

聖なる王子は番の乙女と閨神事に耽溺する

青砥あか

Illustration
さばるどろ

聖なる王子は番の乙女と閨神事に耽溺する

Contents

イラスト／さばるどろ

聖なる王子は番の乙女と閨事に耽溺する

MOON DROPS

プロローグ

ミラベルは真っ暗な森の中を走っていた。先ほどの雨でぬかるんだ獣道を、跳ね上げる泥も気にせず、息を切らせ、腕の中の赤子を守るようにして駆ける。

神官服もその下の質素な衣服も、革のブーツも、水を吸ってまるで重りのようだ。それでも足を止めることはできなかった。

貴族の娘として生まれ、移動は常に馬車。歩くときでさえ優雅さを忘れずにゆっくりと。ミラベルを愛していなかった元夫であっても、どこかへ出向けば必ずエスコートしてくれた。離縁され神殿に逃げて神官になってからも、走ることなどなかった。

地を駆けるなんて、淑女教育を受けていなかった幼子の頃以来だ。それだって邸の庭で、こんな聖壁の外の、整備されていない地面を走るのは初めてだった。

両目から涙があふれ、鼻をすする息も苦しい。怖くて怖くてたまらない。かすれる声で「だれか……誰か、助けて」と祈るようにこぼす。もう四十歳になるというのに、貴族としての矜持《きょうじ》も保てないほど追い詰められていた。

赤子の胸の上で跳ねる、お守りのペンダントだけが頼りだ。赤い魔石がついたそれは、この子が生まれてすぐに両親から贈られたものだ。石の中には魔獣除けの強力な魔法陣が、台座の裏には家の紋章が刻まれている。非常に高価な魔導具だった。

それだけのものをぽんと与えられる家の、両親から愛されている赤子を誘拐した。

「ごめんなさい……ごめんなさい……っ」

自身の罪深さに体が震える。このまま引き返して、赤子の両親に謝って命乞いをしたい。けれど彼らに許されたとしても、ミラベルの命の保証はない。赤子の誘拐を命令した奴らが許してはくれないだろう。

まだ死にたくない。やっと自由な生き方を手に入れ、自分らしく生きられると思った矢先に、どうして足を引っ張られるのだろう。生まれ落ちた家のせいで、ずっとそうだった。

悔しさと罪悪感。それと、いつ追手がやってくるかわからない恐怖がミラベルの背中を追い立てる。

この森を抜けたら農村がある。東のシュエット領に向かう辻《つじ》馬車が、朝早くにその村に停車する。それに乗ってシュエット領に接する隣国に逃げられれば、ミラベルもこの赤子も助かるかもしれない。

長かった獣道の先に、森の切れ目が見える。ああ、あと少しだ。思わず安堵《あんど》の息が漏れたとき、真横でざわりと空気が動いた。ぴりぴりと肌を撫《な》でるこの感覚は、他人の魔力の気配だ。

「ひっ……魔鳥っ！」

横にやった視線の先で空間が歪《ゆが》み、そこから炎のような赤い羽を優雅にはためかせて鵠《くぐい》が現れた。貴族や魔力を使える者たちが使役する魔鳥で、よく言伝に使われる。ミラベルも使役していて、それぞれに鳥の種類や色も違う。

この色の鵠を使う者は、フィエリテ王国に一人だけしかいない。

『ミラベル……見つけた。すぐにそちらに行くわ』

一番会いたくない、恐れていた相手の笑い交じりの声が魔鳥から発せられる。

恐怖に足をもつれさせて転ぶ。その衝撃で眠りの魔法が切れ、大人しく寝ていた腕の中の赤子が目を覚ます。ふにゃふにゃと頼りなく泣き出し、その声があっという間に大きくなったが、なだめることも立ち上がって走ることももうできない。

魔鳥は、ミラベルの傍にふわりと降り立つと、闇夜の中で火炎色に輝く羽を折りたたむ。その足元に魔法陣が浮かび、鵠の姿が揺らいで燃え上がる。同時に魔法陣から魔力があふれ、鵠だった炎が人の形になった。

強い魔力の気配に鳥肌が立つ。これは転移先の座標を指定せず、魔鳥を媒介にして転移するという、高度で、魔力消費が激しい魔法だ。使える人間の数は限られる。

「あら、こんな遠くまで逃げおおせていたのね。思ったより、優秀だわ」

魔法陣の上に現れたのは、豪奢《ごうしゃ》に波打つ金髪に深い赤色の瞳を持つ美女だった。豊満な曲線を描く体を包むのは、先ほどの鵠のような色鮮やかな深紅のドレス。月明りの届かない森の中に、ぱっと火がともったように彼女の周りだけが明るくなる。彼女のまとう豊富な魔力が、ドレスや装飾品についた魔石を光らせているのだ。

　その光に気を取られたのか、赤子の泣き声は収まった。

「お久しぶりね、ミラベル・セシル・ロートレック。八年前にお会いして以来かしら？わたくしのこと、憶えていて？」

　彼女が深紅の目をすうっと細めた。視線だけですくみ上がり、息をのむ。

　忘れられるわけがない。八年前、三十歳をすぎて医師の資格を取得したミラベルは、女医の助手として経験を積む日々を送っていた。そんな中、秘密裏に呼び出された先で拝謁したのが、彼女――アデライド・クラリス・ラ・トゥール王女だ。

　十九歳だったアデライドは、若くして魔術の腕に優れ魔力量も豊富な才媛と名高かった。だが、最愛の夫を亡くしたばかりの彼女は、あどけなさを残した美貌をどこかかげらせていた。まだ、王女は気狂いだの残虐だのという噂《うわさ》がなかった頃だ。

　ミラベルはそこで彼女の秘密を知り、口止めの契約を交わした。約束を違えれば、死に至る。

「今はバダンテール家奥方の専属医だそうね……いいえ、だったかしら。そんなことをしては、もう医者どころか、貴族としても生きてはいけないでしょうからね」

　アデライドの目がぎょろりと動いて、腕の中の赤子を捕らえる。獲物を狙う捕食者の目から隠すように、ミラベルは赤子を深く抱き込み身を丸めた。

「それは、バダンテール公爵家奥方……クローデットの娘よね」

赤子は——リディアーヌ・バダンテールという。先月、生まれたばかりで、取り上げたのはミラベルだ。国民登録もすませてある。

騎士家系のバダンテール公爵家には四人の息子がいて、その末っ子として生まれたリディアーヌは、待望の女児だった。

「どうして、こんなことをしたのかしら？」

アデライドの声に、凄味が増す。ミラベルはさらに身を固くしたが、近づいてきた彼女に胸倉を摑《つか》まれ顔を上げさせられた。

「ねえ、答えなさいよ……——このっ、薄汚い隠れ邪教徒がっ！」

深紅の瞳に憎悪の炎が燃え上がると、ミラベルの首元がぎりぎりと締まり苦しさに呻《うめ》く。

邪教とは、真シエル教団のことだ。国教のフィエリテ教から分離したと教徒らは言っているが、思想も信仰もかけ離れた異様な教義で、国民からは忌み嫌われている。その名を口にすることさえ厭《いと》われ、「邪教」と呼ばれていた。

彼女の夫は邪教団体にさらわれ、殺された。アデライドはその恨みから、普段は隠れて生きている邪教徒を見つけ出しては嬲《なぶ》り殺しにしたり、魔術の実験体として拷問したりしているそうだ。ミラベルも同じように殺されるのだろう。

「もっ、申し訳ございませんっ！　許して……許してくださいっ！　本当は、こんなことしたくなかったんです……っ！」

恐怖でガタガタと震えながら命乞いをする。

「わ、わたくしの両親は確かに隠れ邪教徒です。ですが、わたくしは違います！　親が信仰していただけで、わたくしは嫌でした。ずっと、ずっと親からも教団からも逃げたかった……だからっ許して！　わたくしは、わたくしの人生を生きたかっただけなのです！」

「知ってるわよ、それぐらい。いつ仕留めようかと、ロートレック家のことは調べ上げていたわ。貴女が、同じ邪教徒の男と政略結婚させられたことも、娘を死産して子を産めなくなったことも、そのせいで離縁されて実家に戻らず神殿に逃げて医師になったこともね」

にいっ、と弧を描く薄い唇とは逆に、すべてを見透かす冷酷な目に背筋が震えた。

夫に離縁され家を頼らなかったのは、教団の新しい世代となる子を産めない出来損ないは教団の利になる相手に脚を開けと両親に言われたからだ。

もう搾取される人生は嫌だった。望みもしない家に生まれ、強制的に信徒にさせられ、同じ信徒の夫のもとに嫁がされた。そこに愛などなく、信徒となる子だけを望まれ、産めなくなれば役立たずと罵倒され折檻《せっかん》され、娘の死をゆっくり悼む時間も与えられなかった。

悲しくて悔しくて、娘と一緒に死んでしまいたかった。けれど死ぬ決心がつかなくて、フィエリテ教の神殿に逃れた。王国を守る聖壁に祈りと魔力を捧《ささ》げる神殿は学術機関でもあり、ミラベルはそこで必死に学んで医師の資格を取得した。

嬉《うれ》しかった。初めて自分の意思で努力して手に入れた、生きるための仕事だ。邪教を危険視しているフィエリテ教の神殿にいれば、両親は会いに来ない。隠れ邪教徒だと露見する恐ろしさもあったが、これからは自分の人生を歩めると希望を見出していた。

だが、そんなミラベルに邪教徒が接触してきた。同じ神殿に勤める、フィエリテ教の神官だった。神殿の内部にまで、邪教徒は潜入していた。

まもなくして神殿に面会にきた両親は、ミラベルを見直したと褒めた。数の少ない女医は、貴族女性の出産に立ち会うことができる。貴族籍を持つ女医なので、さらに希少だ。ミラベルの家は家格も高いので、女医として呼ばれる先は高位の貴族の家ばかりだ。

『生まれた子の家や性別、魔力量。子供の情報をなんでもいいから教団に提供しなさい』

命令だった。『やらなければどうなるか、わかるだろう』と両親の目が語っていた。

子供の情報がどう利用されるのか聞くのも怖くて、ただ言われるままに情報を集め、同僚の隠れ邪教徒に報告する。提供するのは役に立つのかもわからない些細《ささい》な情報でよく、それ以上の無理な命令はなかった。そのせいで、いつしか良心の呵責《かしゃく》もなくなっていった。

女医が足りないため、バダンテール家奥方の専属医になってからも他家の出産を手伝うことは許されていた。おかげで情報を集めるのに苦労しなかった。

そして、この程度で今の生活が守られるなら容易《たやす》いとさえ思い始めていた矢先に、その命令は下された。萎れた切り花がリディアーヌの手に偶然触れ、なぜか花が生気を取り戻したと隠れ邪教徒に話した直後だった。

「死にたくなかったら、この子を誘拐するように教団から脅されたんですっ！　こんなこと本当はしたくありませんでした……わたくしの境遇を知っているなら、どうか……どうかお慈悲をっ！」

すがるようにアデライドを見上げる。冷めきった彼女の目は、なにを考えているのかわからなかった。

「教団にこの子を献上する気はありませんでした。できませんでした……っ」

誘拐なんて恐ろしくて、けれど実行しなければ自分は殺される。誘拐は教団側で隠蔽し、場合によっては匿ってやると言われた。別人の身分を用意してもいいと。

だが、リディアーヌを腕に抱いた瞬間、死産した娘を胸に抱いたときの思いがぶわりと蘇り、彼女と娘が重なって見えた。

この子は誰にも渡さない。絶対に傷つけさせない。自分のような人生だけは歩ませない。

気づいたら、リディアーヌを抱いて衝動的に逃げていた。ここに置いていけば、別の邪教徒に狙われるかもしれない。神殿にまで隠れ邪教徒が潜入していたのだ。他にもどこにいるかわからないのだから、公爵家も、王家でさえも安全ではない。自分と一緒に逃げるほうが、この子も無事でいられると言い訳をして王都を飛び出した。

自分勝手なのは承知している。けれど一度抱いたら愛しくて、手放せなかった。

「お願いですっ！　わたくしが罰を受けるのは仕方のないことです。ですが、この子だけは……この子だけは、どうかお守りください。邪教団体から狙われているこの子を、アデライド殿下のお力で助けてくださいませ！」

邪教徒を根絶やしにすることに心血を注いでいるアデライドに見つかったときは、もう駄目だと思った。けれど邪教団体に狙われた赤子を守るのなら、彼女ほど最適な相手もいない。

幸運だったのかもしれない。ミラベルの体から力が抜けていく。

自分の人生はこれで終わるだろうが、代わりに赤子が助かるなら死んでかまわない。あんなに執着していた自分らしい生き方も医師の資格も、今となってはどうでもよく思えた。

この子が助かれば、自分も死んだ娘も救われる。そんな気がした。

「お願いいたします……」

込み上げてきた涙に鼻をすすり、赤子を差し出す。ふっ、と首の締め付けがゆるみ、乱暴に放される。

「本当に馬鹿ね」

冷え冷えとした声に背筋が凍る。アデライドの表情から感情が消え失せた。

「貴女が隠れ邪教徒だと知っていながら泳がせていたのは、なんのためだかわからないのかしら？　わたくしも同様に、この娘の誕生を待ちわびていたからよ」

ミラベルに下された邪教団体の命令を、アデライドは知っていたという。彼女にとってもその条件の赤子が必要で、あえて泳がせ、邪教団体より先に手に入れようと画策していた。だからリディアーヌがさらわれてすぐに、ミラベルを追跡できたのだと冷笑される。

「わたくしが、その子を助けて守るですって？　笑わせないで……クローデットの娘なんて、本当なら見たくもないわ！　よりにもよって、なんでクローデットの娘なのよっ！　忌々しい……！」

笑っていたアデライドが、唐突に激昂《げきこう》する。選択を間違えたことにミラベルは青ざめ、赤子を抱きしめた。

忘れていた。アデライドは、バダンテール家の奥方を逆恨みしていると噂されている。奥方は、彼女の最愛の夫が死んだことに深く関わっていたからだ。

その娘など、きっと殺してしまいたいだろう。

「もっ、申し訳ございませんでしたっ……配慮が足りず、ご不快な思……なっ、なにをっ！」

唐突に伸びてきた腕が、赤子から首飾りを取り上げる。魔力の揺らぐ気配に顔を上げれば、アデライドがなにか呪文を唱えて手を振った。青い炎がぶわりっと立ち上がって、目の前をふさぐ。リディアーヌの絶叫が森に響き渡った。

「いやああっ！　やめてっ！　殺さないでっ！」

腕の中でリディアーヌが燃えている。とっさに抱き込み、体を叩《たた》いて火を消そうとする。知っている限りの水の呪文を唱えるが、どれも火を消すまでにいたらない。青い炎は高温で、ミラベルの肌も焼くが気にならなかった。

こぼれる涙は蒸発し、髪は燃え、喉が焼けただれる。それでも必死に火を消そうとした。

「お願いっ、お願いですから火を……っ！」

焼けてしわがれる声で懇願する。その瞬間、炎が大きく膨れ上がり生き物のように動いて、リディアーヌからミラベルに燃え移り、蛇のように体に巻き付いた。

「なっ、なに……ひぃっ、ぐっ……！」

細くなった炎の先端が、ミラベルの口へ入り込み、突き進む。焼けた喉をさらに焼かれ、体の内側から焼かれる。声にならない悲鳴を上げ地面に転がりながら、腕の中の赤子だけはと、なんとか近くの柔らかい草の上に投げ出す。

のたうち回りながら、リディアーヌが息をしているのを確かめる。あんなに燃えさかっていたのに、焼けたのは彼女の右顔と右手だけ。それも皮膚の色が茶色くなっているだけで、それ以上の怪我も出血もない。

もう痛みもないのか、リディアーヌはすうすうと安らかな寝息を立てている。

もしかして、これは普通の炎ではなく、なにかの魔法だろうか。そう思いついたところで、内臓を焼く痛みがさらに激しくなり、込み上げてきた嘔吐《おうと》感に咳《せ》き込んだ。体を折るようにして何度目かの激しい咳《せき》をしたのあと、喉の奥からぽろりとなにかが地面に落ちる。

「ゴホッ……げほっ、げぇ……はっ、はぁ……こ、これはヴィエルジュの種？」

神殿で行う国民登録の儀式で何度も見たことがある、白色のクルミのような種子だ。儀式ではこの種子を体内に取り込ませることで、フィエリテ王国民として登録される。全国民に国民登録の義務があり、平民は平民籍、貴族なら貴族籍が与えられ、神官職に就くと神官籍に変更されるのだ。

「驚いた。その赤子を助けたいという気持ちは本物のようね。愚かだけれど、そこは評価してあげましょう。だからこれは、わたくしからの餞別《せんべつ》よ。受け取りなさい」

意味がわからず呆然《ぼうぜん》としていると、赤い靴の踵《かかと》でヴィエルジュの種がぐしゃりと踏みつぶされた。

「よかったわね。これで貴女の国民登録は消えたわ」

はっとして、両手を見る。いつの間にか炎は消え、痛みもなにもなくなっていた。体に傷も痕もない。

代わりに、体内の魔力の扱いが難しくなっていた。試しに、使役している魔鳥を右手から出そうとしたが、なにも起きない。

「もう貴女は隠れ邪教徒ロートレック家の娘でも、この国の国民でもなくなったわ」

すべての意味を理解しミラベルは青ざめた。国民登録を抹消することは神官でないとできない。それも特別な道具を使う儀式だ。儀式なしで、そんなことができる人間がいるなんて思ってもいなかった。

「な……なんてことを」

「あら、わたくしに感謝するべきではないかしら？　これでもう誰も貴女を追跡できなくてよ」

アデライドが楽しげに笑い声を漏らす。国民登録し、洗礼の儀をへて魔鳥を使えるようになった者は居場所を特定しやすくなるのだ。

「まだこの国で暮らしたいのなら、次は平民の外国人として誰かと婚姻して国民登録をするといいわ。あとこれも差し上げましょう。聖門を通らなくてもいい、通行証よ」

国民登録をしていない者は、外国人として聖門で調べられる。問題がなければ、王国の聖壁内を自由に移動できる通行証がもらえる。通行証は聖壁外を歩くときの魔獣除けにもなる。それをアデライドは、ミラベルの前に放った。

「そうそう、頼るならシュエットの北支神殿にいくといいわ。数年前にわたくしが粛清したから、あそこには邪教徒がいないのよ」

噂で聞いたことがある。神官をしていた隠れ邪教徒が、アデライドの手で生きたまま切り刻まれたという。

自分もそうなっていたかもしれないと、震える手を握りしめた。

「なぜ、こんなにしてくださるのですか……？」

ミラベルが昔から望んでいた、ロートレック家から解放されること。別の人間として生きていくこと。アデライドはその手助けだけでなく、しばらく困らないように通行証まで用意してくれた。

「要求はなんでしょうか？」

なにを言われるのか、恐ろしさに声が引きつる。

「あの忌々しいクローデットを苦しめるために、その娘を連れて消えてちょうだい。それだけよ」

ぞっとするほど冷酷な声と視線だった。

目的はバダンテール家奥方への復讐《ふくしゅう》なのだろうか。それとも、この赤子の特殊な能力に関係しているのか。ともかく、この子が殺されないとわかってほっとした。

彼女の気が変わる前にと、リディアーヌをおくるみで包み直して抱き上げる。炎が這《は》った部分の皮膚は変色して、生まれつきの痣《あざ》のように見え痛々しかった。

「……この痣はなんなのでしょうか？」

「ああ、それね。育っても、憎いクローデットの娘だとわかるように目印を刻んだの。それに、女性でそんな大きな痣が顔にあれば、恥ずかしくて隠れて生きるでしょう。好都合だわ」

「目印だけのために、こんな……ひどい……っ」

将来、この子の健康を害するものではないとわかって安心はできたが、あまりに残酷な仕打ちに涙がにじむ。

「うるさいわね。誰のおかげで逃げおおせられると思っているのかしら？」

肌がざわりと粟《あわ》立つ。アデライドの魔力が怒りで揺らいでいる。

「さっさとわたくしの前から消えなさい！　これ以上、無駄口を叩くなら嬲り殺しにするわよ！」

ぶわりっと膨れ上がった魔力の圧に弾かれるように、ミラベルは慌てて立ち上がる。

彼女の怒りが恐ろしかった。けれど、さっきまでの幼子のような不安は消し飛んでいた。代わりに、この子を絶対に守り育てると心に誓い、決然と駆けだした。

1

リディアがヴィエルジュの種が入った籠を抱えて神殿の聖堂に入ると、ちょうど儀式が始まるところだった。

国民登録の儀について壇上で話しているのは、白髪をきっちりとまとめ、紺色の神官服をまとった祖母のミラベルだ。壇の下には農村に住む母親たちが、赤子を抱いて集まっている。

リディアは見習い用の黒い神官服の裾を踏まないよう静かに階段を上がり、祖母の後ろに立っている女性神官の隣に並ぶ。白紙の国民登録証を持った彼女は、リディアと同じ黒いベールを被っていた。国教であるフィエリテ教の聖堂では、未婚の女性は階級や職業に関係なくベールを被る決まりがある。農村の女性たちも、神殿で貸し出すベールをまとっていた。

「種は、もうそれだけでしたか？」

「はい。今日の儀式にはぎりぎり足りそうですが、これで全部なので、追加の種を王都に依頼する必要があります」

「そう、困りましたね……」

溜《た》め息をつく彼女に首を傾げると、苦笑が返ってきた。

「最近は追加を依頼しても、なかなか届かないのです。なんでも、ヴィエルジュの種が採れにくくなっているそうで」

ヴィエルジュとは、王都の総神殿に咲いている薔薇《ばら》に似た白い花だ。天の慈悲ともいわれ、花弁や種子、蔓《つる》、樹液などすべてが役に立つという。種子は国民登録に使うと知っているが、他の部分はなにに使われるのだろう。

王都の総神殿にしか咲かない花なので、他で同じものは手に入らない。種が採取できなくなったら一大事だ。

「国民登録ができなくなってしまうではないですか」

「ええ、王都の聖壁にもほころびができたという噂も聞きますし……」

こほん、と祖母の咳払いが聞こえ、口をつぐむ。こそこそと話している間に儀式は進み、母親たちが壇へ上ってくる。

リディアは祖母の隣で、黒レースの手袋をした手で籠から種子を一つ取り出し、赤子の右手に握らせる。白い種子が赤子の魔力を吸って、薄い緑色になった。その色合いはその人の持つ魔力の色で、二つと同じ色はないそうだ。

祖母は登録用魔導具のペン先で、種子をコツンッと叩く。魔力の色が移ったペン先で、国民登録証に赤子の名前や出身地などを記入していく。すべての記録が終わると、赤子が握っていた種子がすうっとその右手に吸い込まれる。

　これで国民登録が成されたことになる。いつ見ても不思議な光景だ。

吸い込まれた種子はフィエリテ王国民である限り、生涯、体内から排出されることはない。だが、他国に嫁ぐなど特殊な事情で種を取り出すことはあるらしい。逆に他国から嫁いできた人は、婚姻と同時にこの儀式を行うそうだ。

「では、次の方……」

　こうして次々と登録して儀式を終えると、昼食の時間になっていた。

　食堂ではほとんどの神官が席につき、下働きが給仕をしている。まだ神官見習いのリディアも、下働きたちに混じって手伝う。

　シュエット領の北支神殿には、神官が常に十五人ほどいて、下働きも同じぐらいの人数が生活している。支神殿ならば普通の規模だ。

　ここでリディアは、一番広い主神官の部屋で祖父母と寝起きしている。祖父が支神殿の長だからだ。祖母は女性では珍しい医者でもある。

　配膳が終わると、リディアは下働きたちと同じ食卓につき、食前の祈りを唱える。

　この支神殿で神官見習いなのはリディアだけ。去年まで同じ見習いだった子たちは、神官の席にいる。今年十六歳になったリディアは、その子たちより一歳年上だ。

　フィエリテ王国では十五歳で成人すると同時に、ほとんどが見習いを卒業して本職に就くのだが、リディアは成人して一年たっても神官になれなかった。

差別を禁止し公平を尊ぶ神殿で、未熟なリディアを馬鹿にする者はいない。もし神官になれなかったとしても、祖母と同じように医師の資格を取得すれば仕事には困らないと、周囲から励まされる。女医なら引く手あまただ。

それでも居心地の悪さは拭えない。

溜め息をついて、手袋に包まれた右手を見下ろす。見習いを卒業するには、魔力を扱えるようになることが必須だ。それなのに、リディアはいまだに自身の魔力を感じることすらできない。

けれどその代わりに別の力のようなものがあった。祖父には隠すようきつく言われているが、その力のせいで魔力が扱えない気がする。

お祈りが終わり、食事が始まる。リディアは手袋を外さずパンを取り、被ったままのベールの中に入れる。

「ねえ、アンタ。こないだから思ってたけど、それ食べにくくないのかい？」

隣の席に座った女性に声をかけられ、顔を上げる。彼女は隣国からの出稼人で、最近、神殿の下働きに入ったばかりだ。

「よく見えないだろうし。汚れるから、とっちゃいなよ」

事情を知らない女性が、リディアのベールをひょいっと持ち上げる。驚いて反応が遅れたリディアと、周囲が息をのむ。

「……っ、ごめんなさい！」

リディアの右顔を見てしまった女性は目を丸くして一瞬固まり、すぐにベールを下す。気まずい沈黙が落ちる。女性は可哀そうなくらい小さくなって、おろおろした。

「本当にごめんなさい。アタシ、考えなしで……」

「ご存じなかったのですから、仕方ありません。それから、このベールは特殊な織り方がされているので、中からは外がよく見えるのです。ですからご心配には及びません。お気遣い、ありがとうございます」

女性を落ち着かせるように、穏やかに語りかける。

ベール着用が義務付けられているのは聖堂だけだ。食堂でリディアのようにベールを下ろしている女性神官はいない。聖堂に立ち入らない下働きの女性はベールをしていないので、出稼人の彼女が不思議に思うのは当然だった。

「こちらこそ、食事の前に不快なものを見せてしまって申し訳ありません。赤子の頃に負った火傷の痕なのです」

「え……火傷なのかい？　そうは見えなかったし、ぜんぜん不快じゃないから大丈夫だよ。アンタ、優しいね」

いや、優しいのはこの女性だろう。リディアはベール越しに、さっと周囲に視線を走らせる。同じ食卓の何人かは、なにかを思い出したように顔を歪《ゆが》めていた。

彼らは以前、ベールをめくって悲鳴を上げた者たちだ。からかう目的や、馬鹿にするために。中には、未成年だったリディアに手を出そうとし、火傷痕を見て「化け物！」と叫んで失神した男もいる。その下働きに関しては祖父が激怒して、治安維持の兵士に突き出した。その後、厳罰に処されたらしい。

この火傷痕は、両親が火事に巻き込まれて亡くなったときにできたものだという。けれど、皮膚に引きつれや爛《ただ》れはなく、色も均一だ。火傷痕というよりも、生まれつきの大きな痣や染みのようにリディアには見える。きっと出稼人の彼女にもそう見えるのだろう。

だが、顔を歪めた彼らのように恐ろしい痣に見える者もいる。なぜ違って見えるのかはわからないが、怖がるのはリディアに少しでも悪意がある者だった。

この痣は、リディアにとって良い人間と悪い人間を選別する。おかげで人間関係には恵まれてきた。

不思議な痣だ。守られているような気さえする。だからなのか、これも魔力を使えない原因に思えるのだった。

「それにしてもアンタ、美人さんだね。髪は珍しい薄紅色で、目は冬の湖みたいな水色でさ、なんて綺麗《きれい》なんだろう。ベールで隠しているのがもったいないねぇ」

率直な賞賛にどう返せばいいのか。ベールや痣のせいで、容姿を評価されることはほぼない。むしろ触れてはいけないと避けられる。

リディアの外見を褒めるのは、祖父母と幼馴染《なじみ》の親友ぐらい。身内贔屓《びいき》なだけだと思っていたが、彼女みたいな人もいるらしい。

逆に、さっき顔を歪めた者たちは、なにを言っているんだという目で彼女を見ている。

てらいなく褒める彼女と怯《おび》える彼ら。どれだけ違うものが見えているのだろう。

「ええと……ところで、隣国のデートラヘルでは神殿でベールは被らないのですか?」

その場が妙な空気なっているので、話題を変える。

フィエリテ王国の東に位置するシュエットは、デートラヘル共和国と接している。リディアの亡くなった両親と祖母は、そこの出身だった。火事の後で生き残った孫娘を連れ、祖母は隣国からこの国にやってきて祖父と再婚したという。祖父は早くに妻を失い、唯一の娘も数年前に魔獣に襲われて亡くしていた。大切な家族を失っていた祖父と祖母は、互いの心の隙間を埋めるように寄り添い合い、孫のリディアを育てた。

「ああ、そういった決まりはないね。だから、前が見えなくて危ないんじゃないかって思っていたんだ」

特殊な織り方があるなんて知らなかったと感心する彼女に、リディアのベールはレースだが色が濃く、絶対に中が透けて見えないように高級な魔糸で織られていると教える。祖父母が特注してくれたのだ。

「隣の国なのに、いろいろ違うんだね。そうそう、この国では神官でも結婚できるんだろう。私の国ではあり得ないんだよね」

「他国では、神官は結婚しないのですか?」

「私もデートラヘル以外の神殿は知らないけど。神官は結婚を禁じられてるし、女性の神官なんていないよ。巫女《みこ》ならいるけれど」

出稼人の彼女は、この違いに最初は戸惑ったそうだ。

「それに驚いたんだけど、平民でも神官になったら、そこから貴族になれるって本当なのかい？」

「はい、なれますね。身分的に、神官は平民と貴族の間を繋《つな》ぐような立場でして、神官になって魔力を扱えるようになったあと、なにか功績を上げるか、婚姻するかで貴族階級に上がることが可能です」

「どうして、そんなことになってるんだい？」

「フィエリテ王国は、魔力の管理の仕方が他国と違うからではないでしょうか」

魔力量に差はあれど、人は皆、魔力を持って生まれる。だいたい貴族は魔力量が多く、平民は少ない。

だが、魔力は扱い方を学ばなければ、安全に使用できない。特に幼いうちは、魔力量が多いほど暴走事故を起こして亡くなったり大怪我をすることがある。

フィエリテ王国では、そういった悲しい事故が発生しないように国民登録の儀がある。ここで握らせるヴィエルジュの種は、魔力を封じる力があった。貴族はある程度の年齢になるとこの封を破る洗礼の儀を行う。神殿から洗礼名を賜ると、魔力を操作できるようになる。神官も見習いになったときに、この儀式をする。平民は魔力が必要になることがないので、封じたままだ。そのほうが魔獣にも襲われない。

リディアは食事をしながら、出稼人の彼女にヴィエルジュの種を使った国民登録の儀について説明してやる。やはり他国では魔力を封じたりはしないそうだ。そもそもヴィエルジュの花も種もないという。

彼女の話では、魔力量の少ない平民は問題ないが、貴族の子供たちは魔力暴走で幼い頃によく死ぬそうだ。または森で魔獣に襲われて怪我をしたり、食い殺されることも多い。魔獣は、魔力を求めて襲ってくる生き物で、より多くの魔力を持つ者を狙う。ヴィエルジュの種で魔力を封じられない他国では、森で暮らす平民は魔獣の格好の餌だった。

だが、ここ数年で隣国からの出稼人は増えている。なんでも、魔獣の多い森を抜けられる魔獣除けの魔法陣を刻んだ馬車を、国が国民のために提供してくれているそうだ。その馬車だと、平民程度の魔力量なら護衛を雇わなくても安全に旅ができるらしい。

「貴族は洗礼の儀を終えると各家庭や学院で魔力の扱いを学びます。平民から神官になった者も同じように洗礼の儀を行い、その後は神殿で魔力の扱い方を学びます。魔力が扱える神官は準貴族のような立ち位置なので、貴族と婚姻することができるようになります。あとは階級を上げたい平民が、神官になり伝手を頼ったり功績を上げて貴族になったりすることもありますね」

「ほとんどは貴族の愛人がどうしてもって乞われて婚姻するときに、神官になるんだよ」

中年女性がちゃかすように横から話に入ってきて、少しだけむっとする。

「愛人から貴族の正妻になるためばかりではありません。この国では、神殿は学術機関でもあります。医師の資格取得や、学校で習った以上のことを学びたい研究したいという理由で神殿入りする方もたくさんいらっしゃいます。女性にとっては自立するための仕事を得られる場でもあるのです」

神殿には、平民以外にも貴族から神官になった人たちもいる。だいたい上層部は貴族出身の神官だ。彼らは、貴族社会の政争や仕事よりも勉学に打ち込みたい者たちだ。そういう彼らと平民上がりの神官が結婚することがあるので、妙な偏見を持たれるようになった。

もともとは、平民で魔力量が豊富に生まれてしまった子供を、貴族社会に婚姻で取り込むために作られた制度でもある。

そのおかげか、フィエリテ王国は階級社会でありながら、実力主義な面が顕著だ。平民上がりだろうと、魔力が扱えて能力があるなら貴族社会にどんどん食い込んでいける。神官から貴族になった平民の家門で、長く続いている家系もそこそこある。

逆に、魔力を封じて平民に下る変わり者の貴族もいるので、階級の移動は本人の努力や覚悟次第でどうとでもなる国だった。

そう説明してやると、出稼人の彼女は感心したように息を吐いた。

「神官ってのは、すべての階級と結婚できるんだね。なんていうか便利な身分だね」

元も子もない言い方だが、その通りだ。苦笑するしかない。

「まあでもさ、そのヴィエルジュの種のおかげで子供が死なないのはいいよね。他の国じゃ、平民でも大人になって急に魔力量が増えたとかで亡くなってしまう人がいるからさ」

誰か大事な人を亡くしたのか、彼女の目がどこか遠くを見つめる。

「他国にはヴィエルジュがないんだろう？　大変だよね」

「でも、この国はそのヴィエルジュを他国に狙われて戦争を仕掛けられるじゃないか」

「そこは聖壁があるから大丈夫だろう」

「だけど、その聖壁が弱まってるって噂じゃないか……」

話題は聖壁に移り、昼食の時間が終わった。


午後は、祖母に頼まれた買い物にいく。支神殿の南へ、舗装された道を辻馬車で進む。向かう街はシュエット領の領都だ。領都は、シュエット領の総神殿を中心に、円を描くように広がっている。中央へいくほど富裕層の邸が増え、総神殿周辺は貴族街になる。領主の住まう城は総神殿の隣だ。

その領都全体を、半球形の聖壁がすっぽりと覆って守っている。フィエリテ王国特有の巨大魔導装置である。壁は透明で、フィエリテ王国民は自由に通り抜けできるので、壁を意識しないで普段は生活している。

この聖壁は、領都に害をなす魔獣などを絶対に侵入させない。外国人も、許可なく出入りできないようになっている。他に犯罪者を強制的に聖壁の外へ転移させることができたりと、いろいろと便利だ。

聖壁は、総神殿にある魔導装置と、東西南北の四つの支神殿から作られ維持されている。その魔導装置に魔力を供給するのが、神官たちの主な仕事だ。魔導装置のある部屋、聖壁の間は普段から厳重に管理されていて、外部から侵入できないるように結界が張られている。神官たちは、聖壁の間の外壁に埋め込まれた魔石から魔導装置に魔力を供給する仕様だ。

神官はこの仕事さえこなしていれば、他の時間は自身の研究に打ち込んでいても、咎《とが》められることはない。

聖壁の外と中を繋ぐ聖門は、フィエリテ王国民の登録のない者が聖壁内に入るときに通過する場所だ。検問を受け、問題がなければ通行証という金属板を与えられる。他国民は、ここからしか出入りできない。

フィエリテ王国のすべての領都に、同じ造りの聖壁があり、王都には最大で最強を誇る聖壁が存在する。

その最強の聖壁さえも弱まっている。そんな噂が最東端のシュエットまで聞こえてくるとは、大丈夫なのだろうか。この領都の聖壁も、毎年ほころびが生じて修復されている。

馬車の窓から、聖壁があるはずの晴れて澄み渡った空を見上げて眉根を寄せたとき、ちょうど領都の端にある市場に着いた。

北支神殿からほど近いその市場は、辻馬車で半刻ほどの場所にある。目的の買い物はすぐに終わった。特に見るものもないので、そのまま帰ろうとしたときだった。

「リディア！　リディアでしょう、待って！」

明るい声に振り向くと、友人のアメリが金髪をなびかせ小走りにやってくる。「お待ちください！」と追いかけてくるのは、彼女の従者兼、護衛だ。

アメリは豪商の娘で、実家は王都にある。子供の頃、貴族に見初められ強引に婚約させられたという。その相手が嫌いで、花嫁修業という建前で田舎のシュエット領にまで逃げてきた。期限は成人までだったが、一年たってもなにかと理由をつけてアメリは王都に戻っていない。

子供の頃から作法と教養を身に着けるために神殿に通ってきていたアメリは、リディアの幼馴染だ。

「ねえ、これから神殿に戻るの？　うちの馬車で送ってあげるから、ちょっと付き合ってくれない？」

そう言って、近くに停まっている馬車を指さす。

花嫁よりも商人志望のアメリは下町に市場調査にきていたと言い、リディアの腕に手をからめ、甘えるように見上げてくる。長身で骨格がしっかりしているリディアと違って、彼女は小柄でふわふわしていて可愛らしい。

「今日の仕事はこれで終わりですから、夕食の準備までなら付き合えますが。どこに行くのですか？」

「じゃあ、大丈夫ね！　行きましょう！」

質問には答えず、アメリはリディアを馬車に引っ張り込む。ついでに二人きりなんだからと、無遠慮にベールまでまくる。いつものことだ。

アメリは、リディアの顔を見て話したいそうだ。炎を写しとったような美しい模様だと、いつも痣をうっとりしたように見つめてくる。おべっかでなく、心の底からの言葉だとわかるから、彼女といるとリディアはくすぐったい気持ちになる。

「さあ、出発してちょうだい」

従者は御者も兼任していたらしい。目的地も知っているようで、彼は溜め息をつきながら御者席についた。

馬車が走り出すと、内緒話をするようにアメリが顔を寄せてきた。

「あのね、聖壁の修復を見に行こうと思うの」

「聖壁の修復って……なぜ知っているのですか?」

シュエットの聖壁修復に、近々、王都から高位の神官がやってきて修復するというのは、神殿関係者の間では周知の事実だった。その修復日に関しては秘匿されていたが、祖父が派遣される神官をもてなすと聞いていたので、きっと今日なのだろうとは思っていた。

アメリは商人の伝手で知ったのだろうか。訝《いぶか》しんで視線を送ると、にやりと笑い返された。

「ふふっ、やっぱり今日なのね」

はっとして、口に手を当てる。

「……わざとですね」

にらみつけると、愛らしく舌を出される。

「ごめんなさい。でも、修復の話は知っていたのよ。支神殿の責任者が集められる日があったら、その日だろうって当たりはつけていたの」

商人の情報網で、今日、各支神殿の責任者たちが招集されているのを知ったそうだ。その上で、北支神殿の責任者を祖父に持つリディアに鎌をかけたのだ。

「ちなみに場所もどこだか、だいたい調べはついてるの。今、そこに向かってるわ」

「聖壁の修復中は近くに寄ることを禁止されています。傍まで行っても見物なんてできませんよ」

修復の最中は、危険な魔獣が聖壁を破って侵入してくることがある。それを神官と騎士たちが倒すので、自分で身を守れない平民が近くをうろついていたら邪魔だ。儀式中は入ってこられないように結界も張られるのだと、諭すように説明してあげた。

「そうなんだ、残念。でも、目的は修復を見ることじゃなくてシエル様よ」

「えっ……シエル様が修復にいらしているのですか？」

「そうらしいわ。今朝、商会の者から、総神殿で真っ白い人を見かけたと報告を受けたの。まとっているのも最高位の白い衣に金糸の刺繍《ししゅう》。神聖殿下の神官服だそうよ」

神聖殿下というのは神殿の最高位で、フィエリテ王国建国の始祖の生まれ変わりが就く地位だ。その始祖の名がシエルで、神聖殿下のことを通称シエル様と呼んでいる。

現在の神聖殿下は、この国の第三王子。第二王妃の子で、カミーユ・エティエンヌ・ラ・トゥールという名前なのは、神殿関係者ならば誰でも知っている。

「シエル様って、建国神話の通りなら髪も肌も光り輝くような白色で幻想的なたたずまいなんでしょう。一度でいいから拝見してみたいと思わない？」

始祖シエルは髪も肌も真っ白い神の御使いだったという。その生まれ変わりといわれるシエル様は、同じ白髪に神秘的な白い肌で、王族とその血を分けた家系にだけ生まれるそうだ。

「遠目からでもまとう空気が違うらしいわ。商会の者は顔までは拝見できなかったけど、もう雰囲気だけでも美しいそうなのよ。そんなの気になって見たくなるじゃない！」

好奇心に青い目をきらきらさせるアメリと違って、リディアは不安に眉をひそめた。

「こんな辺境の聖壁修復に最高位のシエル様がいらっしゃるなんて、おじい様が心配です。ほころびがかなり深刻ということではないかしら？」

「でも、今のシエル様は狩りがお好きで、成人されてからは率先して各地を回られて聖壁修復と魔獣討伐をなさってるって聞いたわ。今回もそんなところなんじゃない？」

心配しすぎではとアメリが続けたところで馬車が停まった。ここからは歩きらしい。アメリにせかされて馬車を降り森に入る。従者の彼は、馬車を見ていないといけないので留守番だ。

聖壁内にある領都は治安維持が厳しいので、だいたい安全だ。なにか問題を起こせば、外に追い出される。もちろん聖壁内なので魔獣も出没しない。女性二人でも歩ける森だった。

獣道をしばらく進むと、太い木々に白い紐《ひも》が張り巡らされている場所に出る。結界だ。

「ここから先には入れませんね。帰りましょう」

「嫌よ。ここまできたんだから、修復が終わるところを狙いましょう。それにこれ、くぐれるかもしれないじゃない」

アメリが紐に触れると、パチっと小さく火花が散った。

「だから言ったでしょう！　大丈夫ですか？」

驚いているアメリの手を取って引く。だが彼女は大したことないと返して、リディアの手を繋ぎ直すとまた紐に触れた。

「ちょっと、なにを……！」

「あれ？　今度は大丈夫みたいよ」

アメリは紐をひょいっと持ち上げ結界内に入ってしまう。手を繋いでいたリディアも、引きずり込まれた。

「結界って紐で区切ってるだけのものなの？」

「そんなはずはないのですが……」

さっきアメリが触れたときに、結界が壊れたのだろうか。

「まあ、いいわ。せっかくだから、修復するところを見てみましょう！」

アメリはそう言うと、止めるリディアの手をぐいぐい引っ張って森深くに分け入り、ほどなくして聖壁に到達する。透明で見えない壁だが、通り抜けようとするとわずかに抵抗を感じる。アメリが手で触れて、ここに聖壁があると確認する。

リディアはこの聖壁の外へ出たことがない。絶対に外へ行ってはいけないと、祖父にきつく言われてきたからだ。こんなに近づいたのも初めてで、不安と罪悪感が込み上げる。

「この聖壁沿いに、あちらに歩いて行けばいいはず」

「ねえ、アメリ。やっぱりやめましょう。見つかったら怒られるだけではすみませんし、危険かもしれません」

「しっ！　人がいるわ……」

唇の前に指を立てたアメリが、さっと身をかがめる。つられてリディアもしゃがんだ。

「あれね。シエル様はどこかしら？」

彼女の視線をたどると、木々の間に神官服が見える。ほとんどが紺色の衣だが、その中に大神官の衣である青色も混じっている。きっと王都からやってきた神官たちだろう。それと騎士たちの姿もある。

「よく見えないわね。もっと近づきましょう」

「ちょっ……待ってください」

こちらの注意も聞かずに、膝立ちで草をかき分け進むアメリを追いかける。貴族の前に出ても恥をかかないようにと、神殿で祖母が厳しく礼儀作法や言葉遣いを仕込んだというのに、どうしてこうなのだろう。

慌てて追いかけると、アメリが息を潜めて目くばせし、指をさす。

「わぁ……っ」

思わず感嘆の声がこぼれそうになり、口を押える。

純白の衣に金糸で複雑な模様が刺された神官服をまとった男性が、集まった神官たちの中心に立っていた。あれがシエル様に違いない。

すらりとした長身の後ろ姿は、とても姿勢がよい。聞いていたとおり、髪は真っ白だ。けれど背中で緩く編まれた長い髪は、老人の白髪とは違う光沢のある絹糸のような美しい白色で、日の光を受けてきらきらと輝いている。

唯一、衣からのぞいている手は素肌で、これも驚くほど白い。生きているのを不思議に感じる白さなのだが、死人のような冷たさはなく、神秘的な温かさを感じる。

彼の周辺だけ、まるで空気が違った。森の奥で見つけた、誰にも知られていない澄んだ泉のような清廉さは、見ているだけで癒され不思議な感覚に包まれる。

まだ顔も見ていないのに、彼が特別に美しいとわかる。膝をついて崇拝したくなる。根拠もなく始祖の生まれ変わりだと、すんなりと理解できてしまう。

その彼が、すっと右手を空に向かって上げた。なにか唱えると、先端に乳白色の丸い石がついた長い杖《つえ》が現れる。あれが聖笏《せいしゃく》なのだろう。シエル様だけが魔力で造ることができるらしい。代々引き継がれるフィエリテ国王の王笏は、それに似せて造ったと聞いたことがある。

その聖笏を、彼が軽く円を描くように振ると、いくつもの魔法陣が周囲に浮かび上がる。周りから小さくどよめきが起きた。高度な魔術なのだろう。大神官でさえ息をのんで見つめている。

次に聖笏が力強く振られると、魔法陣が高速で空に舞い上がった。キンッと音がして空がひび割れる。聖壁だ。そこに魔法陣が張り付いて、カッと青白く光った。

「終わったのか……？」

身構えていた騎士の一人がつぶやく。空を見上げたシエル様が「まだだ」と静かに返す。その視線の先では、魔法陣がぐるぐると回転してゆっくりと小さくなっていく。

「其方《そのほう》、修復に立ち会うのは初めてか？　あの魔法陣が展開している間は修復中で、周辺の聖壁も薄くなる。もっとも魔獣が侵入してきやすい状態だ。不測の事態に備えよ」

しばらくすると、聖壁が薄くなった辺りを目掛けて魔獣が集まってきた。魔獣の好物は魔力量豊富な人間だ。修復に立ち会っている神官や騎士を狙っているのだろう。聖壁に魔獣が体当たりする重い音と雄叫びが辺りに響く。

手をぎゅっと掴まれ隣を見ると、アメリが小さく震えて青ざめている。さすがに恐ろしいのだろう。記憶にある限り、一度も聖壁の外に出たことのないリディアは魔獣を見たのも初めてだ。気持ちを落ち着けようと、アメリの手を強く握り返したそのとき。

「なっ……！　飛竜だとっ！」

騎士から驚愕《きょうがく》の声が上がる。こんな領都近くに現れる魔獣ではない。リディアも神殿の図鑑で見たことがあるだけだ。

今まで集まっていた魔獣が散り散りになり、飛竜が聖壁に体当たりしてきた。バアンッとすさまじい音がして、聖壁が大きく揺れる。

「きゃああっ！　いやぁあッ！」

耐えられなくなったのか、アメリが悲鳴を上げた。騎士や神官の視線がこちらを向く。

「なっ……平民がなぜっ！　ここでなにをしている！」

厳しい声を発したのはシエル様だった。振り返った彼の赤い宝石のような目がこちらをにらむ。

想像したとおり——いや、それ以上に端麗な容貌で、人ではない生き物に見えた。けれどすべてが幻想的な容姿の中で、意思の強そうな赤い目だけがとても人間臭くて惹《ひ》きつけられる。

状況も忘れて思わず見惚《みと》れてしまう。彼もなぜか、リディアをじっと見つめて固まっている。二人の間だけ時が止まったように感じたが、それを引き裂くように護衛騎士の叫び声が上がった。

「殿下ッ！」

再び聖壁に衝撃があり、ガラスが割れるような硬質な音が響き、飛竜が侵入してきた。素早くこちらに背を向けたシエル様が、聖笏を振り上げる。魔獣は魔力が多い者に向かってくる。ここで狙われるなら彼だろう。

だが、なぜか飛竜はそちらではなくリディアに首を向けた。金色に光る獣の目と視線がからむ。背筋が凍り付く。

　あり得ないのに、魔獣がにたりと笑った気がした。飛竜が大きな口を開けてこちらに向かってくる。同じように固まっているアメリを、とっさに突き飛ばす。ひるがえったベールに、飛竜が噛《か》みつき引っ張られる。手で払いのけると、牙に引っかかった右手の手袋が裂けた。

　飛竜がさらに口を大きく開く。食べられるっ、そう思って目をつぶろうとした瞬間。

　ぶんっ、と恐ろしい速さでなにかが飛んできて、今にもリディアに噛みつこうとしていた飛竜の横っ面を殴った。聖笏だ。

「そこの女、下がっていろっ！」

　聖笏を追いかけるように駆けてきたシエル様が、落ちる寸前の聖笏を掴むと、ぶんっと振る。今度は飛竜の脇腹に聖笏がめり込む。潰れた鳴き声が響いた。そのあとも、彼が何度か聖笏を棍棒《こんぼう》のように振り回して飛竜を痛めつける。たまに素手や足での殴る蹴るも混じる。

　すっかり腰が抜けて座り込んでしまったリディアは、その戦いぶりを呆然と見つめる。

　聖笏はそういう使い方をするものなのだろうか。

　魔術なしで戦うものなのかとか、あの清廉さはどこにいったのかとか、疑問でいっぱいになっているうちに、彼が聖笏を大きく振りかぶって飛竜を吹っ飛ばした。そして、とどめとばかりに聖笏の尻を先にして、槍《やり》のように投げた。見事、飛竜の頭を串刺しにし、巨体が地響きを上げて倒れたのだった。

「すっ……素晴らしいお手並みです。殿下！」

一呼吸遅れて、騎士たちからわっと歓声が上がる。ちらりと振り返った先で、神官たちは言葉をなくしている。わずかに体が引いていた。気持ちはわかる。

「ふむ、修復も終わったようだな」

シエル様が空を見上げながら手を振る。飛竜に刺さっていた聖笏が消え、彼の手元に戻っていた。

薄くなった聖壁から侵入できたのは、この飛竜以外にもいたらしい。騎士たちが倒した魔獣の後始末を始める。聖壁に張り付いていた魔法陣は消えていた。

リディアが落ちてしまったベールを拾い上げていると、シエル様がこちらを向いた。

「そこの女、聞きたいことがあるのだが……怪我を、しているのか？」

「あっ……いえ、これは……」

「見せてみなさい。あの飛竜は吐く息に毒素がある。治療するなら早いほうがいい」

リディアの手と顔に視線をやった彼が、表情を険しくする。早足で寄ってきて、膝立ちから立ち上がれないでいるリディアの手を強引に取った。

肌が触れ合ったとたん、ぞくりっと体に妙な感覚が走る。甘い、疼《うず》くような刺激。

リディアも彼も、目を見開き固まる。なにが起きたのかわからなかった。先に正気を取り戻した彼が、慌てて手を振り払う。よろけたリディアがぺたんと座り込むと、背中に木

の幹が当たった。

反射的に、素手で幹に触れてしまう。ずずっ、となにかが吸い取られる感覚がして、しまったと思うより先に、頭上でぱあんっと実が弾けるような音が上がった。

「なんだ……っ！」

上を見上げたシエル様が、警戒して聖笏を構える。ひらひらと薄黄色の花弁がたくさん舞い落ちてきた。

リディアは胸の前で手をぎゅっと握り青ざめる。上を見るのが怖い。

あのときの祖父の硬い表情を思い出す。リディアが七歳になった頃だ。ある日、自分が触れると植物がよく育つことに気づいた。温めるように長く触れていると花を咲かせることもできた。

嬉しくて、祖父母の前でやってみせると、祖母は不思議そうな顔で少し困惑していた。その隣で祖父は顔色を変え、けっして人前でその力を見せてはいけないと言ってリディアの肩を強く摑んだ。痣になりそうな痛さと、常にない祖父の様子に、訳も分からず頷《うなず》いた。

そのあとすぐ、祖父母がベールと手袋を贈ってくれた。ベールも手袋も、魔糸でできている。祖父がどんな魔術を仕込んだのかはわからないが、この手袋をはめていれば植物に触れてもなにも起きない。

けれど年を追うごとに、この力は強くなっている。最近では手袋をしていても、植物が育ってしまうのだ。素手で触れるなんて恐ろしくてできなかった。

それなのに、こんな人目がたくさんある中でなんてことを……。

どう言い訳すればいいのか。祖父があれだけ必死に隠せと告げてきた能力だ。リディアが知らないだけで、なにか罪に問われる能力なのかもしれない。

「おや、どうやらリベラシオンが開花したようですね。この木はシュエット地方にしかない木でして、こうやっていっせいに花が咲くのです。驚いたでしょう」

和やかに笑ってやってきたのは、祖父のジルだ。恐る恐る視線を上げる。たしかにリベラシオンの木で、いっせいに開花する植物だが季節はまだ先のはず。蕾《つぼみ》だってついてなかったのではないだろうか。

けれど聖壁修復や飛竜の騒動で、蕾の有無など誰も見ていなかった。

「ああ……そう言われれば、リベラシオンですね。早咲きの木だったのでしょうか？」

「この花の汁で、綺麗なあぶり出しができるのですよ」

「子供の頃、友達と秘密の手紙を書いてよく遊びました」

同じシュエットの神官たちが、懐かしいと言いながら木を見上げている。それを見て、シエル様は警戒を解き、王都からきたと思われる騎士や神官もそういう木があるのかと納得してしまった。

「王都にも同じような植物がございませんか？　殿下も遊ばれましたか？」

祖父も穏やかに微笑んで花を見上げ、シエル様に話を振る。

「……遊んだことはないが、マンソンジュという植物がそれと似ている。ただ、あぶり出しではなく、水をかけると文字が浮かぶのだ」

「マンソンジュというと、薬の材料にもなる植物ですね。以前、王都へ仕事で訪れたときに乾燥したものを買って帰りました。手元にあるので、今度試してみたいものですね」

「ほう、知っているのか。あれが薬の材料になると知っている人間は少ないのだが……其方、薬学の知識が豊富なのか？」

「妻が医者なので、たまに薬作りを手伝います。その折に少しかじっただけですので、お恥ずかしい……」

話題はいつの間にか薬学にそれていき、花が突然咲いたことはもう誰も気にしていない。

「ところでリディア。どうして、ここにいるのだ？　ベールはどうした？」

ほっと胸を撫で下していたら、祖父のひんやりとした声が降ってきた。ささっと、破れたほうを後ろにしてベールを被り直し、予備の手袋を隠しから取り出す。

「あっ、あの、ジル主神官。申し訳ございません！　わたくしの我が儘《まま》にリディアを巻き込んだだけでございます。彼女は何度も止めたのに、強引にここまで入ってきたのはわたくしです。罰するならわたくしにしてくださいませ」

それまで静かだったアメリが、慌ててリディアの前に飛び出してきて膝をつき頭を下げる。お転婆はなりを潜め、友達をかばう健気な淑女然としていた。リディアも隣に跪《ひざまず》くが、アメリの本性をよく理解している祖父は騙《だま》されなかった。

「共に侵入した挙句に、このように周囲に迷惑をかけたのだ。巻き込まれただけと逃れることはできまい。それに其方は、リディアが罰せられるほうが堪えるだろうから、その申し出は却下だ。ところで結界が張ってあったはずだが？　二人とも、なにをしたのだ？」

アメリがどんどん青ざめていく。リディアも胃が痛いし、結界についてはなにもわからない。なぜか入れたと告げると、あり得ないと祖父も他の神官も訝しむ。

「その女……リディアの魔力量が、結界を張った者より多かっただけだろう。もう一人と手を繋いでいたなら、一緒に結界をくぐることも可能だ」

「いえ、しかし彼女はまだ見習い。魔力を操ることもできないのに、そこまでの力は……」

シエル様の言葉に、リディアを知る神官の一人が進言する。それに彼は不思議そうに小首を傾げた。

「魔力を操れなくても、洗礼名を賜っているなら不思議ではない。彼女自身の潜在的な魔力量が多ければ結界を破れて当然だろう」

こちらを見下ろす赤い目が、なにかを見分するようにすうっと細められる。その視線をさえぎるように、祖父が一歩前に出た。

「そうなのかもしれませんね。ともかく、部外者であるこの者たちがいては事後処理も進みません。今後このようなことがないよう、彼女たちには私からきつく口止めと罰を与えておきますので、辞去するお許しをいただけませんでしょうか？」

「ああ、それもそうだな。身内ならば、彼女らの処遇については其方に一任しよう」

あっさりと引いてくれたシエル様に、祖父の背中からこわばりが消えたように見えた。

二人は祖父に説教されながら、アメリの馬車が停まっている場所まで見送られ、大人しく神殿に帰った。

「アメリと聖壁修復を見物に行って、怒られたそうね。ジルから魔鳥で連絡がありました。二人とも、まだ子供の気分が抜けないようですね」

帰宅と同時に神殿の玄関先で祖母にも叱られ肩を落とす。アメリの親にも連絡がいっただろうから、彼女も今頃邸で説教されていることだろう。

「正式な罰についてはジルが帰宅してから話し合います。今夜は夕食は抜きです。寝るまでに水汲《みずく》みをすませ、自室にて謹慎といたします」

「はい……かしこまりました」

悄然《しょうぜん》と返事をして踵《きびす》を返す。夕食抜きは少しきついが仕方ない。

「リディア、止まりなさい。言い忘れたことがあります」

「はい、なんでしょうか？」

祖母はお付きの神官を置いてリディアへ歩み寄ると、真剣な目をして声を落とした。

「シエル様にお会いしたそうですね。なにもありませんでしたか？」

「なにも……？　ええっと、飛竜に襲われたところを助けていただきました」

「それだけですか？」

じっと見つめてくる祖母の瞳は、なにかを見極めようとしているようだった。手が触れた瞬間の、あの痺《しび》れるような甘さが頭をよぎったが、なぜだか打ち明けたくなかった。

「はい、なにも」

しっかりと見返して返事をする。探るように無言だった祖母が、肩からふっと力を抜いて苦笑した。

「そうですか。ならいいのです……それと本当はいけないのだけれど、市場にお使いにも行ってお腹が空いているでしょう。厨房《ちゅうぼう》の者へは伝えてあるので、パンとスープだけいただきなさい。まだまだ育ち盛りですからね……ですが、他の者へ示しがつきませんので、内緒ですよ」

「ありがとうございます……」

背中がそわそわする。もうそんな子供ではないのに、こうやって甘やかされると面映ゆくてたまらなくなる。

「それから、無事に帰ってきてくれて本当によかった。貴女が結界に侵入したと聞いて、肝が冷えました。現場にいたジルは生きた心地がしなかったでしょう。わたくしたちが、どれだけあなたを愛しているか忘れずに、きちんと反省するのですよ」

厳しいけれど心配と慈愛に揺れる瞳でじっと見つめられ、じわじわと後悔が増していく。アメリを注意しながらも、誰にも見られずに帰ってこられれば大丈夫と思っていたところはある。こんなふうに心配されることまで考えが及ばなかった。

もし、あのとき飛竜に襲われて大怪我を負っていたら、祖父母を悲しませていただろう。

「……ごめんなさい。もうしません」

子供の頃に戻ってしまったような気持ちで、言葉も声も乱れた。いつの間にかリディアより背が低くなった祖母に、軽く頭をひと撫でされる。

「ほら、もう行きなさい」

小さく頷いて、厨房へ向かった。そこで早めの夕食をすませて、明日のための水汲み仕事を始めた。

神殿裏の井戸と厨房の水瓶を何度も往復する。井戸には水を汲み上げる魔導具が設置されていて、給水栓を解放すれば水を簡単に汲めるが、重たいバケツを持って行き来するのが大変だった。日が沈みきった頃、やっと最後の往復になる。

人気のない井戸の前で、はぁーと手に息を吹きかける。もう春になるが、夜は冷える。早く部屋に戻って温まりたい。

「こんばんは、少しよろしいですか？」

背後から声をかけられ飛び上がる。振り向くと、神官服の男性が一人立っていた。

バケツと一緒に持ってきたランプをかかげる。青色に白糸の刺繍が入った衣は、大神官のものだ。支神殿にいる職位ではない。もしかして聖壁修復の中にいた王都の神官だろうか。

「なにか御用でしょうか？」

訝しみながら尋ねると、その大神官はにっこりと微笑んだ。

「先ほど森で、結界内に侵入なさっていた神官見習いの方ですよね」

「はい……」

「神聖殿下がご内密に、貴女に会いたいそうです。一緒に来ていただけますよね」

「え？　今から？　誰かに言伝を……」

「いけません。内密にとのことですので。大人しくいらしてください」

物腰柔らかだが有無を言わせない語調に、リディアは一歩引く。内密にと言いながら使いに大神官を寄越すなんて、なにかおかしい。下働きでは駄目だとしても、こういう用向きに寄越すなら騎士あたりだろう。

「申し訳ございません。このあと、祖母に呼ばれておりますので、勝手に抜け出せば騒ぎになるでしょう。殿下には、また日を改めてとお伝えくださいませ」

平静を装って返すが、大神官はどいてくれない。神殿は彼の後ろだ。

「それは困りましたね。なるべく穏便にお連れしたかったのですが……」

「きゃっ、いやああ……っ！」

すっと伸びてきた大きな手に腕が捕まり、大神官は反対の右手に長い杖を魔力で創り出す。神官が魔術を操るのに使うものだ。それをリディアに向かって振り下ろす。

とっさに避けるが、ベールの裾が引っかかり頭から落ちる。素顔のリディアを目にした大神官が驚愕に顔を歪めて、手を離した。

「なんと……隠匿の呪いではありませんか。だから今まで見つからなかったのですね」

「呪い……？」

「その醜い痣ですよ。人によって違って見え、悪意ある者を寄せ付けないようにする呪い。誰にかけられたのですか？　ジル主神官では扱えない術です。貴女の背後も洗う必要がありますね」

大神官は杖を構え、上部にはまった魔石に魔力を集め始める。リディアはバケツもランプも投げ出し、彼とは逆の林に向かって走る。

「逃げても無駄です」

きっと魔力をぶつけられる。どのような術なのかわからないが、当たれば連れ去られる。

リディアは手袋を脱ぎ捨て、一か八かで林の入り口の大木に触れた。それと同時に杖から魔力が放たれる。ぶつかると思った瞬間、大木の太い枝がリディアをかばうように降りてきて、魔力の塊を弾き飛ばした。

「なんだとっ……どういうことだっ！」

リディアにも訳が分からない。逃げようとして木の根につまづき地面に両手をつくと、その辺り一面の草が急激に伸びた。追いかけてきた大神官が、草にのまれて足止めされる。けれどリディアが立ち上がると、道を作るように草が左右に分かれていく。

「なに、これ……？」

植物が育つところまでは想定内だった。それで少しでも魔力を退けられればと思ったが、リディアを守るように動くとは、どうなっているのだろう。

できるだけ植物に触れながら逃げていくと、まるで意思があるように枝や蔓が動いてリディアを守る。あっという間に大神官を引き離した。このまま植物が生えている場所を通りながら神殿に戻り、祖母に相談しよう。総神殿で王都の神官たちを歓迎する夜会に出席している祖父に連絡してもらい、シエル様に伝えてもらえれば解決しそうだ。

振り返り、大神官が蔓にからめとられ声も上げられずに植物の波に溺れていくのを確認して歩を緩める。もう追ってこられないだろう。あのまま彼がどうなるかわからないが、助けてやる気にはなれない。

「なかなか派手にやってくれたわね。リディアーヌ」

艶やかな女性の声に驚いて首を向ける。いつの間に現れたのか、リディアの横に華やかな金髪の美女が立っていた。深紅色の目がこちらを見て、品定めをするように細くなる。なぜかシエル様の目を思い出した。

「リディアーヌ……?」

「貴女の本当の名前よ。そうそうこれをお返しするわね」

ぱちんっ、と美女が指を鳴らすと、胸元が重くなる。見ると、赤い石のはまったペンダントが首にかかっていた。

驚いて顔を上げる。にたり、と毒がしたたるような笑顔を返され背筋が凍った。さっきの大神官よりも危険だと本能が告げる。なのに体が動かない。リディアを守っていた植物たちも大人しい。

「ミラベルに大切に育てられたようね。これなら、儀式に耐えうる生贄《いけにえ》になるでしょう」

なにを言っているのだろう。祖母の知り合いなのだろうか。生贄とはなんなのか。聞きたいけれど、唇は震えるばかりで音を発しない。

美女のたおやかな手が伸びてきて、リディアの頬をそっと撫で上げる。

「貴女は、この国の糧になるためだけに生まれてきたのよ。今日まで、なにも知らずに安穏と暮らせていたことを感謝するといいわ」

人差し指が、とんっとリディアの額を軽く叩く。脳内で小さく火花が弾けるような感覚がしたとたん意識が暗転した。

2

バチンッ、という結界に弾かれる音と女の叫び声で意識が浮上する。最悪の寝覚めだ。

強力な結界の魔法陣を内側に描いた天蓋をまくる。夜明け前の窓の外はまだ薄暗い。

ここはシュエット領城の客室だ。王族が使用するに見合った格ではあるが、防衛面では王宮に比べるとかなり劣る。

窓辺には、薄い寝衣をまとった女がぴくぴくと痙攣《けいれん》しながら、意識なく転がっていた。

カミーユは無表情で、その女の脇腹を軽く蹴って仰向けにする。どこかで見たことのある顔だった。

「護衛騎士の婚約者ではないか」

寝室から居間につながる扉を忌々しくにらむ。その護衛が夜番だった。さっきの物音で入ってくる様子はないのに、扉の向こうに人の気配だけはある。この女の蛮行に加担しているのでなければ、意識を奪われているのだろう。

あの護衛騎士がカミーユにつくようになって三年。それなりに信用していた。今年、結婚するのだと、この女と二人で報告にきたのはつい最近だ。幸せそうな彼の顔を思い出し、女を見下ろして不快感が増す。彼の真意はわからないが、この女の罪は明らかだった。

そういえば女の実家がシュエットだと言っていた。領城に身内がいて、手引きしたのかもしれない。

「エティエンヌ」

右手に魔力を集め、名を呼んで白色の大鷲《わし》の魔鳥を顕現させる。

使役者の洗礼名が魔鳥の名になる。魔鳥は使役者の魔力の色に染まるが、カミーユに魔力の色はないので、現実ではあり得ないほどに真っ白い魔鳥だった。

『なにかあったか、主？』

エティエンヌが理知的な金色の目をくるりとさせる。使役されることで、魔鳥は理性と知性を得て、人と会話が可能になる。人を攻撃することもできなくなり、使役者にとって忠実なよき相棒となるのだった。

「いつものことだ。モルガンを呼んできてくれ」

護衛騎士長のモルガン・ブレーズ・バダンテールは、今日の聖壁修復に参加していた。ゆっくりと休ませてやりたいと思っていたので、起こすのが忍びない。

『ああ……またか。こりないな』

転がった女を見て呆《あき》れた声を漏らすと、エティエンヌが羽ばたいた。窓にぶつかる寸前、空間が歪んでその姿がかき消える。転移したのだ。

女から小さく呻き声上がり、失神から目が覚めた。しばらく焦点の合わない目をさ迷わせていたが、カミーユをとらえると一気に正気づいた。

「ああっ……シエル様！　どうかわたくしにお慈悲をくださいませ」

体を起こし、しなを作るように座った女が上目遣いで甘い声を発する。痛い目を見たというのに、なかなか図太い。吐き気がする。殿下ではなく、通称のシエル様と呼ぶところも最悪だ。

要するにカミーユ自身ではなく、シエルとしての能力目当て。邪教徒の可能性に、警戒を強める。

「不法侵入者に与える慈悲などない。減刑もせぬ」

女の言う慈悲がなにかわかっていたが、それに応えてやる義理はない。許しもなく王族の寝所に侵入したのだ。むしろ厳罰に処す。巻き込まれる婚約者の男には同情するが、女の本性を暴けずに利用されたのだから護衛騎士として失格だろう。

「あら、そういう意味ではございませんことよ。シエル様はいまだ清らかであらせられるのですね。わたくしめと、ぜひ枕を交わしていただきたく存じます」

愚かなのか。不法侵入だと告げたのに、この言い草はなんなのか。くすり、と小さく笑う仕草も不愉快だった。

「ご安心くださいませ。わたくし心得がございます。かならずやシエル様をご満足させて差し上げますわ」

未婚の貴族女性だというのに、自ら経験があると明かすなんて恥知らずもいいところだ。あからさまに顔を歪めてやるが、まったく意に介さず、なぜか頬を染めて息を乱す。とんだ淫乱ではないだろうか。

「初めてで不安なのですね。でも、若いのですからご興味がございましょう？　わたくしに触れてもよろしいのですよ」

動きだけは上品に立ち上がった女は、胸元を緩め寝衣の腰ひもを素早くほどく。さらりとした布地が床に落ち、女の裸体をあらわにする。下着もなにもつけていなかった。

ますますもって不快だ。女は豊かな胸を見せつけるように腕で寄せて上げ、「女体を見るのは初めてでしょう。いかがですか？」などと聞いてくる。拒否されるなど、微塵《みじん》も考えていない。裸体に自信があるのだろうが、こちらは目が腐りそうだ。いっそ背を向けたいが、危険物から目を離すのは愚行だ。暗殺者の可能性はまだ捨てきれない。

この女の言う通り、カミーユは二十四歳にしてまだ清い。だが、女の裸など子供の頃から腐るほど見ている。こうした目的で寝所を襲われるせいだ。ほとんどは女だが、男もいる。

彼らは、シエルと交わると不老になるという迷信に惑わされていた。もしくは政治的な目的でカミーユに瑕疵《かし》をつけて婚姻を迫るためだ。

馬鹿馬鹿しい。歴代シエルで既婚者は何人もいるが、伴侶が不老になった話は聞かない。

だが、先代のシエルの伴侶アデライド王女は、四十代になったはずだが若々しい。さすがに十代には見えないが、二十代後半といっても通じる美貌の持ち主だ。彼女のせいで迷信に真実味が増してしまったらしく、最近になってまたカミーユの貞操を狙う輩が増えてきた。

カミーユにとって叔母に当たるアデライドを思い出し、嘆息する。彼女は、夫を死に追いやった邪教団体を殲滅《せんめつ》することに残りの人生を捧げている。その若々しさと、邪教徒を追い詰める破壊神のような姿に、ますます迷信の信憑《しんぴょう》性は高まっていた。

その邪教団体が、「シエルと交わると不老になり、その血肉を食らえば不死になる」とまことしやかに迷信を広げているのだ。彼らはシエルを崇めながらも、供物として食すことを目的として活動していた。しかも彼らは真シエル教などと名乗っている。

おかげで生まれてからずっとカミーユは貞操と命を狙われ続け、潔癖になった。

「ねぇ、シエル様……わたくし、もう我慢できませんの。お慈悲をくださいませ」

女が裸体をくねらせながら、カミーユににじり寄ってくる。

「シエル様の慈悲の蜜をかけて、花の扉を開いていただけませんか？　その先には殿下の知らない世界が広がっていることでしょう。絶対に後悔させませんわ」

あまりに卑猥《ひわい》な誘い文句に、こちらも我慢の限界だ。

「警告する。痛い目をみたくなかったら、それ以上、私に近づくな」

「まあ……照れていらっしゃるのね」

言うことを聞く気がないようだ。警告を無視して一歩近づいた女の頭を、ガッと片手で鷲摑みにしてやった。とたんに潰れた悲鳴が上がる。

「この痴れ者が。なにも詰まっていない脳みそを、頭蓋骨ごと潰してやろうか？」

「ぐっ、ぎゃぁ……ッ、いたっ……たすけ、てッ」

「私は女だからと性差別はしない。対応も罪も男女平等に与える。慈悲深いのでな」

カミーユは女の頭を摑んだまま歩きだす。居間の扉を開くと、護衛騎士が転がって寝息を立てている。卓上には飲みかけのゴブレット。おおかた酒に睡眠薬でも仕込まれたのだろう。婚約者だからと気が緩んだのかもしれないが、護衛中の部屋に招き入れ酒まで飲んだということか。厳罰は避けられまい。

引きずられるように歩く女が、なにかわめいている。男に助けを求めているらしい。起きていても助けないだろう。

そのまま廊下に引きずりだし、女を壁に向かって突き飛ばす。

「カミーユ殿下っ！　なにをなさっていらっしゃるのですか！」

ちょうど駆けてきた濃紫の髪に青い目の護衛騎士長モルガンが、真っ青になってマントを外し、壁に激突して倒れた女にかぶせる。

男女平等とは言ったが、男だったらもっとひどい目にあわせているので、これでも優しい対応だ。ぎりぎりまで我慢し、警告もしてやった。

「いつものこととはいえ……誰かに見つかったら、殿下の外聞に差し障りがございます。お気を静めてください。せめて居間の壁にぶつけるぐらいで我慢できなかったのですか？」

「同じ空間に存在することが、汚らわしくて許せない。牢《ろう》にでもぶち込んでおけ。処罰は追って言い渡す」

「かしこまりました。それで殿下はどうされますか？　まだ起床までお時間がございますが」

　モルガンと一緒にきた護衛騎士たちが、マントにくるまれた女を運んでいく。夜明け前の時間だったおかげで、他に耳目はない。カミーユの蛮行が噂になることはないだろう。

「眠れる気がしない。早いが、王都へ出立する。シュエットの領主には、女のことと合わせて適当に辞去の理由を述べておいてくれ」

「では、帰りの準備のために侍従を呼んでこさせましょう。殿下は居間でお待ちください」

　部屋に戻り、どさり、と長椅子に腰掛ける。苛立ちを落ち着かせようと眉間の皺《しわ》を揉《も》んでいると、窓のほうで魔力の揺らぎを感知した。警戒し身構える。現れたのは、青灰色の椋鳥《むくどり》だった。

　布に包まれた本のようなものを足に摑んで飛んできた魔鳥は、それを窓辺の書き物机に置くと、羽をたたんでカミーユに向き直った。

『お初にお目にかかります、神聖殿下。我は北支神殿のジル主神官の魔鳥、ドナシアンでございます。以後、お見知りおきを』

　意外な訪問者に少し伸びた眉間の皺がまた寄ってしまう。部屋には、意識のない護衛騎士がまだ転がっている。外に出そうかと一瞬迷うが、そのまま放置する。

「何用だ？」

『主人からこちらを、殿下に渡すよう言いつかってきました』

魔鳥は再び布の包みを摑み、カミーユのもとへ持ってきた。布の中から、予想通り一冊の本が出てきた。粗末な装丁の古めかしい本だ。表紙を開くと、ヴィエルジュの花が扉絵に使われている。

適当に頁《ページ》をめくり、ぱらぱらと目を通す。建国神話について書かれたものだ。フィエリテ王国民なら誰でも知っている、神の使いであるシエルが地上に降り立ち、この地に暮らす娘テールと婚姻し聖壁を作って国を守り富ませた。そしてシエルは娘と交わったことで神格を失い只人《ただびと》になったという物語。

この本を、なぜ魔鳥を使ってまでカミーユに届けたのだろう。

最後のほうの頁に、薄紙が挟まっている。開くと中から乾燥した黄色い花が出てきた。昼間見たリベラシオンの花のようだ。

ジル主神官とは夜会で少しだけ話をした。挨拶と他愛ない世間話。そのあと彼が研究している神殿の歴史についても聞いた。なかなか面白い視点を持った学者肌の神官であった。その話の終わり、遠回しに内密に会って手渡したいものがあると告げられた。それがこの本なのだろう。

だがそのすぐあと、彼は支神殿からの呼び出しで早々に辞去していった。モルガンに尋ねると、彼の孫娘が井戸へ水汲みに行ってから帰ってこない。さらわれたのではないかと。孫娘というのは、昼間に聖壁修復の現場に忍び込み飛竜に襲われたあのリディアという娘だろう。

見習い神官の黒い衣に、すっぽりと顔を覆う黒いベール。手も黒い手袋で覆われた、異様ないでたちの娘だった。けれどそれとは関係なく、カミーユは彼女に視線が吸い寄せられた。気をそらしてはならない危険な場だったというのにだ。

顔も見えないのに、なぜか美しいと感じた。傍に駆け寄り触れたいとも。

飛竜を倒し、ベールが取れた彼女と対峙《たいじ》したときは、なぜか高ぶる感情に戸惑った。

貴族女性のような手入れはされていないが、くすんだ薄紅色の波打つ髪を綺麗だと思った。不思議な色合いの髪は、光が当たるとくすみがなくなり、甘やかさが増すのもたまらない。冬の湖面に似た水色の瞳は澄んでいて、そこに自身が映り込んでいるのを見て歓喜した。

派手さのない上品に整った顔立ちも理知的で、カミーユ好みだ。ただ、ベールのおかげで日を浴びていない病的に白い肌に走る、痣のような痕が気になった。それがまた非常に魅力的に見えるのも不思議だった。

最初は飛竜による怪我かと焦ったのだが、近づいて見れば見るほど強烈に惹きつけられ目が離せなくなっていた。

怪我を心配する振りで欲望のまま手に触れると、甘く疼くような衝撃が走った。あれは、なんだったのか。

その彼女がさらわれたと聞いて、すぐにでも夜会を飛び出したくなった。おかしな衝動に自分で驚きつつ、護衛騎士から何人か派遣し、捜索を手伝ってやるようモルガンに命令した。捜索はついでで、シュエットの情報を集めるようにと嘘《うそ》までついて。

「それで孫娘の……リディアは見つかったのか？」

最初にこの本について聞くべきなのに、するりと口をついて出たのは彼女のことだった。派遣した護衛騎士からの連絡はまだない。

『いいえ。どうやら何者かに淩《さら》われたよう……ッ！』

途中でぶつっと言葉が切れるのと同時に、魔鳥の姿がかき消える。カミーユは音を立てて椅子を立った。

役目中に魔鳥が消える原因は二つ。使役者が呼び戻したか、使役者の魔力が遮断されたときだ。話の最中なので、今回は後者。魔力が遮断するのは、使役者が魔力を封じられたか、死を迎えた場合。どちらにせよ不穏だ。

「今夜は次から次へとなんなのだ……いや、昼間から不測の事態ばかりだ」

手の中の神話本を見下ろしどうするか悩んでいると、モルガンが慌てた様子で入室してきた。薄紙と花を元通り頁に挟み直し、脇机に置く。

「殿下、大変です。派遣した騎士たちからの情報で、北支神殿に邪教査問会が踏み込んだそうです」

「なっ……叔母上がいらしているのか？」

カミーユは驚きに瞠目《どうもく》する。邪教査問会は叔母のアデライドが長を務める、邪教団体の信者や繋がりのある者を裁判にかける組織だ。

「いいえ、アデライド殿下のお姿はなかったようです。捕らえられたのは、主神官のジルとその妻ミラベルです。拘束理由はまだ明かされていないようです」

　魔鳥が消えたのは、ジルの魔力が封じられたからだろう。

「さすがですね殿下。なぜ、見習いの娘一人のために護衛騎士を派遣して情報を集めるのか不思議でしたが、ご慧眼《けいがん》です。さらわれたその孫娘といい、なにか裏がありそうです。あの娘は結界を破って侵入してきましたし、格好も怪しい。王都での騒ぎと関係はないと思いますが、注意が必要でしょう」

　モルガンの物言いが気に障ったが、顔には出さずに視線をそらす。まさか、情報よりリディアの安否が心配だとは言えない。

「そうだな……王都のこともあった。頭が痛い。父上はどうするおつもりだろうか」

　小さく呻り、落ちてきた髪をかき上げる。

　ひと季節前、王都の聖壁に初めてほころびが生じた。大した劣化ではなかったが、修復の際に魔獣が侵入した。弱い魔獣だったため、中心街から離れた森の中ですぐに討伐された。聖壁修復に慣れているカミーユからしたらよくあること。危険でもない。

　けれど王都からあまり出たことのない貴族たちは、初めての魔獣侵入に恐怖し大騒ぎになった。千年以上、聖壁に守られてきた王都民だからなのか、平民から貴族まで恐慌状態に陥った。

いろいろな噂や憶測、世を憂う論調や王族批判などが飛び交う中、ずっと不明だった聖壁を正しく修復する方法が見つかったと、神殿のある神官から資料が提出された。まるで時機を見ていたような報告だ。

カミーユは政治的な臭いを感じて警戒したが、聖壁のほころびに怯える貴族たちの間でこの話はまたたくまに広がった。真偽を確認するまで待つよう発表した国王に不満を露わにし、抗議のため王宮に詰めかけた。

「さすがに国王は、あの方法を殿下にお命じになるとは思えません」

「父上はそうでも、国民は納得しないだろう。王族なら王族の責任をまっとうしろと言われるだろうし、私もそう思う」

わきあがる嫌悪感に奥歯を嚙む。今、とてもひどい表情に違いない。

正しい聖壁修復の方法は、神聖殿下の参加が必須なのだ。件の神官が提出した資料によると、神聖殿下と条件により選ばれた女性が聖婚の儀を執り行うことによって、聖壁が修復されるという。聖婚の儀を執り行う男女は番《つがい》といわれ、その儀式は陰で閨《ねや》神事と揶揄《やゆ》されている。要するに、そういうことをする。

「避けられるものなら避けたいが……私の個人的な嫌悪感で拒否するわけにもいかないだろう。今こうして王宮を離れているのだって、批判の対象だ。いつまでも父上が抑えきれるとは思えない」

宮廷ではカミーユがすぐさま儀式をすべきという派閥と、王族である神聖殿下が儀式をするのに事の真偽と安全性を確認しないで儀式の遂行などできないという派閥で意見が紛糾している。ただ、どちらの派閥も最終的にカミーユが儀式をする方向で議論していた。

　そこに父が、息子可愛さで儀式はしないとは言えない。神聖殿下を宮廷に呼んで話し合うべきだという流れになり、父は貴族たちの興奮が落ち着くまでしばらく王宮を離れていられるよう、カミーユに聖壁修復の任務を与えた。

　シュエットは最後の任務地で、もう王宮を離れて季節が二つすぎた。この間に、過去に行われた通常の聖婚の儀について資料が洗い直され、儀式の行程や安全性が調べつくされた。カミーユの聖婚相手の選定方法も判明したという。これはもう逃げられないだろう。

「ともかく早急に戻ったほうがよさそうだ。転移魔法陣の使用許可を取ってきてくれ。叔母上のことも気なるので……引き続き、孫娘リディアの捜索もするように」

　王宮がこのようなことで紛糾している隙に、邪教査問会が動いたのも気がかりだ。アデライドがなにか画策しているのではないか。邪神査問会に連行されたリディアの祖父母についての情報もほしい。あの組織は拘束した相手に容赦がないので、冤罪《えんざい》ならば早急に対応してやる必要がある。

　彼らは王都に連れていかれたはずだ。リディアの顔が脳裏にちらつく。祖父母が不当な扱いを受けたら、彼女は傷つき悲しむだろう。なぜだか、それを想像するだけで気が滅入る。

　足元がざわつくような感覚に急き立てられるように、カミーユは出立の準備にとりかかった。

転移魔法陣で、シュエット領城から王宮へ帰還する。利用したのは、王宮の奥にある少人数で使用する王族専用の陣だ。カミーユは護衛騎士のモルガンだけを伴って、陣から降りた。他の者たちは陸路で帰ってくる。魔導具の搭載された馬車で通常よりも速いので、遅くとも明日には到着するだろう。

最奥の間を出ると、側近のミシェル・クロード・バダンテールが扉の前で待ち構えていた。彼はモルガンの弟で、バダンテール家の次男だ。古くから王族に仕える騎士家系で、男兄弟四人のうちミシェル以外の三人は騎士である。暗い金髪に水色の目をした優男風の彼は、汗臭くて汚くて怪我ばかりする騎士など嫌だと事務官になった。カミーユと同年で、王立学院では二つ上のモルガンと共に、なにかと世話を焼いて守ってくれた。ちょっと軽薄そうな見た目と違って、面倒見がよく優秀な側近だ。

その彼が、柔和な笑顔に隠しきれない疲労感をただよわせている。

「おかえりなさいませ、カミーユ殿下。お早いご帰還、まことに喜ばしく存じます」

これは、なぜ予定変更して早く帰ってきたのか、迷惑だという嫌味のようだ。

ここは控えの間だが、さらに向こうの扉から人が慌ただしく動く気配がする。王宮の奥まで騒がしいのは珍しい。数日前は、騒いでいた貴族たちも少し落ち着きを取り戻したと報告を受けていたはずだが、なにがあったのだろう。

「帰ってきたばかりでお疲れでしょうが、朝食後に国王からの面会が入っております。場所は王都総神殿でございます」

「総神殿で？　なぜ父上がわざわざ神殿にいらっしゃるのだ？」

神聖殿下であるカミーユは母が亡くなった五歳の頃から、生活の拠点はずっと神殿だ。防衛面や神聖殿下としての職務や責任のことを考えると、そのほうが楽だった。もちろん王宮にも部屋はあるし、二人の異母兄との仲も良好なので蔑ろにはされていない。だが、こちらから王宮に訪ねていくことはあっても、父のほうから神殿にやってくることは、ほとんどなかった。

「お時間がありませんので、移動しながらご説明いたします。本日は、こちらの通路をお使いください」

示されたのは隠し通路だ。面倒な事態になっていることを察して、頭を抱えたくなる。

「先日、聖婚する番を選定する方法も判明したとご報告いたしましたよね。相手は成人した未婚の貴族女性であることが条件で、選定場所は王都総神殿の聖堂です」

そこまではカミーユも聞いている。ひと呼吸置いて、ミシェルは苦虫を嚙みつぶしたような表情で口を開いた。

「そしてその条件に合致する貴族女性すべてに、アデライド殿下が召喚状を送られました」

「はっ？　なんだって！　なぜ叔母上が？　しかも召喚状……拒否できないではないか」

「ええ、王族から召喚状を拒否できる貴族はおりません。しかも拒否や令嬢の替え玉を用意した場合は、一族すべて邪教査問会にかけるとのお達しです」

ただの脅しだと思って舐《な》めてかかると、本気で実行するのが叔母だ。これには王族を責め立てていた貴族も青ざめただろう。

聖壁修復のための聖婚の儀は、今から百年ほど前までは神殿の敷地内にあるヴィエルジュ離宮で、五年に一回ぐらいの頻度で行われていた神事だ。聖婚した男女が離宮に春から夏にかけてこもり、閨を行いながら魔力を奉納する。その魔力でフィエリテ王国全体の聖壁が修復され維持されるという。

だが、閨をしながらの魔力奉納というのは過酷で、神事の最中や終了後に亡くなったり、無事に終わってもなんらかの後遺症が残る者が多かった。特に女性側の負担が大きく、ほとんどの女性は生きて離宮を出られなかったと言われている。

その上、閨神事と嘲られるだけあって、儀式に身を投じた女性は偏見の目で見られるだろうことは想像に難くなく、その後の人生にも大きな影響があったらしい。

ただその頃、聖婚できる条件は「男女とも成人した未婚の魔力を扱えるフィエリテ国民」とされていた。

そのため参加させられるのは神官だった。女性神官の数は少ないし、男性神官も研究者として重要な地位にいる者は免除されたらしい。毎回、神官から参加者を選出するのが難しく、いつからか儀式のためだけに平民を神官にするようになった。要は生贄だ。

それでも聖壁修復に効果があるならよかったが、見習いから修練して神官になった平民とは違い、暫定的に平民から神官になった者の魔力ではたかが知れていた。高位神官が魔術で聖壁を一年に一回修復するのと同じ程度の強度しか得られなかった。そのせいで平民から不満が噴出し、魔力量の多い貴族が聖婚をすべき、もとはそういう儀式だったはずだと暴動に発展しかけた。

貴族たちも、自分の子供が生贄になるのは嫌で、それなら高位神官に各地の聖壁修復を毎年してもらうほうがいいとなった。人的資源の損失にもならない。

こうして聖婚の儀は廃れて当時の資料も散逸していたが、今回の王都の聖壁が破られた騒動で、改めて文献の発掘と再調査がなされた。結果、神聖殿下が儀式に参加するのが必須で、聖婚相手となる番はヴィエルジュの蕾で選別できると判明したのだ。

「それで父上が神殿に来訪されるということは、まさか……」

「はい。お察しの通り、一回目の選定会は本日です。カミーユ殿下の帰還の先触れがアデライド殿下の耳に入ってしまったらしく、急遽《きゅうきょ》、王都に住む召喚状をもらった貴族女性が集められています。王都から逃げる隙を与えないためでしょう」

今回で相手が見つからなかったら、次は地方の貴族女性が集められるそうだ。

「自分の娘が選定されるのを恐れて儀式強行派から寝返った貴族も多く、騒ぎも最近は落ち着いてきていたのですが、アデライド殿下のおかげで上へ下への大騒ぎです。出席を渋っている貴族の邸には、邪教査問会の連中が押しかけ、娘を強制連行しているようです」

ほどなくして総神殿の聖堂に全員集められるだろう、とミシェルが遠い目をして告げる。ちょうど城の隠し通路を出て、総神殿へ向かう馬車に乗り込んだところだった。

「では、父上と話す時間もそうないだろうな」

「ええ……騒動を収集できなくてすまないとおっしゃっておられました」

「仕方ない。叔母上が動いたということは、アデライド派閥の貴族はこの儀式強行に賛成なのだろう。あれで熱狂的な信奉者が多い方だからな」

アデライドはその人外めいた若さと美貌、豊富な魔力量に天才的な魔術の腕を持つ。それだけでも憧れの存在だが、邪教団体にいっさいの容赦をしない苛烈さでも貴族の支持を得ている。特に、邪教団体に身内を襲われるなどの被害にあった貴族からの支持は高い。そういう者たちで邪教査問会は組織されている。

彼らからしたら、アデライドがどんなに残虐なことをしようとも正義の味方なのだ。今回の聖婚の儀についても、邪教査問会の連中が協力するだけの理由があるのだろう。

「はぁ……それで、選定会の手順について説明してくれないか」

神殿につくまで段取りと一連の流れを確認し、カミーユは覚悟を決めた。自分より、選定される女性のほうが不憫《ふびん》だ。未婚といっても、ほとんどの貴族女性は成人するまでに婚約者が決定している。近々、式を控えていた者もいるはずだ。そういう女性も強制的に集められ、聖堂に軟禁されていると考えると気が重い。

神殿についてからは儀式服に着替えたり合間に朝食をとったりと忙しい。遠征から戻ってすぐに移動したので、湯浴みもさせられた。儀式用の純白の衣は、光の反射で雲海の柄が見える織物で、金糸の刺繍が長い袖や裾にびっしりと刺されていた。

髪を整える段になってやっと父と話せた。この事態を止められなかった謝罪がほとんどだった。詳しい話は選定会が終わってから、集会室ですることになった。

側近に急き立てられ聖堂へ移動する父を、少し遅れて追いかける。重い扉の向こうでは、選定会の説明が述べられ、国王である父の謝辞で締めくくられた。

カミーユが聖堂へ踏み込むと、ざわめきがすっと引く。壇上へ続く絨毯《じゅうたん》の道をゆっくりと歩く。後ろにはモルガンとミシェルが付き従う。絨毯の左右に並んだ女性たちの視線がこちらへ集まる。といっても集められた彼女たちは皆、ベールを被っていて表情も目線もよくわからない。

登壇し、視線をぐるりと回す。ほとんどが黒くて顔の判別がつかないベールだが、下からのぞくドレスは色とりどりで、中にはベールが透けて顔がよく見える者もいる。

透けないベールの者は、万が一、花嫁に選ばれてしまったときの対策だろう。こちらが相手の名前を公表しなければ、花嫁の外聞は守られる。それに対して、透けるベールの女性たちはこちらへ流し目を送ってくるので、シエルの能力目当てで花嫁に選ばれたいのかもしれない。

体に負担のある儀式だと説明されたはずだが、シエルとまぐわえば助かると思っているのだろうか。まあ、実際にやってみないとわからない。今さら気づきたくなかったが、あの迷信が本当なら、聖婚の儀のためにある能力だ。ぞっとする。

嫌な可能性に顔をしかめそうになり、微笑みを取り繕う。そのとき視界に飛び込んできた、少し薄汚れたベールに息をのんだ。

「殿下、どうされました？」

声をかけてきたモルガンに、視線で話す。カミーユがどこを見ているすぐに気づき、緊張した小声で「保護しましょうか？」と言うので目線で頷いた。ミシェルは何事か聞きたそうにしていたが、モルガンが壇上から去ってすぐに選定会が始まった。

「では、神聖殿下。こちらのヴィエルジュの蕾に魔力を流してくださいませ」

進行役が持ってきた朝摘みのヴィエルジュを受け取る。青々とした葉にみずみずしく張りのある白い蕾。茎に棘《とげ》があれば白薔薇にしか見えない。この花は、ヴィエルジュ離宮の周辺だけに生息する植物だ。

花の茎に魔力を流す。触れた場所から砂金のような輝きが吸いあがり、蕾まで到達する。わあっ、と小さな歓声が上がった。蕾がぽんっと開いて花弁がふわりと散って舞い上がる。丸窓から差し込む日差しにさらされ、花弁がきらきらとした帯を描きながら一か所に向かって落ちていく。途中、浅ましくも花弁を摑もうとする者が数人いたが、すべての手をすり抜けて一人の黒いベールの上に舞い落ちた。

彼女がこの場にいると気づいてから、そんな気がしていた。あれはリディアだ。

「まあ……誰かしら？」

「どこのご令嬢……それにしては……」

花弁と砂金の輝きでベールを飾られた彼女に、視線が集まる。豪奢なドレスの中、質素な神官見習いの黒い衣と泥で汚れたブーツ姿は目立っていた。

くすくすと笑う声や、替え玉かと疑う者。貴族女性なのに神殿入りした変わり者だと憶測する声も聞こえてきた。選定の緊張感が途切れたせいか、小さな悪意がさざ波のように伝搬していくようだった。

「ねえ、貴女。そのベールをとって顔を見せてくださらない？」

意地の悪い声が響く。あれは流し目をくれた女だ。

壇上から飛び降りる。モルガンが前に出て牽制しているが、いてもたってもいられずミシェルの制止を無視して絨毯の上を走った。

「シエル様の慈悲をいただくのがどこのご令嬢なのか、皆様もお知りになりたいのではなくて？」

目の前の令嬢を警戒するモルガンの後ろから、別の令嬢の手が伸びる。すんでのことで間に合ったカミーユは、ベールに触れている令嬢の指先を振り払うように、リディアの体を抱き寄せた。

「私の番に無礼を働くのはやめてもらいたい。今をもって彼女は私の婚約者になった。王族と変わらない存在に、そのような態度は不敬であろう。処罰されたいのか？」

そう言って周囲をぐるりと睥睨《へいげい》すれば、皆、黙り込んで顔色をなくす。その隙にリディアをエスコートして歩き出そうとしたが、緊張のためか彼女の足が動かない。仕方ないので「失礼する」と一声かけて抱き上げ、聖堂の出入り口に向かう。腕の中で、彼女は華奢な体をがちがちに固くしている。

守ってやらなければ。自然と庇護《ひご》欲がわいてきた。

扉が開かれると、聖堂前には中にいる令嬢たちの親だと思われる貴族が集まっていた。カミーユに抱かれて出てきたリディアを見て、ほっとしたり首を傾げたりしている。無礼にも声をかけてくる者はいなかったので、カミーユは彼らの間を突っ切って神殿の集会室へと駆け込んだ。

人払いされた部屋には、フィエリテ王国の首脳陣が集まっていた。護衛も排除された少人数だ。一緒に入室したモルガンとミシェルにも席を外してもらおうとしたが、カミーユに関わることなので、側近の彼らは残るよう言われる。

「カミーユ、彼女が番なのか？」

父の言葉にそうだと返事をし、扉の前で彼女をそっと下ろした。

父であるエミール国王に、第一王子ジェラルドと第二王子ランベール。バダンテール家督のクローデットと入婿のルイゾン。カミーユの次に高位な最神官のグレゴワール。そして国王の実妹、アデライドが顔を揃《そろ》えている。そのすべての視線を集めたリディアは、びくっと細い肩を震わせた。視線から守るように、カミーユが前に出る。

「まず先に、ここへ集まった趣旨を彼女に説明してもよろしいでしょうか？　今、一番不安を抱えている彼女に、ご配慮いただきたい」

カミーユは鋭く全員を見回す。ここにリディアの味方はいない。なにも言わなければ、彼女になにも情報を与えずに彼らは話を進めるだろう。ここに集まった者たちは自分にとっては頼りになる身内だが、一見して強い後ろ盾がなさそうな彼女がどういう扱いをされるかわからない。

せめてカミーユが彼女の利益と尊厳を守ってやらなければ。なにも得るものもなく、聖婚させられ純潔を散らされた挙句に、女性としてごく普通の幸せは望めないかもしれない。それどころか死ぬ可能性すらあるのだ。

「よろしいですね、父上」

念を押すように、カミーユが語調を強める。父は、珍しいものを見たように一瞬だけ目を丸くしたあと頷いた。

「好きにしなさい。なるべく手短にな」

カミーユはリディアに向き直り説明する。ここに少人数で集まったのは、番を保護し身元をなるべく隠すためだ。親の身分や思想によっては、聖婚の儀に強固に反対してくるかもしれない。身分が高ければ政治にも影響してくる。そのための対策と話し合いをする。

それから命の危険がある番になってもらう代わりに、こちらは番の要求をできるかぎり叶《かな》える用意がある。これはリディアにとって重要なことなので、叶えたいことがあるなら遠慮しないで要求しなさいと強く言い含める。

彼女は、こくこくと頷きながら大人しく聞いていた。

「ただし、番から降りることはできない。君や親がどんなに嫌がったとしても、情勢的に無理だろう。その代わり、私は君をできるかぎり丁重に扱うと約束しよう。心身に危険や負担がかからない方法も探すつもりだ。無事に儀式を終了させると、断言できないことが本当に申し訳ない」

聖婚でなければ、彼女との婚姻を喜べただろう。だが、この儀式は不明な点が多く、女性側の負担が身体的にも世間的にも大きすぎる。

沈痛な思いで謝罪すると、大丈夫とでもいうように大きな動作でぶんぶんと首を横に振られる。言葉もなくベールで表情もわからないが、カミーユに対して嫌悪感がなさそうなのが救いだ。

安堵《あんど》して視線を上げると、側近二人が驚いたようにこちらを見ている。「珍しい」とでも言いたそうだ。それもそのはずで、普段のカミーユは女性に対して冷たい。ばつの悪さに二人をにらみつけ、父へと向き直った。

「説明は終わりましたので、話し合いを始めましょう。彼女は、リディア・アリソンという名です」

情報収集の過程で名は知っていた。叔母に視線をやると、楽しげに赤い唇が弧を描く。

「その名前と恰好から、平民上がりの神官見習いなのかしら？　花嫁の条件は貴族女性で、それに沿って召喚状を送ったと聞きましたけれど、どういうことでしょうか。アデライド殿下？」

明るい薄紅色の髪をきっちりと結い上げ、青い瞳を鋭く細めてアデライドをにらむのはクローデットだ。彼女の双子の兄は先代神聖殿下のモーリス。彼はアデライドと婚姻していたので、この二人は義姉妹関係だった。

最神官のグレゴワールを除くと、親類の集まりである。

「条件通り、その娘は成人した貴族女性で間違いないわ。だからわたくしが、わざわざシュエットの神殿からさらってきたの」

隠す気がないらしい。あっさりと誘拐を白状した叔母に、クローデットが眉をひそめる。

「貴族女性なのに神殿入りされているということは、実家と折り合いが悪いのかしら？それとも学問を志された方なの？　今回の召喚状をもらって神殿に隠された……という訳ではなさそうですが」

クローデットの視線がリディアの頭のてっぺんから足の先までを、下品にならない程度に撫でる。

神殿で着用する衣は基本的に国から支給される。平民はそれを身に着けるが、貴族から神官になった場合は布地から仕立てることがほとんどだ。リディアの見習い服は支給品で、ベールは糸も織りも高級品のようだが装飾がなく実用品然とした仕上がりなので、身なりには貴族の格を感じさせるところがなかった。

平民でないなら、実家の反対を押し切って神殿入りした貴族の娘なのだろうとクローデットは判断したようだ。

「どちらのご令嬢なのかしら？　それからご年齢は？　もう聖堂ではないのですから、そのベールを上げられたらいかが？」

クローデットの丁寧だが冷ややかな声は、暗に礼儀がなっていないと告げている。リディアにも意味は通じたようだが、震える手をベールにかけて動けずにいる。

恐らく、身分が高い人々の前であの痣をさらしていいのか躊躇《ちゅうちょ》しているのだろう。貴族によっては汚らわしいと、自分が言ったことを棚上げして罵倒する者もいる。ならば痣について話せばいいと思うのだが、怖気づいているのかリディアはずっと無言だ。

カミーユとしても、強制するようにベールを外させたくない。なにより彼女を傷つけられたくなかった。

「どうなさったの？　身分も年齢も答えられないのですか？」

「クローデット、貴女っていつもそう。正論で相手を追い詰めて、自身の正当性を主張し続けないと生きていけないのかしら？」

カミーユが代わりに口を開きかけると、アデライドにさえぎられた。

「ねえ、ここに集まったのは選定された花嫁の保護と説得だったはずでしょう。責める場ではないのに、実家の影響力がない娘だと判断したとたんにその態度。いつか後悔するわ。いいえ、もうすぐ後悔することになるでしょうね」

「どういう意味でしょうか、アデライド殿下？」

アデライドの挑発にクローデットの声が低くなる。叔母は鼻先で笑った。

「そういえば貴女は、聖婚の儀を早急に行うことに賛成していたわね。自分の子供たちは関係ないと思っているから、声高に正論が言えるのでしょう？」

「わたくしは、フィエリテ王国の騎士団すべてをまとめる立場のバダンテール家督として意見いたしました。そこに私情はいっさいございません。近年、聖壁の強度が落ちていることは問題でした。国防を考える立場から、聖壁を完全に修復する方法があるならば早急に試してみるべきだと判断したまでです」

因縁のある二人の冷え冷えとした応酬に、部屋が緊張感で張り詰める。最上位の父が二人を止めようとするが、次の叔母の言葉に顔色を悪くする。

「『親族だからと特別扱いはしない、国のためになることが優先される』だったかしら。わたくしの夫で、貴女の実兄であるモーリスを切り捨てたときの言葉だったわね。憶えていて？　わたくしは一生忘れないわ」

父が触れられたくないことを言って黙らせる。わざとだろう。クローデットの顔も一瞬こわばる。

「憶えています。たしかにそう言って、兄の救助を後回しにする決断をいたしました。そのせいで悲しい結果にはなりましたが、家督として間違った選択ではなかったと今でも思っております」

先代神聖殿下モーリスが聖壁修復の遠征中に邪教団体に誘拐されたとき、当時、次期国王だった父も邪教団体から襲撃を受けていた。騎士団を束ねるバダンテール家は、父のほうへ多くの騎士を割くと判断した。

モーリスは神殿で最高位の神聖殿下だが、バダンテール公爵家出身。アデライドとの婚姻で王族とはなったが、血筋と次期国王という肩書では父のほうが身分が上になる。バダンテール家としても、モーリスを優先すれば身内を贔屓したとあとで誇りを受ける。仕方のないことだった。

だが、愛する夫を助けたいアデライドは納得できない。義妹で幼馴染でもあるクローデットに、どうにかならないかと個人的に相談にいった。そのときにさっきの言葉を返されたのだろう。

そのあとモーリス側にも騎士が向かったが間に合わず、辱められて殺されるぐらいならと彼は自死を選んだ。

救助の決定を下したのはバダンテール家の総意だが、アデライドが恨んだのはクローデットだった。それから二人の関係はこじれにこじれている。

しかもモーリスに聖壁修復の遠征命令を下したのは父だった。妹の最愛の夫を奪う結果になり、父は叔母に強く出ることができなくなった。特に過去の話を出されると弱い。

「シエルとして生を受けた者は短命ですものね。だから、死ぬのが少し早くなったと思ってあきらめろと、そういう判断でしょう？　それから貴女は、モーリスもわたくしのことも嫌いだった。状況的に正当な判断だって言いながら、本心では嫌がらせができて喜んでいたのではなくて？」

叔母の言う通りシエルは短命だ。無事に生活していても、ほとんどが三十前後で亡くなる。神格を失ったせいだと言われているが、生まれ持った豊富な魔力量に体が耐えられなくなり消耗する結果だ。肉体的に健康で強靭なカミーユも、最近は自身の体の限界を感じるようになってきた。

その短命さも考慮に入れて、モーリスは切り捨てられたのもまた事実だった。だが、さすがに嫌がらせは言いすぎだ。

「叔母上、いい加減になさってください。クローデットの嫌がらせだけで、バダンテールは動きません。それに最終的に父を救う命令を下したのは先代国王です。彼女だけが責められることではありません」

この場で叔母に意見できるのはカミーユぐらいだ。他の者がなにを言っても、叔母は煙に巻いたり煽《あお》ったり、最悪、相手の弱みをちらつかせたりして黙らせる。だが、亡き夫と同じシエルだからなのか、カミーユには昔から甘かった。カミーユもまた、母が亡くなった直後、寂しくて泣いてばかりいた自分に寄り添ってくれた彼女を嫌いになれなかった。

母は、カミーユを誘拐しようとした邪教徒によって殺された。同じように、愛する者を邪教徒に殺された叔母の気持ちもよくわかるのだ。

「そうね、カミーユの言うことも正しいわね」

アデライドが面白くなさそうな表情で、背もたれに体を預ける。

「それで、クローデット。今でも貴女は聖婚の儀を早急に執り行うことに賛成で間違いないかしら？」

「ええ、賛成です。アデライド殿下も賛成なのでしょう？　こうして番をさらってくるぐらいなのですから、初めから彼女が選ばれると知っていたのではありませんか？」

「そうよ、知っていたわ。だって、この日のために誘拐されるのを見逃してやった娘ですもの」

その言葉に全員が困惑し青ざめる。貴族たちが恐慌状態に陥ったのも、正しい聖婚方法が見つかったのも、そして急な選定会も。すべて彼女が長い年月をかけて仕組んだものだと言ったようなものだ。

「親族だからと特別扱いはしない、国のためになることが優先される。そうよね、クローデット？」

ふふっと、軽やかに笑うと、アデライドがぱちんと指を鳴らす。一陣の風がリディアを襲う。風魔法はベールを巻き上げて落し、彼女の首にかかっていた赤い魔石のはまったペンダントもあおられ裏返しになる。

ペンダントの台座に彫られたバダンテール家紋章を見て、カミーユは息をのんだ。割と近い席にいたクローデットも同じだった。

突然のことに皆が固まる。それぞれ表情は硬く、素顔をさらしたリディアを見て顔色を変えていた。痣のせいだろう。普段、神官として感情を表にださないグレゴワールまでも青くなっている。

一人だけ顔色のいいアデライドは全員の顔をクローデットから順繰りに一瞥《いちべつ》していき、最後にグレゴワールの顔を見てにんまり笑う。「皆様、いいお顔だこと」と言って、腰のリボンに差していたベルを抜いて鳴らした。対になるベルを持った者を呼び出す魔導具だ。

扉が開き、叔母の従者と、右手に魔力を封じる腕輪をつけられた二人が入ってきた。リディアがなにか叫ぶように首を振り、走り出そうとする。カミーユは彼女を抱きしめて止め、駄目だと首を振った。罪人のように連行されてきた彼らに駆けよれば、どう思われるかわからない。叔母の出方も見たかった。

「紹介するわ、シュエット北支神殿でリディアーヌを育てていたジル主神官とその妻ミラベル。ミラベルの以前の名前はミラベル・セシル・ロートレック。以前、バダンテール家で専属医をしていて、娘を取り上げてもらったそうねクローデット」

真っ青になってアデライドを振り返ったクローデットは、はくはくと唇を震わせて閉じた。なにか言い返す余裕もないのだろう。握りしめた手が真っ白だ。

「生まれてすぐに誘拐された娘との再会。ねえ、どんな気持ちなのかしらクローデット？返事もできないほど感動しているのね。よかったわね、わたくしと違って生きて再会できて。羨ましいこと」

「ど、どうして……っ」

「決まってるじゃない。貴女のいつも取り澄ました表情が崩れるのを見たかったからよ」

アデライドが大輪の毒花が開いたように笑う。衝撃と怒りと、ありとあらゆる感情がない交ぜになった表情のクローデットが、椅子を蹴るように立ち上がる。

「なあに？　わたくしを責めて罪に問いたいなら好きになさい。すべて覚悟の上でやったことよ。それともリディアーヌを誘拐したミラベルや、事実を知っていて二人を匿っていたジル主神官を責めて憂さを晴らす？　重罪に問えるわよね。バダンテール家督として正しいご判断をお聞きしたいわ」

重罪という単語に、腕の中のリディアがびくっと震え、今にも泣き出しそうな顔で口をぱくぱくさせて喉をかきむしる。これは言封《ことふう》じの呪いだ。叔母の仕業だろう。

今さら気づいたカミーユは舌打ちする。解呪を唱え、リディアの喉を指先で撫でた。

「おやめください！　祖父母を罪に問わないでくださいませ！　二人はわたくしを大切に育てて、愛してくださいました。わたくしにとって本当の親も同然なのです。番になることで、わたくしの願いを叶えてくださるというのなら、二人の罪をなくすことを願います！」

最悪の機に解呪してしまったのかもしれない。顔色をなくしたクローデットがよろめき、それを夫のルイゾンが支える。

ようやく再会できた娘からの、誘拐犯をかばう言葉をどう受け止めたのか。カミーユには推し量ることもできない。祖父母の罪をなかったことにすると、必然的にアデライドの罪も問えなくなる。

あまりにも惨い。そして常に気丈なクローデットの目に涙がにじむ姿は哀れだった。

それを見て、父が散会を告げる。各自、情報を整理して気持ちを立て直す必要があるだろう。ご機嫌なのは叔母だけだ。

リディアの身柄は神殿預かりとなり、女性神官を呼んで彼女を任せる。ついでにミシェルを護衛につけた。

事務官だが、バダンテール家の男なので護衛仕事もできる。突然現れた妹に衝撃を受けて困惑しているモルガンより、柔軟な次男のほうがこういうときは使える。物腰柔らかで女性受けもいいので、リディアもとっつきやすいだろう。

「大変なことになりましたね、カミーユ殿下。まさかずっと行方のわからなかったクローデット様のお嬢様が現れて、それが番とは……運命とは残酷なものだ」

実質、すべての神殿の長である最神官グレゴワールが苦り切った表情で話しかけてきた。その目は、部屋から出ていくアデライドの背中をにらんでいる。

彼はカミーユが未成年の頃、神殿での後見人だった。高位神官を代々排出するヴォルテーヌ伯爵家出身で矜持が高く、厳格で気難しい性格をしている。好き勝手ばかりするアデライドとは非常に相性が悪い。

「殿下はなにかお聞きしていましたか？　リディアーヌ嬢が誘拐された十六年前に、アデライド殿下は彼女が殿下の番になると知っていたようですが、どういうことなのでしょう？」

「さあ……叔母の考えていることは予測ができませんので。私も今、初めて知ったことばかりで混乱しています。それより昨日の昼、聖壁修復のあとに他の任務で別行動になった大神官が一人いるのですが、彼と連絡がとれないのです。なにかご存じではありませんか？」

王宮へ戻る準備の間に、モルガンから上がってきた情報だ。無事に王都まで戻ってこなかったら、彼を遠征に連れていったカミーユの責任になる。

「彼ですか？　たしかシュエット総神殿の長の甥御《おいご》ですよね。そちらから頼まれごとがあるので、ついでに里帰りをしたいということで、任務という名の休暇を与えました。休暇を邪魔されたくなくて、魔力を封じているのでは？」

魔鳥を飛ばされないよう、わざと魔力封じの枷をつけることがある。

「そうでしたか。なら安心いたしました。叔母が今回のことを予測していたという件ですが、なにかわかったらご連絡いたします。神殿が管理する聖壁に関することですからね……事前に番を知る方法があるのなら、記録として残しておかないとなりません。この儀式で聖壁が完璧に修復されるなら今後のためにもなるでしょう」

「ええ、よろしくお願いいたします。こちらでも、なにか情報を得られたら殿下にお知らせいたしましょう」

辞去の挨拶をしてグレゴワールが去っていく。カミーユは彼に嘘をついた。

五歳の頃、シエルが短命なら今すぐ死んで母のもとへいきたいと泣いたことがある。そのときアデライドがカミーユを抱きしめ、シエルが生き延びる方法をやっと見つけたと言った。今はそのための準備と人探しをしているのだと。だから生きてほしい、死なないでと、幼いカミーユにすがりつくようにして言い募っていた。

ずっとあれを気休めだと思っていたが、彼女は本気だったのだ。そしてアデライドの言う通りなら、この聖婚の儀でカミーユは確実に延命できるのだろう。その際、リディアの命の保証まではわからない。

気が滅入る。聖壁の修復も延命もどうでもいい。代わりに、運命に翻弄され聖壁の贄に選定されたリディアを救う方法はないものかと、カミーユは重い溜め息を吐いた。

3

ヴィエルジュの花と蔓が彫りこまれた聖堂の扉が、リディアの目の前で重い音をたてて開く。

白い花嫁衣裳《いしょう》に身を包みベールを被ったリディアは、カミーユに手を引かれて緋《ひ》色の絨毯の上を進む。

彼は典礼用の白い神官服だ。衣の地模様は、よく見ると建国神話の絵が織り込まれている。床を引きずる長い裾から始まり、上にいくにしたがって物語が進む手の込んだものだ。その上に金糸で、聖堂の扉と同じヴィエルジュの花と蔓の模様が繊細に描かれている。神聖殿下の格に見合った衣装は、彼の神々しさをより引き立てていた。

祭壇の前に到着すると、左右に二人の親族が並んでいる。王族と、バダンテール家の面々で、他に参列者はいない。クロードデットが凛《りん》とした佇まいでこちらを向いていた。

リディアの花嫁衣裳は、クロードデットのものだ。胸元が大きく開き、蕾のようにふくらんだ袖。スカート部分は、細い輪郭を描きながら裾が釣鐘型の花のようにふわりと広がった意匠で、重ねられた精緻なレースには小さな透明の水晶がいくつも縫い付けられている。光を反射するよう切り出された水晶は、朝露のように輝き、カミーユと並んでも見劣りしない仕上がりだった。

　寸法も、背が高く細いリディアにぴったりで、ほとんど直さずに着ることができた。嫁入り時のクローデットと似ていると、先ほど控室で顔を合わせた実父ルイゾンが、懐かしさに痛みをにじませた表情でこぼしていた。

　その衣裳に、レースの長手袋とベールを合わせて痣を隠す。ベールもクローデットのもので、透けてはいるが、顔がわからないようにと急遽カミーユが魔法陣を書き込んでくれた。内側からは周囲が見えるが、外からはリディアの口元までしか見えないようになっているらしい。

　祭壇の前に控えていた大神官グレゴワールが、銀製のベルを鳴らす。儀式用の魔導具で、シャン、という澄んだ音が聖堂内に響き渡った。

　これから聖婚の誓いが始まる。誓いが終わったら離宮へ移動して、夜には閨での神事となる。この一連の儀式を、聖婚の儀という。

　ベルの音が静寂に溶け込んでいき、空気が澄んでいくのを感じていると、グレゴワールがゆっくりと祝詞を読み上げ始める。

　番選定の日から今日まで、五日しかなかった。本来ならもっと準備期間をとるものらしいが、王都の聖壁を早く修復してほしい貴族たちがうるさかったせいで叶わなかった。リディアが、バダンテール家の誘拐された娘だと露見したのもよくなかったという。

フィエリテ王国の軍事を昔から牛耳っているバダンテール家は、それなりに他の貴族から恨みを買っていた。護衛についてくれた実兄のミシェルが、派閥や情勢などをかいつまんで教えてくれた。

バダンテール家は代々王族派で「国や王家のために」という発言が昔から多く、それを理由に徴兵をしてきた。無理な派兵などもあったらしい。ただ、戦場では常にバダンテール家の者が最前線で指揮をとり、少なからず戦死者もいたので、今まで非難することができなかったのだ。

だが今回、聖婚の番としてリディアが選ばれたことで、バダンテール家に対して鬱憤を溜め込んでいた貴族たちから、嫌味を言われているそうだ。宮廷会議の場で、「ずっと行方不明だったのですから、それほど情もないでしょう。逆によかったのでは?」と言う者もいて、家督のクローデットは気丈に振舞っているがかなり精神的に疲弊しているらしい。

この五日間で、二回ほどクローデットと顔を合わせている。いつも微笑みをたたえているが、顔色が悪い。

リディアにとってクローデットは赤の他人のようなものだ。だからやっと再会できた娘への愛情を向けられても、なにも返せなくて申し訳ない気持ちになるばかりだった。それよりも、祖父母の減刑や今後の安全を望む気持ちのほうが大きく、クローデットには誘拐した祖母を恨まないでほしいと嘆願したいぐらいだった。けれど事前に、ミシェルから「彼らの身柄の安全は保障するから、母にはなにも言わないでくれ」と頼まれたので口をつぐんだ。

クローデットと話したのは、シュエットでどんなふうに暮らしていたか、だった。なるべく楽しい話題を心がけたけれど、最後のほうはいつも彼女がなにかに耐えられなくなったように口元を押さえ、涙をのみ込んで退席していく。きっとなにを話しても、彼女は返ってこない過去を思って悲しむのだろう。

彼女には悪いが、実の母だからといって再会に感動したり、すぐに情がわくようなことはない。リディアにとって親代わりに育ててくれたのは祖父母だし、祖母とは血が繋がっていると思っていた。愛情もたくさん注いでもらい、幸せだった。今だって、帰れるならシュエットに戻って祖父母と穏やかに暮らしていきたい。上位貴族の贅沢《ぜいたく》な暮らしにも興味がないので、クローデットの悲しみに共感できないことに少しだけ良心が痛んだ。

グレゴワールの祝詞が終わり、聖堂に静寂が戻る。

「これから聖婚の誓いを立てていただきます。こちらに署名を」

魔導具の羽ペンを渡され、机に用意された羊皮紙の誓約書にそれぞれの名前を記入する。リディアは銀色、カミーユは白色。羽ペンからは魔力色のインクがにじみ出る仕組みだ。

魔力はまだ扱えなくても、魔導具のペンはリディアの魔力にちゃんと反応してくれた。ほっと胸を撫で下ろしていると、今度は二人の前に誓約書とは別の羊皮紙が置かれる。リディアの前にはカミーユの、カミーユの前にはリディアの国民登録証だ。

ここからは聖婚ではなく、通常の婚姻の手続きになる。実はこれも聖婚の儀が早まった理由の一つだった。

聖婚の儀を執り行うだけなら、通常の婚姻は必要ない。離宮での儀式が終わったら、それぞれ自由の身になるので、聖婚しても独身なのだ。

けれどカミーユが、『そんな無責任はできない、通常の婚姻も執り行う』と要求。これにシエル様の伴侶の座を狙っていた貴族たちが反発したのだ。

ミシェルが言うには、シエル様は短命なので王位継承権は生まれたときからない。だが、婚姻すれば王族と姻戚関係になれ、シエル様の死後も王族や政治に関わることが可能になる。むしろシエル様がいないほうが、伴侶の親類が口出ししやすいので美味しい立場だという。そうやって政治に介入してきた貴族も過去にたくさんいる。カミーユもまた、政治の駒として伴侶の座を子供の頃から狙われてきたらしい。

死んだほうが都合がいいなんて、聞いているだけで気分の悪い話だ。

カミーユは婚姻に反発する貴族たちに、リディアはバダンテール家息女で血筋も家柄も申し分ない。そんな身分の女性から尊厳だけ奪うなどあり得ない。儀式の前に正式に婚姻するのが筋だ。反対するなら自分はリディアと聖婚しないので昔の聖婚に戻し、新たな候補として魔力量が豊富な貴族女性を再度選定しろと言い放った。

自分の娘が贄になる可能性を考えた彼らは反論を引っ込め、早く儀式を遂行するよう王族に要求したそうだ。

「こちらに名前を書いてください」

グレゴワールが指したのは、カミーユの国民登録証にある伴侶の欄だ。そこに魔導具のペンで名前を書く。カミーユも同じように署名して、正式に婚姻が成立した。

「これにてお二人はつつがなく結ばれました。聖婚と婚姻、両儀式を終了といたします」

再び祝詞が読まれ、最後にベルが鳴らされる。厳かな空気がベルの音とともに去っていくのを感じながら、聖堂を出てヴィエルジュ離宮へと移動する。

「聖婚、おめでとうございます」

「この良き日に立ち会えたこと、喜ばしいかぎりでございます」

「お二人にあふれんばかりの祝福があらんことを」

神殿から離宮へと敷かれた絨毯を進む。祝いの言葉があちらこちらから投げられる中、カミーユに手を取られてゆっくりと歩く。

祝いに集まっている貴族たちは、二人が逃げずに離宮に入るのを監視している。こちらに向ける視線に、ねっとりと張り付くようなものを感じた。中には年若い女性もいて、あからさまにカミーユへ向けて色目を送っている。彼女たちは後妻狙いなのだろう。

ミシェルは言葉を濁していたけれど、シエル様の伴侶の座を狙う貴族女性たちは、儀式の負荷でリディアが衰弱して死ぬのを望んでいる。だから聖婚の儀を早めるのを条件に、二人の婚姻を認めることにしたのだ。

「リディア……」

離宮の手前で、か細い声が聞こえた。祖父母が所在なげに佇んでいる。二人は聖堂内の儀式に立ち会うことは許されなかった。代わりに、ここでお別れとなる。

カミーユにそっと背中を押される。

「おばあ様、おじい様……お勤めを果たしてまいります」

衆人の中で多くは語れない。ベールを取ることさえできない。伸ばされた手を握り返すだけだ。

五日間のうちに、二人とは何回か顔を合わせたが、それは事情聴取のためだった。まともに話すことは許されず、常に監視がついていた。今日の二人も、あまり顔色がよくない。

祖父母は、誘拐された子供とは知らず、森に捨てられていたリディアを保護して育てていたということになった。犯罪者ではなく、バダンテール家にとって恩人という扱いなので、他の貴族からも守られるだろう。

今回の番選定のために、邪教査問会が成人の未婚貴族女性を洗いざらい調べた結果、リディアを発見したと公式に発表された。勘のいい貴族は、査問会の長であるアデライドがリディアを誘拐し捨てたのだろう。だから発見できたのだと噂しているらしい。

「リディア、ごめんなさい……っ」

神官は人前で感情を乱してはならない、そう教えてくれた祖母が声を震わせ目に涙をいっぱいに溜める。それに無言で首を横に振る。

大丈夫だと、心配しないでと返すことができない。離宮の門の向こうになにがあるのか、これからどうなるのか、リディアにもわからなかった。無事に帰ってくると約束できなくて、引き結んだ唇が震える。自分が死ぬかもしれないことより、残していく祖父母のほうが気がかりで、押し寄せてくる不安に涙がこぼれた。

「おばあ様もおじい様も、わたくしを大切に育ててくださって、今までありがとうございました。お二人とも、どうぞこれからも健やかにお過ごしくださいませ。わたくしはお二人が平穏に暮らせることを、心より願っております」

我慢しようと思っても声は震え、涙がはたはたと地面に落ちる。祖母がくしゃりと顔を歪め、嗚咽《おえつ》を漏らす。それまで静かに見守っていた祖父が、耐えきれないというように腕を伸ばし二人まとめて抱きしめた。祖母の腕もリディアの背に回る。

「リディア……私たちのことは気にしなくて大丈夫だ。自分のことだけを考えなさい」

祖父の声も、いつもより硬くて途切れ途切れだった。抱きしめてくれる二人の腕に力がこもる。幼い頃、この腕に抱かれるのが好きだった。守られ、慈しまれていた。

もう二度と、二人のもとに戻れないのかもしれないと思うと離れがたくて、ぎゅうっと祖父母にしがみつく。けれど無情にも、カミーユから声がかかる。

「ジル主神官にミラベル神官、そろそろ時間だ」

しゃくり上げそうになるのをこらえ、そっと体を離す。うつむいて瞬きすると、目尻に残っていた雫《しずく》が頰を伝い肩が震える。その肩に、手が置かれた。カミーユが包み込むようにリディアの肩を抱いて、祖父母をまっすぐに見つめていた。

「挨拶が遅れましたが、カミーユ・エティエンヌ・ラ・トゥールです。先ほど彼女と正式に婚姻いたしました。お二方にきちんと了承を得ずに結婚話を進め、誠に申し訳ございませんでした」

カミーユが軽く腰を折り謝意を示す。遠巻きに見ていた貴族たちがざわつき、祖父母も息をのんだ。わざわざ自己紹介までして、聖婚ではなく普通の婚姻のほうを強調する彼に、胸がくしゃりと締め付けられる。

神事をするためだけの番ではなく、リディアを一人の女性として扱ってくれている。衆人の中で、祖父母を親代わりとして立てる態度でもあった。

「この婚姻は私が望んだものです。リディアを大切にすることを誓いますので、数々のご無礼、どうかお許しください」

カミーユは顔を上げると、呆然としている祖父母に迷いなく宣言した。

「そして、必ずや無事に彼女を連れ帰ることをお約束いたします」

目を丸くして彼を見上げる。大勢の貴族がいる中で、そう言い切ってしまって大丈夫なのか。驚きで涙は引っ込んだけれど、儀式後のカミーユの進退が心配になってきた。

おろおろとしていると、彼がこちらを真摯な目で見下ろす。

「リディア……君を二人のもとに必ず帰す。だから泣かなくていい」

ベールの上から頬をひと撫でされ、握りしめていた手を優しく取られた。彼が離宮へ向き直る。

離宮の鉄製の門には、ヴィエルジュの蔓がびっしりと巻き付いている。離宮を円で囲むように造られた背の高い柵にも蔓がからみつき、中の離宮がまったく見えない。蔓自体が壁のようになっていて、白い花が咲き乱れている。ヴィエルジュの花は年中、次から次に咲き続けるそうだ。

門に鍵穴はなく、代わりにヴィエルジュの花を模した魔石が二つ並んでいる。片方に手を置くようにカミーユに言われ、二人同時にそれぞれの魔石に触れる。手袋越しに魔力を吸い取られる。門にからまっていた蔓が生き物のように動き出し、扉が左右にゆっくりと開いていった。

背後のどよめきが大きくなる。

「さっきの聖婚の儀が鍵となり、門を開くのだ。そして私たち以外は入れない」

小声で説明しながら、カミーユが歩きだす。彼について門の中に入ると、ギギッと金属がきしむ音がして扉が閉まっていく。

無謀にも中をのぞき込もうとする貴族がいたが、生き物のように動く蔓に弾き飛ばされている。完全に門が閉まりきると、もとのように蔓が鉄柵に巻きついて動きを止めた。

「外の音が聞こえませんね。それに暖かくて、まるで初夏のようです」

門の開閉を見て騒いでいた人々の声がまったくせず、あたりが静寂に満ちている。門の外は春先の肌寒さがあったが、ここでは婚礼衣裳が少し暑く感じる。

「恐らく、この蔓が結界の役割をしているのだろう。隙間から外の景色も見えない。どうなっているんだ？」

気になるのか、カミーユは蔓に寄っていって手で押したり引っ張ったりしている。挙句に、腰に携帯していたナイフで切る。すぐに蔓がにゅるりと伸びて元通りになった。

「あの……そんなことをしてよろしいのですか？」

「どこにも禁止だとは書かれていないし、事前に調べた文献もそういう記述はなかった。それより、どういう仕組みなのかとても気になる。柵の外ではすぐに生えないのだが、どういうことだ？」

ヴィエルジュの種子は、柵外に咲いた花から採取するのだと話してくれる。そして蔓の部分は乾燥させると回復薬になり、樹液は興奮剤になるという。花弁は選定の儀で使われた。

「蜜は、花に魔力を流すと採取できるが、使い道はいまだにわかっていない。甘くもなく、水のような液体なのだ。不思議だろう」

こちらに顔も向けずに講釈をたれながら、カミーユは熱心に蔓へ様々な魔術をかける実験をしている。その姿に、緊張していたリディアの体から力が抜けていく。

神聖殿下として仕事の引継ぎが忙しかったカミーユとは、この五日間まったく話すことができなかった。面会しても、聖婚の儀についての手順の確認や準備で、彼の側近など他の者が常にいる。このまま大した交流もなく聖婚して離宮に入るのかと思うと、閨もそうだが、一緒に生活できるのかと不安だった。

けれど研究者のような姿は、支神殿での神官たちのことを思い出させた。学術機関でもある神殿には、彼みたいな神官がたくさんいる。祖父も同じで、そんな彼らの世話をするのは慣れていた。

彼らは興味のあることを見つけると、寝食を忘れて没頭する悪癖がある。きっとカミーユも、放っておいたら暗くなるまで蔓と格闘するだろう。

ふふっ、と思わず笑いが漏れる。これなら彼と上手く共同生活ができそうだ。

「あの、まずは離宮に入りませんか？　暗くなる前に、中の状態を確認したほうがよろしいでしょう。きっと離宮内も不思議なことでいっぱいかと存じます」

「……そうだな、離宮内も気になる」

蔓を弄っていた手を止め、カミーユが振り返る。早くも意識は離宮に移ったようだ。差し出された手に手を載せると、ゆっくりと先導される。

「のちほど離宮について調べた文献のお話も聞かせてくださいませ。わたくし、そのような知識がいっさいありませんので、とても興味がございます」

そう話しかければ、「ああ、勿論《もちろん》」と心なしか弾んだ声が返ってくる。故郷の神官たちも、こうやって話を聞きたがると喜んだ。この調子なら彼との会話にも困らないだろう。

敷地の中心に離宮はあった。真っ白い建物の屋根は半球状で、神殿の造りに似ている。壁には地中から伸びたヴィエルジュの蔓が這っていた。

二人を招き入れるように扉は静かに開き、中に入ると勝手に閉じた。

「とりあえず危険がないか、すべての部屋を確認しよう」

出入口の広間から見て左右にいくつもの扉が並んでいる。上下に伸びる階段もあったが、そちらは後回しにして手前の扉から順に見ていく。

食堂、厨房、書庫、倉庫、男女に分かれた衣裳部屋。最奥の立派な扉は寝所だった。それから浴室などの水回りをまとめた部屋がある。衣裳部屋の奥には別の扉があり、そこは寝所に繋がっていた。

手荷物なしで離宮に入ると聞いて、生活をどうするのか心配だったが、ここには必要なものがなんでも揃っている。不思議なことに、厨房にはたくさんの食材の他に、出来上がった温かい料理まである。カミーユが言うには、食べても次の日になると元通りになり、常に出来立ての食事をとれるそうだ。衣裳部屋にも、あらゆる寸法の衣服と下着、装飾品が揃っている。どれも一人で脱ぎ着できる造りだった。

婚礼衣裳で生活はできないので、着替えることになった。リディアはなるべく簡素な部屋着を選ぶ。室内も過ごしやすい初夏の気温なので、若草色の薄手のドレスにする。前開きの意匠で袖の広がりも少なく装飾も控え目だが、高品質の素材で肌触りがよい。

「ベールはどうしましょう……」

顔の痣を隠せるベールは置いてないようだ。仕方がないので婚礼衣裳のベールを被って、衣裳部屋の奥にある寝所の扉を開く。先に着替えの終わったカミーユが、部屋を検分していた。

「なにかございましたか？」

そこは一番広い部屋で、中央に大きな天蓋付きの寝台が置かれていた。他には大きめの長椅子、書き物机と肘掛け椅子、外へと続く大窓がある。全体的な装飾も他の部屋より華美で、置かれている調度品の格調も高い。

存在を主張するような寝台の置き方に、思わず頬が熱くなる。ここは儀式をする寝所なのだろう。

カミーユは床に四つん這いになって、ぶつぶつとつぶやいている。

「恐らく、儀式のための魔法陣だ」

「この模様がそうなのですか？」

床には、寝台を中心にして色とりどりのタイルをはめ込んで模様が描かれている。立ち上がったカミーユが、ぐるりと見回して頷く。

リディアは儀式を想像してさらに体温が上がるのを感じてうつむく。ベールを被っていてよかった。きっと人に見せられないような顔をしているだろう。

「寝台で儀式を行うと、魔力を吸い取る魔法陣だ。恐らくその魔力で聖壁を補修するのだろう。まだ詳しくはわからないが……なにもしなければ反応しない陣なので、危険はない」

カミーユはこちらを見ずにやや早口に言い切ると、黙り込んだ。しんっ、と気まずい沈黙が流れる。

「あ、あの……」

「私は君が望まぬことを強要するつもりはない」

　かぶせ気味に発せられた言葉に顔を上げる。カミーユはこちらをちらりと一瞥したあと、意を決したようにリディアに向き直った。

「一応、聖婚の誓いはしたのだ。その……閨の神事のほうは、してもしなくてもすぐには露見しない。監視役もいないことだしな。だいたい、君の体に負荷がかかり命も危ぶまれるような行為をするなんて、もってのほかだ。王都の聖壁とて、ほころびができたと貴族どもは騒ぐが、それほどのものではない。弱い魔獣が入れる程度で、それも私がすぐに修復したので、あと数年は余裕で持つだろう。だから季節がすぎるまで、ここでのんびり過ごしながら離宮内の魔法陣や聖壁についての謎を解明していけばいいと私は思っている。なんといっても、ここは聖壁の秘密に深く関わる場所で、聖婚しなければ入ることが叶わなかったからな。前々から内部を調査したいと思っていたのだ。きっと神事をしなくても聖壁を修復できる方法もあるはずだ。そういう訳だから、怯えることはない。今回、聖婚したのも貴族どもがうるさく、放置しておいては君にも危険があると思った。それならいっそ、離宮に入ってしまったほうが安全だろうと……」

　怒濤《どとう》のように早口でまくしたてられる。同じ話が繰り返されるのは、カミーユも緊張しているからなのだろう。いつも厳めしい顔つきで粛然としている彼とは落差のある様子に、ふふっと小さく笑いがもれた。

　自分のあせりに気づいたのだろう。カミーユは言葉をとめて、咳払いする。

「まあ……その、しばらくは不便なこともあるだろうが、お互いに協力し合って生活したい。聖婚とは別に、婚姻もしたのだから私の身分も気にせず困ったことがあれば相談してくれ」

「あ……はい。よろしくお願いいたします。カミーユ殿下」

「殿下はいらない。あと、君のことはどう呼んだらいいだろう？　本来の名であるリディアーヌがいいか？」

聖婚と婚姻の書類に署名した名は、貴族籍の国民登録証にある本来の名前リディアーヌ・アリソン・バダンテールだ。

「できればリディアでお願いします。まだ慣れなくて……」

リディアーヌもバダンテールも、どうしても自分の名前だと思えない。クローデットに対する申し訳なさも思い出してしまうので、平民としての名のままがよかった。

「わかった。では、リディアで。リディアーヌの愛称でもあるし、君に似合っていて愛らしい名だと思う。これからよろしく頼む、リディア」

カミーユの端正な顔がはにかみ、眉間の険がなくなる。彼の素の表情に心臓が跳ねる。名前を呼ばれただけなのに、上がってきた熱で頭がくらくらした。

「それからベールも邪魔だろう。外して生活したらどうだ？」

「えっ、ですが……ご不快になられるかもしれませんので」

初対面のときに痣は見られている。その反応から、彼は痣に恐怖や嫌悪は感じていないようだった。けれど見て気持ちのいいものではないと思う。

それに今、ベールをとると恥ずかしい顔をさらすことになる。レースの裾をぎゅっと握り、戸惑いに身を縮める。

「君がどうしても嫌なら、そのままでかまわない。ただ、そのベールの魔法陣だが、私には効果がないように作った。なのでベールの下はずっと見えているのだ。今さらその痣が不快だなんてことはない」

「へっ……全部、見えているのですかっ？」

声が変なふうに引きつり、羞恥でじわじわと耳の先まで熱くなってくる。

「ああ、君の痣は……その、私は美しいと思う」

さらに衝撃的な言葉を、照れたように目をそらしながら言われ、倒れたくなった。そのあと離宮の地下と上階を調べる間、すべて見えているとわかっていてもベールを外す気になれず、皺がつくほど繊細なレースを握りしめ続けたのだった。

そんなリディアを少し残念そうに、けれど面白そうに見つめるカミーユがいた。


リディアは下ろした天蓋の中に入ると、ガウンを脱ぐ。下に着ていた寝衣は薄布で、暗がりの中でも体の線が透けて見えている気がして落ち着かない。天蓋も薄布が重なったものので、外の月明りを感じる。

この向こうにカミーユがいる。万一を考え、彼は長椅子で横になりしばらく起きているそうだ。まともに話したのは今日がはじめてで、共寝を誘う勇気はない。だからといって遠慮してリディアが長椅子を使うと言っても拒否されるだろう。

それに、女性用の寝衣がこれでは恥ずかしくて無理だ。衣裳部屋には他にも寝衣があるが、閨のためなのかすべて薄布で、やたらと布地の面積が少なく丈が短い。その上、衣を留めるリボンは一つしかなく、それを引っ張るとすとんと脱げてしまう。下着も薄布とレースがふんだんに使われた意匠ばかりで、左右をリボンで留めるようになっている。やはりこれも簡単に脱げる。

さすがに恥ずかしくて、着用してきた下着を使おうと思ったが、浴室で体を洗って出てくると婚礼衣装もろとも消えてなくなっていた。カミーユの衣裳もなくなっていて、これが離宮の力の一つだという。なにか持って入っても、体から離れてしばらくたつと消えてしまう。なくなったものは、もとあった場所に戻るのだとカミーユが教えてくれた。逆に、ここから持ち出したものも、手から離れれば離宮に戻る。

本当に閨をするためだけに機能しているようだ。置いてある衣服がどれも薄手で、着替えが簡単な仕組みになっているのは、そういうことなのだろう。

さっき就寝の挨拶をした彼が身じろぐ気配がして、リディアは素早く寝具にもぐり込み、掛け布を頭までかぶる。心臓の鼓動が速い。寝てしまいたいのに目は冴《さ》え冴《ざ》えとして、あれこれ考えてしまう。

寝所をざっと調べたあと、リディアとカミーユは地下と上階を見て回った。上階は屋根の上に出ることができたが、特になにもなかった。地下は広い空間が広がり、寝所の真下あたりが壁で囲われていた。ここの向こうに空間があるようだとカミーユは言いながら、壁を叩いて回り、出入口を探していたが見つからなかった。

それとは別の壁に、扉が一つあった。その扉は離宮の裏側に位置し、真ん中に大きな魔石がはまっていた。離宮の裏口だそうだ。

離宮で神事が繰り返されていた頃に後付けされたもので、唯一、外部から人が入ってこられるという。出入りできるのは裏口の鍵を持つ者だけで、現在、管理しているのは最神官のグレゴワールだ。

しかもこの扉の鍵は、王都総神殿にもある聖壁の間の鍵と同じだという。この二つの鍵が共通なのは、もともとあった聖壁の間の鍵だけが、離宮の結界に反発しないと判明したからだった。そこから、この鍵を利用して裏口を作れるのではないかと研究が進んだという。

聖壁の間も重要な場所なので、特殊な結界が張られている。離宮の結界とよく似ているそうだ。

裏口は総神殿の庭に通じる地下通路に繋がっていて、扉の魔石に魔力を流すと鍵の所有者に連絡がいく。聖婚した二人に不測の事態が起きた際、外部に助けを求められるようできたのだ。聖婚相手の変更なども秘密裏におこなわれていた記録があるらしい。

鍵の所有者が裏口から離宮に入り、中にいた者に鍵を譲渡する。譲渡された者は外に出られるという。こうして中の人間を入れ替えることが可能なのだ。

なにかあったら、ここから外に連絡しなさいとカミーユは言っていた。儀式が終了する季節まで出られないのだと思っていたが、緊急の場合に外部と連絡がとれると知って安堵した。けれど、そんな事態は起こらないでほしい。

裏口は、過去の高位神官たちが研究を重ね大量の魔力を使って後付けされという。それだけの苦労をして裏口を造ったのは、外部の助けが必要な事態が何度も中で起きたということだ。

「どれだけ大変な閨なのかしら……」

ここにくるまで、あまり具体的に考えたことはなかった。成人する前に、一応、閨教育は受けている。もちろん座学で、医学書片手に祖母から教えられただけだ。結婚する気も、求婚されることもあり得ないと思っていたリディアは、自分がその立場になるとは思っていなかった。

ただ、医者になるなら男女の肉体の知識は必要だ。祖母もそれを考慮して、いろいろと具体的に教えてくれた。性交は普通なら死ぬような行為ではないが、特殊な性癖の人を相手にして怪我をする場合がある。女医はそういう被害者の治療に呼ばれる場面もあるからと、普通の閨教育よりも一歩踏み込んだ内容だった。怪我の具合を正確に知るためにと、どのような性交でこうなるかなども聞いたので、経験はないのにそのへんの娼婦より特殊行為に詳しかったりする。

それらを思い出し、段々と怖くなってきた。やはり聖壁に魔力奉納する神事だから、特殊な閨をしないといけないのだろうか。カミーユはそんな話はしていなかったけれど、言いだしにくいだけかもしれない。だから、絶対に嫌がることはしないと宣言したのだろうか。

明日、カミーユに聞いてみようか。でも、どうやって……と悶々《もんもん》としていると、唐突に天井が光った。掛け布を被っていてもわかる光で、驚いて体を起こす。天蓋越しに天井がぼんやりと輝いている。

「なにが……ひゃぁッ……！」

寝台から下りようとして身動いた瞬間、甘い痺れが体の中心を駆けた。飛竜から助けられ、カミーユに手を掴まれたときに感じたのと同じ感覚だ。

「はぁっ……ぁ、なに、これ……っ」

下腹部の奥に火がついたように、肌が火照り、吐く息が熱い。四肢に力も入らなくて、リディアはぞわぞわする体を抱きしめる。

「リディアっ……大丈夫か？　動けるなら、この部屋から逃げるんだっ」

天蓋の外からカミーユの苦し気な声がして、どさりっと倒れる音がした。慌てて寝台からすべり降り、疼きに震える手で天蓋をまくる。カミーユは床にうずくまっていて、魔法陣が天井全体を覆うように展開され輝いていた。昼間に部屋を調べたときにはなかったものだ。

さっきよりも強くて甘い刺激に視界がぶれる。脚の間がじんっ、と疼いて濡《ぬ》れてくる。なにもしていないのに、こうなるのは天井の魔法陣のせいだろう。

媚薬《びやく》のようだ。祖母から聞いた知識が脳裏をよぎる。監視役がいない離宮内で、確実に閨を行わせるための魔法陣に違いない。

「カミーユ様、これって……っ」

力のない足を引きずるように、天蓋の外にでる。こちらに視線をよこしたカミーユは、瞠目したあと目を閉じてうつむいた。

「なんて恰好だっ。今すぐ部屋を出ろ！　私は今、普通の状態ではない。なにをするかわからない……だから、早くっ！」

そう叫んで衝動を耐えるように歯を食いしばった彼の額に、玉のような汗が浮かんでいる。こんな苦しそうな彼を置いていくなんてできない。それに……彼に触れたい。触れてほしい。そんな欲望が腹の底からわいてくる。

抗えない力を感じて、ふらふらとカミーユに引き寄せられていく。恥ずかしい寝衣を着ていることも気にならない。

「カミーユ、さまぁ……」

「馬鹿者っ！　来るな……っ！」

ぎりぎりと音がするほど奥歯を噛みしめる彼の横に、ぺたんっと座る。床に触れた肌が冷たくて気持ちいい。

「こんなつらそうな方を置いてなんていけません。耐えなくてよろしいのですよ」

熱に浮かされた甘ったるい、自分のものとは思えない声がこぼれる。それになにを言っているのだろう。まるで誘っているみたいだと頭ではわかっているのに、言葉が止まらない。

「わたくしで熱を鎮めてくださいませ」

きっとカミーユもリディアと同じような状態だ。理性を保つのは苦しいはず。男性の性衝動は女性の何倍も激しくて、我慢するのが難しいときもあると祖母から聞いた。

彼の唇が切れて血が滴る。床についた拳は握りすぎて真っ白で、やはり指の間から血がにじんでいる。

こんなにまでして耐えてくれている姿が愛しい。リディアを守ろうと抗ってくれている。魔法陣の影響であふれる熱とは別に、胸がきゅうっと甘く疼き、理性が溶けていく。彼のことで頭がいっぱいになる。

「カミーユさま……苦しまないで」

力のない腕を伸ばし、彼の頭を胸にかき抱く。びくっ、とその体が揺れる。薄布越しに、彼の吐息が乳房に当たるのがたまらない。胸を押しつけるように腕に力を入れる。

「なっ、にを……はなせッ」

「いいではないですか。神事を執り行いましょう。そういう場なのですから……わたくし、カミーユ様がお相手なら嬉しいです」

「ふざけるなっ！」

怒鳴り声とともに体を強引に離され、引き倒される。腕は床に押さえつけられ、カミーユが上に覆いかぶさっていた。

赤い目が、リディアを凝視する。視線が舐《ねぶ》るように、寝衣の上をたどった。ごくり、とカミーユの喉が鳴り、瞳に欲が混じる。

リディアも彼の体から目が離せない。男性側の寝衣も普通より薄手の生地で、体の線が薄っすらとわかる。すらりと背の高いカミーユは、遠目だとそれほど大柄には見えないのに、こうして見上げると腕や肩にしっかりと筋肉がついていて逞《たくま》しかった。リディアの手首を押さえつける手も大きくて、ごつごつとしている。

いつも護衛騎士に囲まれているから線が細く見えていたけれど、彼も魔獣を討伐できるほど強い騎士なのだと実感する。

はぁ、と火照った息が漏れる。きっと自分の目も欲に濡れているのだろう。そんなリディアを見下ろしていたカミーユが、苦しそうにぎゅっと眉根を寄せる。

「なぜ、逃げないっ。このままでは無体なことをしてしまう」

「違います。わたくしが、したいのだから無体ではありませ……っ」

すべて言い終わる前に目の前が陰り、唇が重なる。瞬間、淫らな熱が生まれ、驚いたようにカミーユが唇を離すが、すぐに理性が弾けたように目の色を変え食いついてきた。

乱暴に舌が押し入ってきて、リディアの舌をからめとる。くちゅくちゅと濡れた音が響き、唇が合わさるたびに疼きが体に広がっていく。お互いの吐息も唾液も、触れる肌もすべて、快感へと繋がり体がとろとろに蕩《とろ》ける。なのに唇が離れていき、リディアは彼の首にすがりついた。

「んっ、ん……カミーユさまぁ、もっと……」

「駄目だ。ここではっ……体を痛める」

カミーユは苦しげに呻くと、リディアをさっと抱き上げて寝台に移動した。衝動のまま食らいつきたいだろうに、寝台にそっと下ろされ離れていこうとする。彼の袖をとっさに摑んで、引き止めた。

「置いていかないで……。熱くて、苦しいのです」

潤む目で見上げると、欲に濡れた目でにらまれる。すがるように名前を呼べば、観念したように口づけが落ちてきて、すぐに夢中になった。

「はぁっ、んっ……んぅ……ひゃぁッ！」

カミーユの大きな手が、寝衣の上から乳房を摑んで揉む。乱暴なのに痛くなく、むしろ指が柔肉に沈むほど強くされると気持ちよくて、嬌声《きょうせい》を抑えられない。すぐに硬くなった胸の頂を指でぐりぐりとこすられるのもたまらなくて、体が自然とくねる。

「ああんっ、あぁ……ッ！　カミーユさま、もっと……して、くださいませ」

初めてなのに、恥ずかしい言葉がするりとこぼれる。

「あまり煽るな……ッ」

「ひゃぁ、あぁンッ……やぁんっ！」

首筋に噛みつかれる。疼痛に腰がびくんっと跳ね、下腹部が切なくなる。

カミーユの唇と舌は、鎖骨や胸元を這いながら歯を立てて痕を刻んでいく。しゅるり、と音がして胸元がはだける。リボンの端をカミーユがくわえていた。

「あっ、いやぁ……んっ！　そこっ、ひゃんっ……らめぇッ」

乳房を寄せるように摑まれ、硬くなった頂を生温かい口中で転がされ吸われ、甘噛みされる。逆の乳首も同じようにしゃぶられ、じんじんと熱を持ってくる。脚の間はとろとろで、まだ触れられていないのに下着が湿ってきた。

「あんっ、あぁ、もっ……そこ、ばっかり……いやぁ、あぁぁッ」

舐めしゃぶられ続け、さすがに痛みを感じる。けれどそれも快感として体が拾い、熱が溜まっていく。他にも触れてほしくて、じれったさに身悶《みもだ》えると、大きな手がするりとすべって下着のリボンもほどいた。

はぁはぁ、とカミーユの乱れた息が臍《へそ》や下腹部を撫でて、脱げかけの下着の中に鼻先を入れる。

「やぁっんっ！　だめ、そこ……ッ！」

「誘ったのはそちらだろう」

獣が呻るような声がして、吐息があわいを撫でたかと思ったら、じゅるりとしゃぶられる。閉じた柔襞《やわひだ》が、ひくひくと痙攣する。一瞬で力の抜けた太ももを開かれた。

「ひぅ……ッ、はっ、あっ、あ……ッ」

さっきまでとは違う強い快感に声がでない。息がつまったように喘ぎ、逃げるように身じろぐが腰を片腕で抱え込まれ、むしゃぶりつかれた。

誰にも触れられたことがなかった襞を舌先で乱され、中心の肉芽を吸い上げられる。

「いっやぁ、あんっ……！　ひゃぁ、あぁぁッ……それ、らめッ！」

びくびくっ、と全身が震えて昇り詰めかける。上がった熱が、弾けることなく体内で暴れる。

「やん、やっ、だめぇ……やだぁッ」

なにが嫌なのか自分でもわからず、首を振って高ぶった熱を逃がそうとする。けれどカミーユの舌と唇が敏感な場所を嬲ってくる。ほころんだ柔襞の奥から蜜がこぼれ、痙攣するそこにも口づけられ、指で広げられる。ぬぷぬぷ、と浅いところを舌先が出入りして、いつしかそれが指に変わった。

最初は指先が蜜口を撫でるだけだったが、広げるようにぐるりと回転させながら入ってきた。その刺激に内壁は痙攣し、無骨な指にからみつく。何度か軽く抜き差しすると、一気に根元まで指を突き入れられた。

「ひっ、ひあぁッ！」

「柔らかいな。簡単にのみ込んだ」

「あぁんあぁッ……いわ、ないでぇ……ッ」

検分するような言葉に、羞恥心が込み上げる。入り込んだ指は、中を探るように動きながら行き来して、あっという間に数を増やした。

三本になった指が、隘路《あいろ》を蹂躙《じゅうりん》する。中を押し広げたり、腹の内側をくすぐるように撫でたり、背中側をぐいぐいと押しながら、カミーユがなにか分析するようにぶつぶつとつぶやく。

初めての行為と快感に息も絶え絶えなリディアと違って、快楽にのまれているはずなのに理性が残っているようだ。むしろそうやって冷静になっているのか、こちらを観察しながら中の指をぐちゅぐちゅと動かす。

「ひ、ぐぅっ……や、やぁッ、いやぁ……ンっ！」

「ああ、ここか」

カミーユの指が、ある一点をえぐるように押す。そのとたん走った強い快感に、目を見開く。全身ががくがくと震えて、甘い余韻に涙がこぼれる。それをカミーユは目を細めて見下ろし、ぐりぐりとそこを押し上げたり優しく撫でたりを始めた。

「ひゃぁっ！　やめっ、そこ、やぁぁあぁッ、らめぇ……！」

何度か突かれ、かき回され、昇りつめた熱が弾けるような感覚がした。リディアは短い悲鳴をこぼして痙攣すると、くたりと手足を寝台に投げだす。

ふわふわとした浮遊感に身を任せていると、濡れそぼった蜜口から指が抜けて、代わりに硬いものが押し当てられる。それがなにか、わからないまま中を割り開かれた。

「あっ、ひぃぁ……ッ！　あああぁ……あっ、あぁッ！」

ずんっ、と重い衝撃が腰に走る。指とは比べものにならない太さのものが押し入ってきた。蜜口をこじ開けられる苦しさに喘ぎ、目尻から涙がぽろぽろこぼれる。痛くはないけれど、恐ろしさに腰が逃げる。

その腰を摑まれ、ぐっぐっと緩急をつけて出し入れされる。まだ半ばなのだろう。抽挿されるたびに少しずつ奥へと進む。これが、どれだけ続くのだろうか。

「やぁっ、いやあぁ。むりっ……もう、はいら、ない……ひぃんッ！」

中はどんどん狭まってくるのに、押し入ってくるカミーユのものは太くて、奥がきちきちと引きつれる。それが怖くて、壊れてしまいそうで、しゃくり上げた。魔法陣から与えられる熱は続いていて、痛みなどないのに想像で怖気づく。

「あぁ、あぅ……やだぁ、やぁ……こわ、いっ」

「すまない……ッ」

沈痛な声とともに、唇にぽたりと水滴が降ってきた。血の味に、はっとして視線を上げると唇に落ちた血を指で優しく拭きとられる。そのままカミーユは自身の口を寝衣の袖で乱暴に拭った。

また嚙み切ったのだろう。袖口が真っ赤だ。

「あ……ご、ごめんなさいっ」

魔法陣の影響で同じ熱を持っているなら、我慢するのはつらいはず。リディアの恐怖など無視して、乱暴に突き入れてしまうこともできた。それなのに、こちらの様子を見ながら進め、ぎりぎりで耐えてくれている。

「リディアが、謝る必要はない」

「でも……ひっ、あぁぁッ」

ぐっ、とまた奥に進んでくる。カミーユは欲で揺れる瞳でリディアを見下ろしながら、ゆっくりと腰を動かす。

「痛くはないのだろう？」

「ひゃぁっ、んっ……は、い。大丈夫です」

「夢中になりすぎて、言葉がなくて悪かった。それで怖かったのではないか？」

するり、と頬を撫でられ、額に唇が落とされる。角度が変わった挿入に、少し息が楽になる。

「はぁ……っ、そうかも、しれません……ひんっ、ンッ！」

体勢の変化で浮き上がった脚を持ち上げられ、ぐんっと突き入れられる。狭まっていたはずの奥が緩んで、引きつれる感覚がなくなる。

「ああ、このほうが苦しくないのだな。気づかなくて、すまない」

「え……ひゃあぁ、あぁぁッ……まっ、て、ひぃあぁンっ！」

膝を胸につくぐらい折り曲げられると、それまで引っかかっていた太い部分が、ずるりっと侵入してきた。内壁も受け入れるように熱くうねって広がる。

「くっ……すごいな。引き込まれるようだ」

「あっあぁ、あぁ……ひぁッ！」

上からすべるように入ってきて、接合部がぐちゅんっと濡れた音をたてる。体が跳ね、視界がぶれる。高まった疼きが、腹の奥でびくびくと暴れて弾けた。

「はっ……あぁ……ッ」

「これで、全部入った。平気……そうではないな」

抱えられた膝の痙攣が止まらない。高まった快感は散ったのに、いやらしい熱がまた込み上げてくる。繋がった部分がじんじんして、中のうねりも止まらない。動いてもらえないのがもどかしくて、無意識に腰が揺れた。

蜜口がぐちゅっと音をたててこすれる。それだけで快感が生まれて、もっと欲をかきたててくる。

「ふっ、うぁ……はぁ、あぁ、カミーユさまぁ」

すがるように見上げると、カミーユが嬉しそうに目を細めて口づけてきた。体が深く重なり、さらに奥へと切っ先が沈む。その先がほしくて、彼の頭をかき抱くようにして唇を合わせてねだった。

「はぁ、は……あぁ、もっと……」

「わかってる。動くぞ」

彼の張りつめた声が耳元でしてすぐ、抽挿が始まる。

「ひゃあぁあッ！　あぁぁ、んッ……ひゃんッ！」

腰を摑まれ、上から叩きつけるように出し入れされる。ぎりぎりまで引き抜いて、荒々しく押し入り、あふれる蜜をかき混ぜていく。指で探ったリディアの弱い場所も、かすめるように突いたりこすったりして、中を蹂躙する。

「あん、あぁ、いやぁあぁ……ッ！　らめぇッ、それ……やぁッ」

カミーユが動くだけで気持ちよくて、全身から力が抜けて快楽に蕩ける。狭かった中も緩くなり、激しい抽挿に蜜口がめくれるような感覚までする。何度も突き上げられた最奥は、もっとと貪欲に口を開く。

「んぐっ……うぁ、あぁっあぁ、そこっ、まってぇ」

「はっ、はぁ……もっと奥に入っていいだろうか？」

「ひっう……ッ！　やぁ、あッあぁぁッ……！」

返事をする前に、ぐっちゅんと硬い切っ先が最奥の先に侵入した。もうこれ以上は無理というところまで入り込んで、ぐいぐいと突いてくる。

カミーユの理性もなくなったのだろう。欲望のままに、リディアを貪る。

抱き込んで唇を合わせ、腰を揺らしてかき回す。先端を含んだ最奥を広げるように、さらに繫がりを深くして肌を密着させる。

「はぁ、んぅ……っ、あぅ……ふっ」

からみ合える場所すべてで繫がって、熱を交わす。さっきまでの激しさとは違うけれど、濃密な行為に意識が溶ける。とんとん、と小刻みに奥を突かれ続けるのも気持ちいい。離れてほしくなくて、カミーユの腰に脚をからめると、ぐぐっともっと深くへと入ってきた。

「あ、ぐぅっ……んぁ、やだぁ！　そんなとこ、まで……ッ！」

ぐりっ、と奥の口をこじ開けられる。今までにない激しい快感に眩暈《めまい》がして、熱がほとばしる。同時に、カミーユが息をつめて腰を震わせた。

「んぁ、あぁぁっ……ンッ！」

「はっ……うっ、はぁ……ッ、リディア……リディア」

耳元でカミーユが苦しげに喘いで、低く甘い声で名前を呼びながら、どくどくと中に精を吐きだす。最奥も内壁も激しく収縮して、それをのみ込んでいく。

欲が満たされていくのを感じていると、床と天井の魔法陣が淡く発光しているのに気づく。魔力を吸われた余韻を感じた。熱が高ぶり、達した瞬間に持っていかれたのだろうか。

これで初めての神事は終わりなのかと、ふうっと体から力が抜けかける。けれど淡かった光が一瞬、パアッと強く輝いたあと、あの抗えない熱が再びわいてきた。

「ひぇ……ッ！　あ、うそ……っ」

「……うっ、これはっ」

びくんっ、と内壁が痙攣してカミーユのものを締め付ける。中を犯したままだったそれも、すぐに力を取り戻した。

「最悪だ。ぎりぎりまで魔力を吸い取る仕様のようだ」

天蓋を少しまくって天井を見上げたカミーユが舌打ちする。こんな状況でも魔法陣を読み解けるらしい。

「えっ、あの……どうすれば……？」

「陣の反応がなくなるまで、するしかないな」

その答えに涙目になる。体が持つのか不安だけれど、快感には抗えなくて息が乱れてくる。既に繋がった状態なせいで、最初のときより感度が上がっている。

「すまない。こんなことに巻き込んでしまって」

カミーユの目も欲に揺らいで理性がなくなりかけている。舌なめずりする獣のような視線に、背筋が甘く震えた。

「だが、相手が君でよかった……リディア」

甘ったるい声で名前を呼ばれ、唇が重なった。それはどういう意味なのか、問う前に体を抱き起こされる。ずんっ、と自重で彼のものを深くくわえ込み、脳裏で淫らな火花が散る。

そのまま口付けられながら腰を突き上げられて、なにも考えられなくなった。

それからあとは、もうお互いを貪り合う。理性などどこかへいってしまった。

「ああぁっ、やあっ、もっ、むり……ひっ、あぁぁッ」

「無理ではないだろう、くっ、熱いな」

「ひんっ、らめぇっ、あぁぁんっ、ああ、ひぃあぁっ！　もう、中いっぱい、だからぁあぁッ」

「まだだ。まだ、入るだろう」

獣のように交わって、何度も腹の中に欲をそそがれた。ぐちゅぐちゅ、と二人の体液が混ざったものが蜜口からあふれて、リディアの太腿《ふともも》とシーツを汚す。体も、汗とカミーユの唾液でぐちゃぐちゃだ。気持ち悪いはずなのに快感のほうが勝って、意識はすぐに甘く霞む。

前からも後ろからも挿入され、揺さぶられ、最奥を暴かれる。そしてもう何回目かわからない子種で腹を満たされ、意識が遠のいた。熱も迫ってこない。やっと解放されるのだろう。

とろん、と瞼《まぶた》が落ち、手足は重くシーツに沈んでいる。ちゅっ、と音がして瞼や額、頬、髪に柔らかい口づけが降ってきた。

「リディア……よく頑張った。おやすみ」

低音が耳に心地よく、眠りを誘う。すぐに暖かな腕に包まれる感覚がして、意識がなくなった。

4

腕の中が温かくて、柔らかくて、いい匂いもする。瞼を閉じたまま、さわさわと手を動かすと、指先にふわふわした毛が触れる。なめらかですするすると指の間をすり抜けていく。よい毛並みだな、と目を開くと薄布の天蓋では眩《まぶ》しいほどに外が明るい。

かなり眠ってしまったようなのに、まだ眠くて欠伸がもれる。逆に体は妙にすっきりしていて疲れがない。ぼんやりしていると、柔らかいものがごそごそと動いた。薄紅色の毛が視界で揺れる。

毛並みでなくて人の髪だった。甘いお菓子のような髪色だ。体に触れる肌も美味しそうな乳白色で、吸いつくような肌ざわり。齧《かじ》ったらさぞ甘いのだろうと想像して、目を見開いた。

「うわあぁァッ……！　どういうことだっ！」

カミーユは飛び起きて、自分と彼女を見下ろす。お互いに裸だ。リディアはまだ半分夢の中なのか、小さく呻いて目をこすっている。

昨晩の記憶が一気に押し寄せてきて、状況を理解する。さあっ、と血の気が引いて、自分自身に吐き気がした。

ぐらぐらする頭を押さえながら、とりあえずリディアの裸体を上掛けで隠し、近くで丸まっていた自分の寝衣をさっと身に着けた。

「んんぅ……っ、かみーゆさま？　おはよう、ございます」

舌足らずな声に、彼女の喘ぎを思い出して体が固まる。なんと返せばいいかわからない。

あれは、すべて魔法陣のせいだった。カミーユが性欲に抗えなかったのも、リディアが抵抗なく受け入れてしまったのも、なにもかも。合意ではなかった。

だからといって、カミーユのしたことが許されるとは思はない。リディアがいいと言っても、自分が許せなかった。なにもしないと言った舌の根も乾かぬうちに、最低だ。なぜもっと魔法陣を警戒しなかったのか。天井まで念入りに調べなかったのか。

カミーユは男女問わず、相手の合意なく閨に及ぼうとする者を忌み嫌い軽蔑している。シエルとして生まれたせいで、何度も貞操の危機にあってきたからだ。

襲ってきた者の中には、媚薬を盛られていたせいで自制がきかなかったとか、術で操られていたせいだとか、脅されて仕方なかったとか、様々な言い訳を聞かされてきた。中には気の毒にと思うこともあったが、どんな理由であれ襲われた側は心身ともに傷つく。同情できる理由だからで、許せるものではない。

当然、自分が加害側になっても同じ気持ちだ。リディアは好きでカミーユを受け入れたわけではなく、魔法陣の作用でそういう気分にさせられただけ。強引に襲われるより、心の傷は深いかもしれない。

「申し訳ない……昨夜のことは、すべて私の油断が招いたことだ。君に対してどう償ったらいいか」

「あ、あの、待ってください。突然、どうなさったのですか？」

寝台でぼんやりしていたリディアが驚いたように起き上がり、なにも着ていないことに気づいて真っ赤になる。上掛けで体を隠す彼女に、寝衣とガウンを渡して背を向けた。

「すまない。ひどいことをした。いくら魔法陣のせいで理性が揺らいでいたとはいえ、やっていいことと悪いことがある。私の自制心があまりにも足りていなかった上に、下調べなどの準備不足であった」

「いえ、あのっ……落ち着いてくださいませ。あれはお互いに不可抗力でしたでしょう？どちらが悪いとかの話ではなく、あえて言うなら悪いのは魔法陣を最初に作った方です」

「そういう問題ではない。こういうことは、男側に責任があるものだ」

「持たなくていい責任もございます。それに婚姻して、昨夜はその……しょ、初夜なわけですし、そういうことがあるのが普通なのです。わたくしも覚悟してここにきましたので、気に病まないでくださいませ」

衣擦れの音がやみ、彼女がこちらへずりずりと這ってくる気配がした。

「夫婦だろうと、合意なくなにをしてもいいことにはならない」

「わたくし合意いたしましたよね？」

「あれは妙な魔法陣のせいで……」

後ろから腕を掴まれ引かれる。

「もうっ、こちらを向いてくださいませ！　そうですよ、魔法陣のせいですから。カミーユ様が抗えなかったのも、すべて魔法陣のせいでございます！」

振り向くと、心配そうな顔でのぞき込まれる。彼女の澄んだ水色の瞳に、侮蔑の色がないことに少しだけ胸のこわばりがほどける。ほっと息を吐くと、するりと手の甲を撫でられ握り込まれた。温かく柔らかい繊手の感触に胸が高鳴って、己の節操のなさに顔をしかめた。

「ひどいお顔です。手も冷たいですし……まずはお食事にいたしましょう。わたくしお腹が空きました。きちんと食べて、お茶でもしながら落ち着いてからお話しするべきです。お一人で抱え込まないでくださいませ」

ふわりと微笑むリディアの目は慈愛に満ちている。優しい女性だ。思わず手を握り返すと、彼女の白い頬が薄紅色に染まる。そのとき同じように色づいたふくらみが視界に入った。胸元が大きく開いたガウンから、あまり着ている意味のない薄い寝衣。そこからこぼれ落ちそうな形のいい乳房を、うっかりじっと見つめてしまった。

ばっ、と手を振り払われる。視線に気づいたリディアが、ガウンの前をぎゅっと合わせて耳まで顔を赤くする。少し涙目だ。

「しょっ、食事の用意をしてまいります！　し、失礼いたしますっ！」

脱兎のごとく寝台を降りて部屋から出ていってしまった。

今のは、不可抗力だと言いたいが、乳房を見て昨夜の柔らかさを思い出した自分に言い訳する権利はない。

「なにをやっているのだっ……怯えさせてどうする」

前髪をぐしゃりとかき回し、頭を抱える。せっかくリディアのほうから歩み寄ってくれたのに、怖がらせしまった。さっきの言葉も気を使っただけで、本心ではないかもしれない。しばらく二人きりで生活するのだから、ぎくしゃくしないためにと我慢させたのだろうか。

そういえば、涙目なだけでなく少し震えてもいた。やはり恐怖を押し隠していたのだろう。

「……死にたい」

過去、自分に襲い掛かってきた者たちの顔と、そのときの怒りを思い出す。あの者たちと自分が同じに思える。それどころか最後までしてしまったカミーユのほうが最低だ。

母を亡くした五歳のときから、カミーユは自身を鍛えてきた。しばらく教育係をしていた叔母のアデライドに、「守られるばかりでなく、自衛もしなさい。いざとなったら頼れるのは自分の力だけよ」と言われ、厳しくしごかれた。おかげで魔術にも体術にも剣術にも秀でて、守られるのが常の歴代シエルの中で、飛び抜けて戦闘能力が高い。豊富な魔力量にものをいわせて戦うので、騎士団の猛者を相手にしても負け知らずだ。

そんな男に襲われて、怖くないはずがない。魔法陣の作用で理性の他に、恐怖心や痛みも鈍くなっていたようだが、なにも言わず先に進めたせいでリディアが怖がっていたのを憶えている。そのあとも、もう無理だと泣く彼女を何度も犯し続けた。魔法陣の効果があってもそうなったのだ。なにもなければ、相当な心の傷になっただろう。

シエルの能力目当てでカミーユにせまってくるのは、ほとんど女性ばかりだが、たまに男性もいる。だいたいが体格のよい者ばかりで、初めて男にのしかかられたときは怖かった。

まだ未成年で線が細く、よく女性に間違えられていた頃だ。

あの男は丁寧な口調でシエルを賛美しつつも、卑猥《ひわい》な言葉をいくつも投げつけてきた。恐怖は怒りに変わり、気づいたら叔母仕込みの魔術と鍛えた腕力で痴れ者の喉を叩き潰し、カミーユに押しつけてきた硬い一物は一刀で切断したあと、目の前で燃やしつくしてやった。

それ以降、男が襲ってきた場合は同じ目に合わせている。こういう者は、他所でも同じことをする。正しく使われない一物は潰しておくべきだし、自分と同じ思いをする者を増やしたくない。皆が、己のように強くはないのだ。

そう、リディアも強くない。なのに屈強な男に素手でとどめをさせるような自分に襲われて、どんなに恐ろしかったことか。そういえば目の前で飛竜を撲殺した。あんなのを見せられていたから、抵抗しなかったのかもしれない。

きっと笑っているのも、精神的な防衛反応だ。初めての魔獣討伐で、恐怖から笑いだす新人騎士がよくいる。それと同じだろう。

　自分を犯した男の顔など見たくないだろうし、できれば死んでもらいたいはず。犯されてなくても、襲われただけでもカミーユはそう思う。

「やはり死んで詫《わ》びる以外、考えられない……しかし、神事の最中に私がここで自害すれば、彼女が責められる。父や兄たちにも申し訳ないし、神聖殿下としての仕事も溜まっているからな」

　今回の儀式のために仕事の引継ぎはしてきたが、すべてではない。儀式後に決裁しなくてはならない案件がある。死んで放り出すなんて無責任なことはできない。

　しかし、自分を犯す男が隣にいたらリディアは心穏やかに生活できないだろう。儀式が終わるまで、恐怖に怯えながら過すのは可哀想だ。魔法陣もまた作動するだろう。そうなれば昨夜の繰り返しになり、リディアへの負担が大きい。

「そうか……ならば、襲えなくすればいいだけではないか」

　自分が痴れ者どもにしてきたのと同じようにすればいいだけだ。

　カミーユは寝台を下り、ふらふらと長椅子に向かった。昨夜、警戒のために離宮内で見つけた短剣を抱えて横になった。床に落ちていたそれを拾い上げ、長椅子に座って寝衣をくつろげる。

　力のないそれを掴み出し、冷めた目で見下ろす。そもそも、こんなモノがついているからいけない。最初からなければ、魔法陣に操られることもなかった。

「離宮に入る前に処置しておくべきだったな。盲点であった」

カミーユにとって閨とは汚らわしいものだった。欲望を向けてくる者たちの獣のような目に嫌悪しかない。その彼らと自分も同じになってしまったこと、快楽を得てしまったことが許せない。

「こんなもの、なくて困るものでもない……」

カミーユは短剣を振り上げると、迷うことなく自身のそれに突き立てる。ざくりっ、と肉を絶つ感触がして血が噴きだし、寝衣や長椅子が赤く染まった。だが。

「……ん？　痛くない？」

確かに短剣で切断したはずなのに痛みがないどころか、なぜか一物がもとの場所に戻っている。引っ張るとくっついていて、首を傾げた。かすかに魔法陣が反応するのを感じて天井と床に視線をやると、ほんのりと陣が発光している。

股間を見下ろせば、完全に元通りどころか、辺りを汚していた血がさらさらと塵《ちり》になって消えていくところだった。

そういえば昨夜、手や唇を力任せに切ってしまったが痛みもなく、いつの間にか治っていた。情事のあと、疲れて体を清めることなく意識をなくしたのに、寝覚めの肌はさっぱりしていて綺麗だった。寝台の上も、お互いの体液でどろどろだったのが、跡形もない。

「さっきのあの陣は……時戻しの記号があった。そうか。時を戻すことで、癒しと同等の作用をするのだな。食事などが減らないのと同じ魔術か」

薄っすらと発光していた魔法陣を思い出し、ぶつぶつとつぶやきながら解析する。あとで、なにかに書き留めたい。

「その上、痛みもなくす術が組まれているとは面白い。これを利用すれば、痛みなく腹を割いて、動く内臓を観察することができるのではないか?」

むくむくと研究心が刺激されてくる。この魔法陣を研究すれば、医術方面での発展が見込めるだろう。一物の処分については、もう頭になかった。

「せっかくだ。自分の体で少しだけ試してみよう……」

寝衣を脱いで短剣を握り直し、腹に狙いを定める。探求心に口元がむずむずして、興奮が抑えられない。カミーユは目をらんらんとさせて、短剣を腹に突き刺す。血がほとばしった。

瞬間、扉のほうで叫び声となにかが倒れる音がして顔を上げる。床には顔色をなくしたリディアと台車が倒れていて、その横には皿と料理が散らばっていた。

「すまない……つい、どうなるのか気になってしまって」

「わたくし、きちんと話し合いましょうと言いましたよね? それなのに……勝手に人の気持ちを想像した挙句、おかしな方向に先走って離宮でなければ取返しのつかないことになっていたでしょう。しかも内臓が気になるからと、なにをなさっているのですか!」

寝台に起き上がったリディアが目尻をつり上げて声を荒げる。介抱のために持ってきた椅子に腰掛けていたカミーユは、びくりっと体をこわばらせた。

失神した彼女が目を覚ましたのは、寝台に移して割とすぐだった。それから怪我はないかと体を確かめられ、大丈夫だとわかって落ち着いたら、泣きながらなにをしていたのかと詰め寄られた。彼女の動揺がひどかったので、嘘もつけず洗いざらい話した。

リディアへの贖罪の気持ちや、シエルなせいで何度も襲われてきた過去を話したところまではよかった。「それで……思いつめてしまったのですね」と同情された。一物を切断したところでは、真っ青になり「そこまでしなくても……」と軽く引かれたが、まだリディアの反応は労りに満ちていた。

だが、短剣を突き刺してみたら痛みがなく、一物が元通りになったこと。時戻りの魔法陣に興奮して、探求心で腹を割いてみたくなったと話したあたりで、リディアから冷え冷えとした空気が漂ってきて、正直な気持ちをぽろりとこぼしたせいで現在の怒りに繫がった。

「まず、重大な決断をお一人でなさらないでくださいませ。まだ夫婦としての実感はございませんが、一緒に暮らす者同士として、相談なく相手を驚かすようなことをしてはいけません」

泣きじゃくったリディアの目から、ゆっくりと赤みが消えていく。こすってしまった目元の腫れが落ち着いていくのを観察しながら、つい天井と床に視線を走らせた。やはり魔法陣が作動している。

「カミーユ様……聞いておられます？」

低くなった声に視線を戻すと、にこりと微笑まれる。目が笑っていない。

「神殿には、カミーユ様のように研究や実験にのめり込む神官は珍しくありませんので、共同生活をおくる者同士、迷惑をかけないよう実験前に周囲に報告する規則と義務がございます。それは王都の神殿でも同じだと思いましたが、わたくしの記憶違いでしょうか？それとも神聖殿下であらせられるカミーユ様だけは例外ということですか？」

「……本当に申し訳ない。以後、気をつける」

「気をつける？」

「…………二度としないと誓う」

八歳は年下だったと思うが、自分に非があるので彼女の物言いに逆らえない。リディアは、カミーユのような神官を相手にするのに慣れているようだ。

「ええ、二度となさらないでくださいませ。次も必ず無事にすむという保証はないのですから」

リディアの冷たかった目が不安そうに揺らぎ、きゅっと握られた白い手がかすかに震えた。

昨晩から、怖い思いばかりさせている。それなのに襲った男の身を案じるとは、カミーユと違ってなんて慈悲深いのだろう。

「私は、君にどう償えばいいのだろうか？　ここにいれば、また君を襲うだろう。できるかぎり魔法陣の作用に抗うつもりではあるが、これ以上、君を傷つけたくないのだ」

「あの……それに関しては、本当に気に病まないでくださいませ。カミーユ様のほうがわたくしより、よっぽど傷ついていらっしゃいます。こちらこそ、考えなしに魔法陣に身を任せてカミーユ様を汚してしまい、大変申し訳なく思っております」

「は……汚した？」

　カミーユが汚されたとは、どういうことなのか。普通は逆だろうと、ぽかんとしてリディアを見やると、言いにくそうに口をもごもごさせて頰を染める。

「過去のお話を聞いて……大切に守られてきた純潔を奪ってしまったのは、むしろわたくしのほうでございます。カミーユ様でしたら、体に傷痕のあるわたくしではなく、もっと素晴らしい方と初めてを迎えられたはずですのに……殿方だからと責任まで感じてられて、本当に申し訳ございませんでした。いろいろと不快だったのではないでしょうか？」

　おかしな話の流れに呆然として、リディアを止め損ねる。

「殿方でも、初めてには思い入れや夢があると聞いたことがございます。なにも知らなかったとはいえ、わたくしが軽率で堪え性がなかったばかりに、嫌なことまで思い出させてしまいました。嫌悪感から体を傷つけるような事態になり……」

「待て……まてまてまてっ！　そうではないっ！」

　いたたまれなさに頰が熱くなり、言葉をさえぎる。

「そのような生娘みたいな感傷で、あのようなことをしたのではない。できれば閨は好いた相手がいいとは思っていたが、強い思い入れも夢もないので謝罪は必要ない」

「……ですが」

「君の体の傷についてもだ。私は、その痣を美しく愛しいと思う。不思議と触れてみたくなり、嫌悪感など微塵《みじん》も持たなかった」

ここは勘違いされたくないし、彼女に劣等感を抱いてほしくなかった。語気を強めて言い募る。

「私は、シエルの能力目当てで言い寄ってくる者らに嫌悪感がある。そういう輩に自身を蹂躙されるのだけは嫌だった。だが君にはずっと触れていたかったし、触れてほしいと感じた。魔法陣のせいだけではない。初めて見たときから惹かれていたのだ」

下手に誤魔化して彼女を傷つけたくなかったし、妙な誤解もときたいがために、正直に語る。

「だから私は、君が……リディアが初めての相手でよかったと思っている。むしろ、思わぬ形で夢が叶ったともいう」

そう言い切ると、部屋がしんと静まり返った。羞恥で耳の先まで熱い。これはなんの拷問だろうか。

リディアも気まずいのか、真っ赤になって下を向いてもじもじしている。告白に嫌悪感を持たれていないようなので、ひとまずよしとする。

「……ところで、君こそ本当に大丈夫なのか？　魔法陣の作用があるのに、私と繋がることを怖がって泣いていただろう。そのあとも強引に何度も……行為に恐怖心を持ってはいないか？」

またカミーユが触れることに拒否感がないかと聞きたいけれど、なんと返ってくるかわからなくて口にできなかった。

けれどリディアは、意外なことを言われたような顔つきで小首を傾げる。少したれ気味の丸い目をぱちぱちと瞬く姿は無防備だ。

「大丈夫ですよ。さっきからカミーユ様と普通に話せているでしょう。恐怖心などございません」

「だが……無理はしていないか？　私は君の体をかなり酷使した。魔法陣で体力も回復させられているが、心の傷は快復しない」

「いえ、本当にご心配にはおよびません。心の傷になるようなことなど、なにもされておりませんから」

「なにもって、そんなことはないだろう？」

合意がないどころか、魔法陣に操られての閨だ。不本意なことがなにもないなど、あり得ない。だが、リディアは頬をほんのり染めて首を横に振る。

「あれは、その……普通の閨でしたから。死ぬような目にもあいませんでしたし、特殊な行為を求められたりもしておりませんので、わたくしもカミーユ様がお相手でよかったと思っております」

恥じらうリディアは可愛いが、言っている内容に胃の底がすうっと冷えていく。

「ちょっと待て、普通とはなんだ？　それに、まるで他の閨を知っているような言いようだが、どういうことだ？」

詰問するように口調がきつくなり、動揺で口元がこわばる。吐きそうだ。

彼女は初めてのはずだが、他の男と途中までなら経験があるのだろうか。しかも普通ではない閨を経験させられたように聞こえる。そんな男がいるなら、今すぐにでも殺してやりたい。

「え……あっ！　ち、違います！　誤解です……その、わたくし医者を目指しておりまして、女医ともなると閨で怪我をした女性の治療をすることも多いそうなのです。そのための知識と閨教育を祖母から受けておりました」

今後、行き違いがあると面倒なので、どういう教育を受けたのか詳しく聞く。あまりにも悲惨な内容に絶句し、血の気が引く。初めての閨でリディアに混乱や動揺があまりなく、案外しっかりとしているのは、この教育のおかげなのか。自分より深い知識があることに、なんとも言えない申し訳なさを感じる。

ともかく儀式が終了し離宮を出た暁には、性別や身分、職業に関係なく、合意のない閨行為をした者には罰を与えるよう、早急に法整備をしよう。

「だが、そのような不逞《ふてい》の輩《やから》と比べて普通と言われても複雑な気持ちだ」

「申し訳ございません。そんなつもりは……普通というか、カミーユ様はとても、その……手慣れている感じがいたしましたので、まさか初めてとは思いませんでした」

「……知識が流れ込んできたからな」

忌々しさに顔をしかめ、閨をするのに困らないだけの情報が一気に頭に入ってきたのだと話し、目をそらす。恐らく、魔法陣の作用の一つだ。

実は、カミーユは閨教育を受けていない。父や異母兄たちからはきちんと学びなさいと言われ続けていたが、忌避感が強すぎてずっと逃げてきた。聖婚が決定してからは、相手女性のために知っておくべきだと、家族だけでなくミシェルたち側近からも繰り返し説得された。実践はしなくてもいいから、せめて座学だけでもと。

だが、相手のためを思うならば、知らないほうがいい。自分は得た知識をすぐに試したくなる性分だ。それに正確な知識がなければ、万が一、襲うことがあっても最後までできないはずだと、頑として譲らなかった。これで望まぬ閨対策ができたと思っていた。なのにまさか、こんなあくどい魔法陣が仕込まれているとは予想外だ。

昨夜、長椅子の上に横になっていたカミーユは、唐突な知識の奔流に驚いて床に転がり、破裂しそうな頭を抱えた。それが落ち着くと今度は、突き上げるような情欲に体が支配される。いつ理性が弾け飛んでも不思議ではない状態だったところに、リディアが寝台から下りてきたのだ。

「まあ、なんて便利な魔法陣なんでしょうか。素晴らしいですね」

「……便利か？」

リディアの呑気な感想に力が抜ける。必死に欲を耐えたり思いつめたりした自分が滑稽だが、彼女の心に致命的な傷ができていなくてよかった。

「君が行為に嫌悪感がなかったのは納得した。では、なにを怖がって泣いたのだ？　次に同じことが起きないよう、参考までに聞いておきたいのだが。よいだろうか？」

何事にも、事前に対策を練っておくのは基本。そう簡単に魔法陣に操られるつもりはないが、また彼女を抱いてしまうならば、恐怖に泣かせたくない。カミーユ側でできることがあるなら、万全にしておきたかった。

「リディア？　顔が赤いが……答えにくいことだったか？」

つられてカミーユも恥ずかしくなってくる。リディアは「必要なことですし、一緒に暮らすなら相談しようと言ったのはわたくしですから……」と、羞恥に震えながら口を開いた。

「閨の最中に怖がったのは……大きさが、えっと……痛くはなかったのですが、繋がっている部分が裂けてしまうかもと思っただけで、すぐに……き、気持ちよくなってしまったので……そのあとも気持ちよすぎて苦しくて泣いていただけですので……お気遣いなく」

尻すぼみになっていく言葉に、カミーユは腕を組んで天を仰いだ。魔法陣は作動していない。それなのに、衝動的に彼女を押し倒したくてたまらなかった。

「ともかく、食事にしよう。今度は私が用意する」

ついでに頭を冷やそうと、足早に部屋をあとにしたのだった。


離宮にきて五日。毎晩、同じ刻に寝所の魔法陣が作動することはわかった。そして、どこにいても強制的にわいてくる情欲に逆らえないことも把握している。

「ひゃっ、あぁ……！　んっ、いやぁ、ん……ッ！」

今宵は、食堂の卓に伏せたリディアを、後ろから獣のように犯していた。逃げる腰を引き寄せ、ぐっと中を深くえぐる。締まる蜜口とからみつく内壁に、カミーユは息を詰めた。腰を重くする快感に引きずられ、なにも考えられなくなる。乱れるリディアのうなじに噛みつき、引き裂いた衣服の前からこぼれる乳房を揉みしだき、抽挿を激しくした。

また、魔法陣から強制的に与えられる衝動に抗えなかった。

なけなしの抵抗で、今夜は寝衣ではなく、お互いになるべく脱ぎにくい衣服に着替え、同刻になる前に地下にいった。そこでカミーユは自分で両足を縄で縛り、リディアに後ろ手に縛ってもらった。彼女には、寝所以外の場所に隠れて情欲に耐えながら一夜を明かしてもらう実験だった。

どうしても欲望に抗えないなら、動けないようにするしかない。特にカミーユ側の性衝動のほうが強く、リディアが視界に入ると襲いかかり、近くにいなければ理性をなくして探し回る。けれど彼女のほうは、体が火照って動けなくなるぐらいでカミーユを探し回ったりはしない。

拘束に使った縄は倉庫にあったもので、カミーユが魔術を加えて強度を上げ、魔力で負荷をかけても引きちぎれない縄に作り変えた。これで地下から出られないはずだった。

縛るなんてとリディアには心配されたが、理性をなくしても物理的に動けなければどうなるか検証したかった。それに、自分の意思ではない性衝動で彼女を犯したくない。この実験が成功したら、毎晩、縛ってもらおうと思ったが失敗だった。

同刻になり魔法陣が起動すると、いつものように衝動が膨れ上がり、縄をちぎろうとした。だが、すぐに無理だと悟ると自由な指先を爪でえぐり、血で床に魔法陣を描いて縄を解いてしまったのだ。理性が朦朧《もうろう》としているのに、性衝動のためには冷静に動けるらしい。カミーユの知識に、縄をほどく魔法陣があったのも悪かったのだろう。

あっさりと拘束を逃れたカミーユは、食卓の下に隠れていたリディアを引きずりだし、大した愛撫《あいぶ》もせずに蹂躙した。魔法陣のせいで高ぶっていた彼女の中はすでに柔らかく蕩けていて、蜜でたっぷりとぬかるんでいる。強引に突き入れても、最初に少し狭く感じただけで、あっという間にカミーユの欲を受け止めて乱れた。

「ああぁっ、あっ、ひゃぁ……んっ、らめっ……！　もっ、いっぱい……ぁあッ！」

接合部がぐちゅぐちゅと卑猥な音をたてる。もう何度、ここに吐きだしただろうか。繋がったまま、抜かずに果てては硬くなるを繰り返した。

下着をはがれ、二人の体液で汚れたリディアの脚が震えている。快楽に沈められ、もう立っているのもつらいのだろう。かくん、と膝が崩れ、カミーユが後ろから突いて食卓に押さえつけていなければ、とっくに床に座り込んでいるはずだ。

そんな姿にも欲が高ぶり、カミーユは抽挿を激しくする。魔法陣のせいなのか、自分の欲なのか。それすらも判然としないまま、リディアの奥深くをぐいぐいと暴いていく。

「うぁ、あぁッ……ひっ、あぁぁ……ッ、いやぁ、そこ……だめぇッ」

「はぁっ、はっ……今さらだろう。君のここは歓迎している」

切っ先で、もう何度もこじ開けた最奥を突く。ぐぐっ、と強くねじ込めば先端に吸いつかれる感触がして、腰が快感で重くなる。リディアは声にならない嬌声を漏らし、卓布に爪を立てた。

「……くっ！　はっ……はぁ、はぁ……ッ、リディア……」

ぎゅうっと強く締め付けられ、頭が真っ白になり達する。子種をすべて搾り取るように中がびくびくと激しく収縮して、さらなる快感をカミーユに与える。背中から抱きしめたリディアはそそがれる子種にぶるりと震え、切れ切れに喘ぐ。もう限界なのだろう。体から力が抜け、瞼が落ちかけている。

けれどまだ魔力はあるらしく、天井の魔法陣が起動したようだ。

ただの神官が聖婚しても、天井の魔法陣は反応しない。もちろん性衝動を強制的に刺激されたり、勝手に傷や体力の回復がされることもない。シエルではない神官の場合は、寝台で閨をおこなったときのみ、床の魔法陣が起動して魔力を吸い取るようにできている。

なぜ今まで、この神事が危険で女性側に負担が大きく命も落すことが多かったのかわかる。魔力は、体力が回復すると元通りになる。けれど体力が戻らぬうちに閨神事を繰り返せば、どうしても回復する魔力も減っていく。その状態で魔力を吸い取られ続ければ、体が衰弱するか魔力が枯渇して死に至るだろう。特に女性側の負担が大きいのも納得だ。シエルの聖婚のときのみ、体力回復の魔法陣が起動する。安全が担保されているということだ。

あの不快感しかない迷信は、この離宮由来なのかもしれない。シエルと交われば不老になる。たしかに離宮で閨をおこなうかぎり、癒しと回復のために時戻りをするのだから年はとらない。

あの迷信を布教する邪教団体は、それをどこで聞いたのだろうか。彼らを頭のおかしい連中だと断じていたが、中枢は違うのかもしれない。

そして邪教団体を捕まえては拷問していたアデライドは、離宮やシエルの謎を摑んでいたのではないか。リディアがカミーユの番に選ばれることも知っていたふしがある。

魔法陣の起動で体力が戻ってくるのを感じながら、カミーユは腰を引いた。楔《くさび》が抜けた蜜口から、少量の血が混じった子種があふれる。時が戻るので、リディアの体は毎回初めての状態に戻ってしまう。痛みはないそうだが、痛々しさと同時に独占欲が込み上げてくる。そこに魔法陣の作用が混ざって、再び理性が混濁してきた。

吐精したあとしばらくは、頭がすっきりして理性的に考え分析できる時間があるが、それもお終いのようだ。寝台に移動したかったが、その余裕も性欲に塗りつぶされ、赤い血に触発されて体の中心が高ぶる。

「はぁ……ぁ、かみーゆ、さまぁ……」

意識をなくしかけていたリディアの体力も戻ってきたのか、瞼がゆっくりと持ち上がりカミーユを見る。冷たい水色の瞳が、情欲に濡れ潤んでいる。ごくり、と喉が鳴った。

「すまない。もう待てそうにない」

それだけ言うのがやっとだった。後ろにあった椅子を引き寄せ腰掛けると、今にも食卓からずり落ちそうなリディアの腰を摑んで、カミーユの膝に乗せる。

「きゃっ……！　ひゃっあぁぁ……まっ、まってください……ッ、あぁぁッんっ！」

体勢の整わないリディアの膝裏に手をかけて持ち上げ、力を取り戻した雄の上にその腰を落とす。一気にすべてをのみ込まされた中が激しく痙攣する。挿入しただけで達したのだろう。前のめりになったリディアが食卓の端を摑んで、ぴくぴくと震えて涙をこぼす。切れ切れな喘ぎ声もあいまって、可哀想なのに愛しくて、感情が揺さぶられる。

腿を摑んで、乱暴に腰を突き上げた。

「ひっ……アァァっ！　まって、やぁ……ふかいの、いやあぁッ……アアッ！」

そこからはまた理性が消し飛び、華奢な体を上下に揺さぶり快感を追いかける。逃げることのできない体位にされたリディアは、甘ったるい声を上げ続ける。

ぎりぎりまで引き抜いて叩き落とす。ぬちゅぬちゅと淫猥な音がたつのもたまらない。

深くえぐり、気まぐれに先端を最奥の口にねじ込む。切っ先に吸いつく感触に溜め息がこぼれ、腰が悦楽に震える。

容赦ない抜き差しに、リディアがいやいやと首を振って泣く。余計に欲が煽られ、ひどく抱き潰したくなる。背中からかき抱き、より腰の動きを早くしてやった。

「ひゃあぁッ、んんッ……あぁ！　もっ、むり……ッ、ひっ、あぁああッ……」

また大きな波がやってきて、高みに押し上げられる。痙攣するリディアの体を抱きしめ、耳朶《みみたぶ》を甘噛みしながら熱を叩きつけた。びくっ、びくっ、とお互いの腰が跳ねる。彼女の中はやっぱり、子種の最後の一滴までほしがって激しくうねる。出し切ったあとも続く快感に、頭がくらくらした。

上がった息を整えながら、リディアの髪やうなじ、蟀谷《こめかみ》に口づけを何度も落とす。毎回、込み上げてくるこの愛しさは、魔法陣とは関係ないと思いたい。

「はぁ、はっ……リディア、愛してる」

ぽろりと出た言葉に驚く。このような状況下で言いたくなかった。まるで誠意を感じられない告白に、苦いものが胸に広がる。

だが、リディアには既に力がなく、瞼が閉じられていた。聞かれなかったことが残念なような、そうでないような。寂しさとともに安堵して、息をつく。魔法陣はもう反応していなかった。

「……はぁ、最悪だ」

もやもやする気持ちに髪をくしゃりとかき上げ、意識のないリディアに口づけた。去っていく熱と戻ってくる理性の狭間で、募る想いが揺れていた。

この想いがなんなのか。明瞭になるにしたがって、日々、天井の魔法陣が憎らしくなってくる。こんなかたちで彼女を抱きたくなかった。

衝動的に、魔法陣を聖笏で破壊しようと魔力をぶつけたが弾かれる。次に、魔術で天井まで跳躍し、聖笏で物理的に殴りかかったが同じ結果となった。床に転がり忌々しさに舌打ちする。

「あの、普通にしてみませんか……？」

危なくないよう結界が張られた場所で見物していたリディアが、おずおずと口を開いた。

「普通？」

意味がわからず、体を起こして聞き返す。長椅子に腰掛けたリディアが、カミーユから視線をそらして頬を染める。

「抗わずに身を任せてみては……と思うのです。魔法陣の作用に逆らおうとするから、よけいに作用がきつくなるのではないかなと」

これは詳しく聞く必要がありそうだ。カミーユは立ち上がり、リディアの隣に腰掛けた。

「どうしてそう思ったのか、教えてもらっても？」

リディアの頬がますます赤くなり沈黙が下りる。言いにくい内容なのだろうが、恥じらっている姿をじっと観察して待つ。このまま見ているだけでも楽しいと思い始めたが、普段カミーユの検証に口を挟まない彼女の見解が気になる。

「一緒に暮らすのだから、重要なことは話し合おうと言ったのは君だったな」

そう水を向けると、リディアが悔しそうに「ううぅっ……」と小さく呻く。いちいち可愛いので手を出したくなるが、魔法陣も起動していないのに閨に類することをするのは抵抗があった。彼女に嫌がられるのも怖くて、うずうずする腕を組んで我慢する。

「そ、そうですよね……わたくしが言いだしたことなのに、変に意識して言い淀《よど》むなんて、申し訳ございません」

いや、そこは変に意識してもらっていいのだがとは言えず、緩みそうになる顔面に力を入れる。少し顔が怖かったのか、「ひゃっ！」とリディアが小さくこぼす。小動物めいた反応に、ますます表情の筋肉が鍛えられる。

「えっとですね……初めてのとき、わたくし魔法陣の作用に抗うのをすぐやめてしまいました。ですがそれ以後は、カミーユ様の検証にお付き合いするため、頑張って抗うようにしていたのです。それで最初とそれ以後では違いがあることに気づきました」

つとめて冷静に話そうとしているらしく、表情が硬い。赤みの残る頬がなんとも禁欲的で、意識していないと話に集中できない。

「特に、意図して逃げ隠れした昨晩なのですが、そのとても……あの……うぅっ」

言葉にできないようで、スカートをぎゅっと握り口をぱくぱくさせてはうつむくを繰り返す。ずっと見ていたい光景だが話が進まないので、圧をかけるように低い声で先をうながす。

「で、なにが違うのだ？」

「かっ、かか快感が強かったのですっ。ですがっ、初夜はそれに比べると弱かったなと」

「ほう……それで？」

「あの、ですからっ……抵抗すると強制的に行為をうながすために、快感や衝動が強くなるのではないかと推測いたしました。魔法陣の作用に身を任せるか、自主的に閨事を実行すれば、抗うことで発生する諸々に悩まされることがないのではと愚考いたしますっ！」

羞恥が振り切れたのか、真っ赤になって早口でまくし立てる。最後は少し息切れをしていた。

「要するに、初夜に比べてそれ以後、特に昨晩は快感が強かったということか」

「そ、そうですけどっ……魔法陣の作用が強かったと言ってくださいませ！　それではまるで、強引なほうが好きみたいな言い方ではありませんか」

「強引なほうが好みなのか？」

「違います！　そもそも魔法陣の影響下でしかしていないので、好みなどよくわかりません」

「それもそうだな……」

少しからかっていたら、痛いところを突かれて口ごもる。やはり魔法陣が忌々しい。

「という訳なので、一度、普通に閨をしてみませんか？」

こちらの葛藤には気づかず、気持ちを切り替えるようにリディアは背筋を伸ばして提案する。

「それから、そのほうがカミーユ様もおつらくないのではないかと……」

「つらくないとは、どういう意味だ？」

「その……毎回、わたくしと強制されて閨を迎えることに苦しんでおられるようにお見受けいたしました。カミーユ様はもともと潔癖で閨事をする気がなかったようですから、わたくしとこうなるのは不本意なのですよね……あんなふうに自傷行為までするほど、罪悪感にさいなまれておいでてでしたし」

リディアが視線を落とし苦笑する。彼女にそんな表情をさせたくなかった。

「ですから、少しでもそういう気持ちを和らげるために、抗わずに合意のもと閨事をおこなえばよいのではなかと思いました。できれば魔法陣が作動する前から始めれば、強制的にさせられているという不快感は軽減するのではございませんか？」

魔法陣の検証と抗うことばかり考えていた。こんなふうに気を使わせてしまうなんて、男としてあまりに情けない。

「すまない。抱かれる側の君の気持ちを慮《おもんぱか》れていなかったようだ」

自分に腹が立ち、声に苦々しさが混じる。

「魔法陣の作用は不本意だが、私は君との閨に不快感はない。むしろ……魔法陣がなくとも、今は君を抱きたいと思っている。私が苦しんでいたのは、君を大切にしたいのに夜になると魔法陣のせいで無体を強いてしまうからだ。私は君を慈しみたいのだ」

誤解が生じれば彼女が傷つく。恥ずかしいが、正直な気持ちを言葉にしていく。

「だから君が……リディアが嫌でないのなら、魔法陣が起動する前に閨事を始めたいが、いいだろうか？」

リディアを見据えて真剣にそう聞くと、真っ赤な顔でこくりと頷かれた。このまま襲っていいだろうか、と早まりそうになったが「で、では、夕食後によろしくお願いいたします！」という言葉でお預けを食らうことになった。

そして、そわそわと夕食をすませて湯浴みをしたあと、寝所の扉を開いた。先に湯浴みをしたリディアが、寝台にちょこんと座っている。不安そうにガウンの合わせを握り、胸元を隠すように背を丸めていた。下はあの無防備すぎる寝衣なのだろう。リディアによると、そういう寝衣しか置いていないという。この離宮を作った初代シエルは、趣味は悪くないが碌《ろく》でもない奴に違いない。

「リディア、隣に座ってもいいだろうか？」

「は、はい……どうぞ」

緊張しているのか、うつむいたまま視線を合わせない。腰を下ろすと、ぎしっと寝台が鳴り、彼女の華奢な肩がぴくりと跳ねた。初めてではないのに、こちらまで緊張と照れ臭さで言葉を探しあぐねる。

「……半刻ほどで魔法陣が起動する。その前に始めようと思うが、問題ないか？」

もっとなにか気の利いたことを言えないのか。しかし、婚姻も初夜も想定していなかった身なので、こういう場面での語彙を知らない。ミシェルに「必要になったときに困りますよ」と散々指摘されていたのが、今になって身に染みる。

今さらだが、初夜の作法を習っておくべきだった。下手をするとリディアのほうが詳しいだろう。男の沽券《こけん》が危うい。

「……あの、よろしくお願いいたします。わたくしでは、その気になれないと思いますので、が、頑張ります！」

恥じらっているのかと思ったら、妙な意気込みで顔を赤くしたリディアが膝立ちになり迫ってきた。肩を掴まれ、唇が重なる。なんなのかと困惑していると、ぐいぐいと肩を押すので、口づけながらゆっくりと寝台に倒れ、危なくないように彼女の体を支えてやる。

ぴちゃぴちゃと唇をなめるので開いてやれば、小さな舌が口中に入ってきて、懸命に舌をからめようとする。

小動物に飛びかかられ、必死に甘えられている感じで悪くない。魔法陣が起動していないのに、早くも襲いかかりたい気分だ。

しばらく好きなようにさせていたが、焦れてきた。押し返そうとしたところで、唇が離れる。

「大丈夫です。優しくいたします」

「は……？　なにを？」

間抜けにも聞き返す。というより、それはこちらの台詞ではないかと真顔になる。

「理性がある状態では、閨事に忌避感がおありになるカミーユ様では機能しないのではありませんか？　男性は精神的な面が影響されると聞きました。その場合、女性側が奉仕するといいそうです。ご不快でしたらすぐにやめますので、気兼ねなくおしゃってください」

早口で言い切ると、がさごそとカミーユの服を脱がしにかかる。女性の寝衣に比べて脱がしにくいので戸惑っているようだ。それより、なにを言われたのか咀嚼《そしゃく》するのに時間がかかって出遅れた。

リディアがカミーユの寝衣をずり下げる。中から、すでに立ち上がりかけていた一物が飛び出す。

「ひぃぃっ……お、大きい……なんで、立ってるのですか？」

失礼にも悲鳴を漏らし、うろたえた顔で状況をつぶやかないでほしい。興奮して、そこが反応してしまう。辱めもいいところだ。

「うぇ……なんで、また大きく……？」

「なにか勘違いしているようだが、君相手ならきちんと機能するので心配いらない。夕食前に、君を抱きたいと話したはずだが？」

「あれは気を使っていただいたのかと……」

「誤解がないよう、わかりやすく伝えたつもりだったのだが、気づかいだと勘違いされたのか」

カミーユは溜め息をつき、リディアを脚に乗せたまま半身を起こす。

「私は、君を女性として求めている。こういう状況下で言いたくなかったが……君のことが愛しい。初めて目にしたときから、ずっと惹かれている」

これだけわかりやすく告白しているのに、のぞき込んだリディアの目はまだ不安に揺れている。少し苛ついてきたので彼女の両手を摑み、さっきよりも芯が通ってきた自身に導いてやった。リディアが真っ赤になって変な悲鳴を上げる。

「ふあぁぁっ……！　な、なんで、さっきより……っ」

「信じないから悪い。これが証拠だ。君のせいでこうなっている。煽った責任はとってもらおう」

「わたくしのせい？　責任？」

「ああ、奉仕してくれるのだろう？」

口付けられる距離で囁き笑ってやると、リディアは涙目で顔色をなくす。

「ちなみに、まだこれは最終的な状態ではない」

ほっそりした両手を上から押さえて上下に動かす。ぐぐっと大きさと硬度を増すそれに、リディアが固まった。

「……は、入りませんっ」

「いつも問題なくすべてのみ込んでいるから安心しなさい。魔法陣の作用がないぶん少しつらいかもしれないが、癒しならすぐに与える」

面倒なことに体は処女に戻っているので、魔法陣の作用がなければ痛みがあるはず。挿入時に痛みを和らげる魔術でも使うかと算段し、動けなくなっているリディアを片手で引き寄せ口づけた。もう片方の手で、彼女の両手を押さえつけて動かす。先に滴った液が、ぬちゅぬちゅといやらしい音を立てる。

唇を角度を変えて重ねながら、ガウンを肩から落とし、寝衣のリボンをほどく。露わになった素肌に手をすべらせ、胸のふくらみをそっと揉み込む。

いつも理性が吹き飛んでいるせいで、あまり優しく触れてやれなかった。堪能するようにじっくりと乳房に触れていると、リディアがじれったそうに体をくねらせる。深く濃厚になっていく口づけに溺れつつ、喉を鳴らして体を摺り寄せてきた。

「手が留守になっている。優しくしてくれるのだろう？　期待している」

喉でくつくつと笑いながら両手で乳房を愛撫すると、おずおずと繊手が動きだす。拙い手つきで、気持ちいいというよりくすぐったいが、愛しい女性にされていると思うと催淫効果がなくても興奮するらしい。乳房をすくい上げ、充血した先端にしゃぶりつく。口中で転がして、ぐちゅぐちゅになるまで舐めまわす。

「ひゃぁ、うぅんっ……！　あぁ……やんっ！」

「また手が止まってる」

「やぁ、しゃべっちゃ……ひゃんっ！」

咎めるように軽く噛みつくと、膝の上がじわりと濡れてきた。愛撫だけでも感じてくれている。嬉しくて、さらに気持ちが昂《たかぶ》る。すぐにでも突き入れたくて息が上がった。

「魔法陣など関係なく、君がほしい」

押し倒し、乳房の下の膨らみを甘噛みし、手を下肢へとすべらせる。薄布の下着を脱がして、閉じられないように脚の間に体を入れた。震える太腿の内側を撫で上げ、指先をぬかるみ始めたそこに沈める。

「あぁッ……、ひっ、あぁぁ……ッ」

腕にガウンと寝衣がまとわりついたリディアが、逃げるようにもがく。布地のせいで上手く動けないのだろう。抵抗できないのをいいことに、蜜をあふれさせる脚のあわいに顔を埋めた。

「やっ、いやぁ……んっ！　いけませんっ、汚いから……ぁ、あぁッ」

催淫効果があっても、ここを舐められるのに抵抗感があるらしく、リディアは毎回逃げ惑っていた。理性の残っている今回はどうだろう。舌先で愛撫しながら視線だけ動かす。

「らめぇ、カミーユさまぁ……ひぁっ、あぁぁ……ッ！」

全身を薄紅色に染めてよがり、震えている。魔法陣がなくても理性が飛びそうだ。

もっと乱れさせたくて、鼻先を突っ込むようにして口全体で襞を食む。蜜口の浅い場所に舌先を含ませ、ぬぷぬぷと抜き差しする。気持ちいいのか、リディアが泣きながらやめてと懇願し、蜜口をひくつかせるのだからたまらない。

舌を引き抜き、代わりに指を突き入れる。時を戻され体が初めてになっても、感覚は憶えているのだろう。くぷり、と蜜をあふれさせてカミーユの長い指を美味しそうに根元までのみ込む。今度は襞に埋もれた肉芽に口づけ、ちゅうっと吸いつき執拗《しつよう》に愛撫する。

指はすぐに数を増やし、蜜口もあっという間にほぐされて蕩けきった。肉芽も熟れて、カミーユの舌の上でびくびくと震える。

「あんっ、あぁ……だめぇ、らめっ、あぁぁッ！　ひっ……んッ！」

何度目かの抽挿で、内壁が指にぎゅうっと強くからみついたあとに激しく痙攣する。口中で肉芽もびくんっと震えて果てた。締め付けの緩んだ蜜口から指を引き抜くと、とろりと蜜があふれる。

もう我慢できなかった。もっとほぐしたほうがいいのかもしれない。そう脳裏にちらりと浮かんだが、すぐに情欲に押し切られる。

魔法陣はまだ起動していない。強制されなくても、カミーユはリディアを求めていた。

「入れるぞ」

欲のにじんだ声でそれだけ言うと、蕩けた蜜口に先端を押しつける。達した快感でぼうっとしていたリディアが、はっとしたように瞬きして体を硬くした。すぐに呪文を唱え、下腹部に触れて魔力を流す。

「ひゃっ……んっ、なに？」

「大丈夫だ。なるべく痛くはしない」

「あっ、あ、あぁぁ……やぁ……ッ、なに、これ……きゃぁ、あぁぁッ」

痛みを麻痺《まひ》させる魔術をかけた蜜口と脚から力が抜ける。その隙に腰を進めた。ずずっ、と先端の太い部分まで簡単にぬかるみに沈む。弛緩《しかん》しているせいか、いつもはもっと狭い中が柔らかくカミーユのものを受け入れる。

これなら問題ない。リディアの脚をさらに開かせ、腰を一気に進ませた。

「……んっ！　まって、ひゃあぁ、あああアァ！」

ずんっ、と突き上げ奥まで埋める。がくがくと脚が震えているが、痛みに苦しんでいるようには見えない。むしろいつもと違う感覚にうろたえているようだ。

「すべて入った。動いても？」

「はっ、はぁ……まって、ください。こんなっ……いつもと、ちが」

「痛くはないだろう？　どのような感じだ？」

目を細め、羞恥に震えるリディアをじっと見下ろす。答えられないのか、口をぱくぱくする姿が愛らしい。

「嫌か？」

端的な問いに答えはなく、代わりに繋がった場所がきゅっと締まる。それが答えなのだろう。激しい衝動はなくとも、カミーユもいつもより満たされていた。

「リディア……もう我慢できない」

「あっ……！　やんっ、まだ動いちゃ……っ、あぁぁッ、ひぁっ」

腰を大きく引いて、勢いをつけて突き入れる。中の収縮に逆らうように出し入れし、彼女をかき抱いて唇を深く重ねた。

いつもの理性が飛んだり、脳が焼けるような快感や中毒性はないが、込み上げてくる愛しさにもっとリディアがほしくなる。ぴったりと肌を合わせたまま離れたくない。

突き上げ、さらに奥へねじ込んでかき回す。無意識に逃げる細腰を抱え、最奥にぐいぐい先端を押し付ける。彼女の中が自身でみっちりと埋まっていく感覚に、背筋がぞくぞくする。

「好きだ。君を愛している」

口づけの合間に囁《ささや》き、リディアの吐息をのみ込むように口づける。

「あんっ……あぁ、はぅンッ、ンンッ……わたくし、も」

快感に溺れて聞こえていないと思っていたリディアが、ぎゅっと首にしがみついて、たどたどしく言葉を紡ぐ。少し顔を離してその目をのぞき込む。

「すき……すき、です」

熱に浮かされ潤んだ目で見つめ、何度もうわごとのように「すき」だと繰り返す。体の奥で狂暴な欲が呻る。魔法陣の作用より強い、愛しさからの衝動に理性を手放しそうになる。

「あまり煽るなっ」

「ひゃあっ、ああっ……まって、おっきくしない、でっ」

「君のせいだ」

限界まで熱が膨れ、蜜口がきちきちになる。その締め付けに息をつめ、ぐんっ、と最奥をひと突きした。

「ひっ、あぁぁッ！　あんっ……ん、ぁあぁッ！　おく、だめぇ……ッ！」

もう加減するのは無理だ。吸いつく奥の口をこじ開けて、先端をぐりぐりと侵入させる。そのまま腰を浅く揺らし、最奥を執拗にえぐる。きゅうきゅうと内壁が締まり、動かなくてもカミーユのものをしごいてくれる。これだけでも気持ちよくて、持っていかれそうだった。

「くっ、はぁ……リディアっ」

「いやぁ、んっ……！　あぁぁ……らめッ……！」

ぐっ、と腰を大きく引き、うねる中に一気に挿入した。ぐちゅんっ、と奥まで結合した音がして熱が弾ける。あふれる子種を、奥へこすりつけるように腰を振り、達した余韻でびくびくと痙攣するリディアをかき抱く。耳元で乱れていた息がゆっくりと落ち着いてきたのを確認して、体を起こした。

天蓋の隙間からちらりと確認した天井は、同刻になったが反応していない。けれど床の魔法陣は反応して、二人の魔力を吸い取っていく。どうやら積極的に交わるなら、無粋な催淫効果は発動しないようだ。

けれど、ここでやめたら起動するかもしれない。一晩でどれぐらい閨をこなせば離宮が満足するのか、そのへんの検証も必要だろう。

そんなことを考えながら、ぐったりしているリディアの顔や髪に口づけを降らす。魔法陣に煽られなくても、一度ではもう満足できない。ちゅっ、と音を立てて唇を離し、額を合わせる。

「リディア……まだ、足りない。いいだろうか？」

恥じらうように瞳が揺れ、頬を染めてこくりと頷かれる。それを合図に、カミーユはリディアの体に再び溺れた。

5

リディアがここへきて、二十日ほどたった。霞《かすみ》がかった淡い水色だった春先の空が、青さを増してきた。相変わらず離宮の敷地内は初夏の陽気だが、空を飛ぶのは春麗らかな季節の鳥になっている。

　カミーユについて離宮の屋根にでると、ちょうど彼の魔鳥エティエンヌが上空に現れた。脚に大きな箱を下げ、二人が待つ屋上の中心に降り立った。

「ご苦労だった。外はどういう状況だ？」

『詳しい話は箱の中にあるミシェルの手紙に書いてあるそうだ。王都の聖壁へ確認にいったモルガンは、あと数十年は問題ないぐらいに修復されていると言っていた』

「そうか、わかった。ところで、外側から他の魔鳥がくるのはやはり無理そうか？」

『ミシェルがいろいろ試しているが、今のところすべて弾かれている。私が出入りできるのも、上空の一か所だけである』

　エティエンヌが顔を上に向ける。魔鳥が現れた地点は、この敷地全体の中心にあたる。カミーユが言うには、聖壁のような半球状の結界が敷地に張られていているらしい。その頂点部分からだけ、エティエンヌは出入りできる。外部と連絡できないかといろいろ試した結果、判明した。初代シエルが、外と連絡を取るために作った穴ではないかとカミーユは推測している。

閨で疲れたリディアが寝ている間、体力も魔力も豊富な彼は、一人で離宮の中や外を調べまわっていた。簡易の転移魔法陣の設置、魔鳥を媒介にする転移魔法など、思いつくかぎり検証した。離宮に入る前、側近に外部から連絡できないか試すようにも命じていたが、音沙汰がないのですべて失敗したのだろう。

「やはり出入りできるのはエティエンヌだけか。私がシエルだからだろうか?」

『それ以外に理由が見つからぬ。あとは彼女の魔鳥が試せればよいのだが』

エティエンヌの視線がこちらに向く。

「申し訳ございません。まだ上手く魔力操作ができなくて、魔鳥も得られておりません」

「気にするな。君は複雑な状況下にあったのだから、できないのも仕方がない。魔力操作の訓練に必要なものをこの箱に入れてもらったので、あとで一緒に試してみよう」

カミーユの腕でひと抱えほどの大きさがある木箱は、表面に複雑な魔法陣が彫りこまれた魔導具だ。離宮に入った初日から、持ち込んだ外の物品を留めて置ける魔法陣を研究していた。エティエンヌが出入りできると判明してからは、小箱の状態から始めて何度か実験を繰り返し、この大きさのものも置いておけるようになったという。

魔鳥も木箱のことも、知らないうちに着々と検証が進んでいて驚きだ。過去に聖婚した

神官たちの記録や離宮の研究資料があり、カミーユは前々からそれを読み込んで研究していたそうだ。離宮の書庫にも、貴重な文献があり役に立ったらしい。木箱についても、既存の魔法陣や資料をもとに展開させただけなのですぐにでき、難しくなかったと言っていたが、彼は研究者としてかなり優秀なのだと思う。

エティエンヌの召喚を解くと、木箱を抱えたカミーユとリディアは階下に戻り、食堂で魔力操作の訓練をすることになった。

床に置いた木箱には、魔導具や魔石、本、筆記具などが詰まっていた。

「この木箱の内側は、離宮の外と認識される。そういう魔法陣を彫り込んであるのだ」

「それは、この中の物を取り出して離宮内に置いておいた場合、一定の時をすぎて戻る先は木箱の中ということでしょうか？」

「ああ、そうだ。離宮内に物品を留めておく魔術は難しかったので、離宮外の空間を箱の中に作りだせばいいのではと考えたのだ。離宮外のもとの場所に戻る特性を生かすことで、放置しておけば勝手に箱の中に戻るので部屋が片付く。便利なので、外でも同じことができたらいいのだが……」

カミーユがしみじみとこぼし、考え込み始めた。研究に没頭して部屋や机が片付かない性質なのだなと察する。しかも他人に片づけられるのも嫌な気質に違いない。

そういえば離宮内にも筆記具があり、カミーユが天井の魔法陣や考察を紙に書き留めていて、寝所の隅に置かれた書き物机は、重ねられた紙の束でぐちゃぐちゃだ。汚いが法則性があるようだったので、手を出さず見守っていたらインク壺《つぼ》をこぼして悲鳴を上げていた。そのあと、こぼれたインクが塵《ごみ》となって消え、紙に描いた文字や魔法陣だけ残るという発見もあった。どうやら汚れや塵と判断されたものは、離宮の作用で綺麗にかき消されるらしい。あと屑籠《くずばこ》の中に放り込んだものも同様だ。汚れや塵であっても、器などに移して置いておくと消えなかった。

その法則性を見つけたカミーユは、なぜか顔色を悪くして厨房に出入りするようになった。

「あら……こちらの本は？」

木箱の中に見覚えのある表紙を見つける。考えにふけっていたカミーユが、本を取り出す。

「この本を知っているのか？　ジル神官から預かったのだ」

「はい。子供の頃によく読みました。建国神話の本ですよね」

「ああ、ただの古いだけの神話本なのだが……なにも聞いていないか？」

「この神話本に、なにかあるのですか？」

「それがわからないのだ。受け取ったのは彼が邪教査問会に連れ去られる直前で、聖婚までの期間は彼と二人きりで内密な話をする機会などなかったからな。この本も、他の荷物にまぎれて一時的に所在がわからなくなっていた」

カミーユにこの本が渡った経緯を簡単に教えてもらうが、祖父の意図がわからずに首を傾げた。

「なんの変哲もない本ですよ。普段は神殿の図書室に保管されていたと思います。誰でも読めるもので……そういえば、昔、神殿にいた神官の遺品だと誰かに聞いたことがございます。その方は邪教に関わっていたそうで粛清され、そのときに本に罪はないからと祖父が図書室に入れたらしいです」

「邪教に関わっていた神官の遺品……それなのに没収されなかったのか？」

カミーユがあり得ないと首を振る。邪教査問会は、粛清した者の遺品を没収し精査して、今後の活動に役立てているそうだ。資料になるものは保管し、金銭になるものは活動資金にされる。

「そうなのですか。では、わたくしの聞き間違いか憶え違いでしょうか？　わたくしが神殿にくる前の出来事だそうですので、祖父でないと詳細はわからないでしょうね」

「仕方がない……そのへんの事情を側近に聞いてもらおう」

神話本をぱらぱらとめくり、カミーユが首を傾げた。

「どうかなさいましたか？」

「いや、ここに挟まっていたものがなくなっている……枯れた花だったから、側近が抜いたのかもしれぬ。次の手紙で確認するか……」

カミーユが目をすっと鋭く細める。別に大したものではないと続けつつ、一瞬だけ険しい表情になった。神話本を木箱に戻したカミーユは、手紙の束を手に取る。そのうちの一通を差し出される。

「君の祖母、ミラベル神官からの手紙のようだ」

まさか手紙を届けてもらえるなんて。思いがけないことに、持つ手が震えた。

「ただ、問題ない内容か中身を検閲されている。君の望みでミラベル神官は罪に問われないと決定したが、君を誘拐した者であることに変わりはない。完全に信用はされていないので、気分は悪いだろうが検閲は絶対だ」

それは当然だ。本来なら叶えられない望みだったのに、聖婚するからと我が侭をきいてもらった。関係者を説得してくれたのはカミーユだと、ミシェルから聞いている。

「それから、君が返事を書いても同じように検閲されるので、そのつもりで手紙を書いたほうがいい」

「返事を書いてもよろしいのですか？」

「当然だ。他にもなにかほしいものがあれば言ってくれ。できる限り外から取り寄せる。もちろん君の祖母からの差し入れも受け付ける」

「ありがとう存じます！」

身を乗り出し気味にお礼を言い、手紙に視線を戻す。今すぐにでも開いて読みたいが、これから魔術操作の訓練予定だ。そわそわしていると、くっ、とカミーユの喉が笑った。

「お互い手紙を読んで、返事を書いてから訓練にしよう。書き終わった手紙は、この小箱に入れてくれ」

複雑な魔法陣が彫られた小箱が食卓に置かれる。これをエティエンヌに運んでもらって、外とやり取りしている。

カミーユは寝所の書き物机で作業すると言い、食堂から出ていった。

祖母の手紙には、リディアを心配する言葉と近況がつづられていた。混乱しているだろう北の支神殿を落ち着かせるため、祖父はシュエットに帰ったそうだ。祖母はこちらに残って、リディアが出てくるのを待つそうで、今はミシェルの家で世話になっている。クローデットとは何度か面会して謝罪し、彼女に聞かれるままリディアの昔話をしているらしい。

実母のクローデットが、曲がりなりにも誘拐犯である祖母と話して気持ちが乱れないか心配だったが、常にミシェルが付き添っているということなので大丈夫だろう。

それからクローデットもリディアを心配しているとつづられていた。祖母の書き方から、手紙を書きたくても書けず戸惑っている彼女の姿が伝わってきた。

リディアは返事に、離宮でカミーユとつつがなく暮らしているので心配はいらないこと。健康にも今のところ問題がないこと、手紙のやり取りを許してくださった方々に感謝の気持ちを伝えてほしいことをつづった。祖母への手紙とは別に、クローデットへ祖母を庇護してくれている感謝と、無事に離宮から出られたらお茶会がしたいという手紙を書いた。

二通の手紙を封筒に入れ、小箱にしまう。やることがなくなり、ふと、木箱の中に視線をやる。さっきの神話本の近くに、黄色いなにかが落ちている。

「リベラシオンの花弁？　なぜここに……？」

カミーユと出会った日のことを思い出す。うっかりリベラシオンを咲かせてしまい、祖父が誤魔化すために花の汁を使った炙《あぶ》り出しの話を振った。もしかして本に挟まれていた枯れた花というのは、これだろうか。

そういえばまだ彼に、植物を操れる能力があることを話していない。いろいろあって忘れていたのもあるが、祖父に相談せずに話していいものか判断がつかなかった。

カミーユと接触しようとしていた祖父。秘密裏に渡された神話本。そして初めからリディアが番に選ばれるとわかっていたようなアデライドの態度。

これらがなにに繋がるのかはわからないけれど、リディアの能力が関係しているのは間違いない。

リベラシオンの花を本に挟んだのは、なにかの暗喩だろうか。リディアの能力をカミーユに伝えようとしているのか。祖父の意図がわかない。

それとも単純に、炙り出しを示唆しているだけかもしれなかった。

扉の外でカミーユの足音が聞こえた。リディアは花弁を拾って隠しにしまうと、神話本を元の位置に戻した。

「リディア、終わったのなら訓練を始めようか？」

入室してきたカミーユが、木箱から棒状の魔導具を手にして、食卓に置いた。

「これは貴族の子供が魔力操作を訓練するときに使う魔導具だ」

左右の端に魔石がはまっていて、真ん中に光の球がついている。球は魔導具ランタンの中に入っている加工魔石だとカミーユが説明する。

「両端の魔石に上手く魔力を流せると球が光る。左右均一に魔力を流せないと、球が明滅する簡単な仕組みだ。早速だが、ここに手を置いて魔力を流してみなさい」

言われた通りにするが、やはり魔力を上手く動かせない。

「駄目か……では、次は私が補助をする」

背後に回ったカミーユが、魔石を握るリディアの手に手を重ねた。背中から抱き込まれる格好にどぎまぎする。これ以上のことをしているというのに落ち着かない。

以前は夜しか閨事をしなかった。けれど魔法陣が起動する前に閨を始め、お互いの気持ちを告白してからは、夜以外にも肌を重ねている。

夜の定刻に閨事をしなくても、魔法陣が魔力を吸い取ることがわかった。定刻前に一日に必要なぶん交わって魔力を納めれば、魔法陣の催淫効果に操られることもない。しかも自主的に閨をおこなったほうが魔力の負担が少なかった。催淫効果をもたらすために、納めた魔力が一部使われているのだろう。おかげで閨の回数を減らすことができたのだ。

今は、一日数回に分けて抱き合っている。カミーユの研究の合間や食後の休憩など、なにかの拍子に体に触れられ行為が始まる。この距離はそれを思い出してしまう。

「まず右から、次に左。最後に両手へ、私の魔力を添わせて誘導する」

耳元で響く低音に、ぞくりとする。言葉が耳をすり抜けて、簡単なことなのに頭に入ってこない。

「リディア？　意味がわからなかったか？　魔力操作が下手な子供の訓練でよく使われる方法だ。君もジル神官に補助してもらったのではないか？」

「は、はいっ……補助してもらいました」

国民登録で使われるヴィエルジュの種は、魔力を封じる作用がある。洗礼の儀では体内に取り込んだヴィエルジュの種を溶かし、魔力を解放する。

しかしリディアは、身分を偽るために平民として国民登録もしていた。貴族籍も残っていたので二重戸籍だった。その上、ヴィエルジュの種も二つ体内に取り込んでいる状態だったので、魔力が扱えなかったらしい。

聖婚するまでの五日間でカミーユがいろいろ調べ、アデライドや祖父に事情聴取してくれて判明した。

平民籍の国民登録時に取り込んだ種は、見習い神官――神官籍になるときに儀式で溶かされている。なので残りの貴族籍の種を溶かせば、魔力操作ができるようになるはずだった。聖婚するにも貴族籍でないと儀式ができないため、神官籍を排して貴族籍に戻した。

本来の名前に戻ったリディアは、すぐに洗礼の儀をして残りの種を溶かしたのだが、一部溶け残った。それが、アデライドにつけられた痣だった。

アデライドは、リディアの体内にあるヴィエルジュの種を媒介に呪いをかけたそうだ。

痣は塞《せ》き止められた魔力が表出したもので、残りの種が綺麗に溶ければ呪いと一緒に消える。ただ、その溶かし方がわからない。アデライドに聞いても、知らないと返されたそうだ。

だが、あれは知っていて隠している顔だと、カミーユは額に血管を浮かべて怒っていた。離宮を出たら、なんとかして聞きだすと息まいている。

この痣のことで、アデライドとクローデットの間でもひと悶着あった。聖婚の番になる娘の目印として、痣になるように呪いをかけたとアデライドが発言したからだ。しかも顔の目立つ場所に痣があれば、女性ならそれを隠して生きる。傷物なので、聖婚前に結婚したり恋人ができたりしないだろう。聖婚させるのに面倒が少ないとも、クローデットの前で続けた。

リディアも参加していた席でのことで、一瞬で場の空気が変わり、帯剣してたクローデットが柄に手をかけるとバチバチと彼女の魔力で火花が散る。アデライドも指先に魔力を集めだし小竜巻が起こる。驚いて硬直していると、カミーユにさっと抱き上げられ会議室の外に避難させられた。

二人はかなり強いので、諍《いさか》いに巻き込まれると大怪我をするそうだ。魔術師として優秀だというアデライドが強いのは、さらわれたときのことを思い出すと納得できる。だがクローデットもなのかと首を傾げると、彼女は騎士家系のバダンテール家後継として、幼い頃から厳格に育てられたという。

双子の兄は先代シエル様で、アデライドに婿入りした。クローデットの母は双子を生んで死んでしまい、妻をとても愛していた父親は後妻を娶《めと》らなかった。そのためクローデットは女性としてしなくてもいい苦労と、厳しい騎士の訓練を受けてきた。その上、政略結婚で婿をもらった。兄とアデライドが恋愛結婚で、代わりに自分が責任や重圧を背負わされたのだ。文句を言う女性ではないが、思うところはあったはずだとカミーユが渋い顔でこぼした。

きっとたくさんの理不尽をのみ込んできたのだろう。言いたい放題、やりたい放題のアデライドと相性が悪いのは当然だ。

そんなクローデットなので、ようやく生まれた娘をことのほか喜んだ。息子を四人も生んだのだから、跡継ぎ問題はない。この子は自分とは違う、女の子らしい生き方をしてほしい。可愛いドレスをたくさん着せたい。好きな人と結婚してほしいと、政略結婚でぎくしゃくしていた夫に夢を語り、夫婦仲もよくなっていったそうだ。

けれど生まれてまもないうちに娘は誘拐され、やっと見つかったら呪いで顔に痣を作られ、聖婚の番に選ばれた。鋼の自制心で平静を装ってはいたが、とうとう我慢も限界に達したのだろうと、カミーユがバダンテール家の内情とともに教えてくれた。

カミーユがリディアと聖婚だけでなく、きちんと婚姻もしてくれたのは、クローデットの気持ちを慮ったのもあるだろう。

一触即発の会議室にはクローデットの夫とカミーユ、護衛騎士たちが乗り込んで二人を

そ

結局のところリディアは、呪いがかかったままの状態でも魔力操作はできるらしい。そもそも種がほとんど溶けているので、魔力量は充分だという。この前まで魔力が使えなかったのは、貴族籍の種を内包していたせいだと判明した。

「いいか、ジル神官の補助と私も同じことをする。だから難しくないので緊張しなくていい」

そう言われても祖父とカミーユではまったく違う。密着する体に呼吸が浅くなり、肌が火照る。閨を期待するような反応をする己は、ふしだらなのだろうか。

「では、もう一度やってみよう。魔力を移動させてごらん」

肌の表面を撫でるように、カミーユの魔力が背中から腕に沿って動くのがわかる。それに釣られて、リディアの魔力が体内で動きだす。祖父にしてもらったときは、なにも感じなかったのに、今ははっきりと魔力の流れがわかった。

「いい調子だ……そのまま魔石に魔力をそそぎなさい」

ふっ、と笑う気配が耳元でする。リディアの理解が早いのに満足なのか、声も柔らかい。

「ああ、よくできた。いい子だ」

光の球が点灯する。まるで閨事の最中のような言葉に心臓が跳ね、瞬間、ぶわっと膨れ上がった魔力が一気に魔導具にそそがれた。

「危ないっ！」

ぱんっ、という音がして球が強く光って破裂する。欲に惑って壊してしまった。

「もっ、申し訳ございませんっ！　弁償いたしますっ！」

そうは言ったものの、どの魔導具もとても高価だ。これも子供の訓練用だそうだが、神殿にはなかった。貴族でないと手に入らない貴重な品なのだろう。

弁償などできるだろうか。血の気が引いていく。

「いや、必要ない。私が直せるものだから……気になるなら、直すのに必要な素材作りの手伝いをしてくれればいい。それより、どこも怪我はないか？」

「大丈夫です。かばっていただいたので……ありがとう存じます」

カミーユがとっさに胸の中に抱き込んでくれたおかげだ。背中で破片を受けた彼も怪我はなさそうだ。服についた魔石の破片を払いながら、彼が木箱をあさる。

「壊れてしまったので、この魔導具での訓練はここまでだな。他の魔導具で試す前に、この板のここに触れてみなさい」

差し出されたのは魔石でできた板のようなもので、示された場所は親指を押し当てるように小さく凹んでいる。窪《くぼ》みに指を触れると、板に文字や数字がずらっと表示された。魔力量や質、属性を測る魔導具だそうだ。

「……これで、まだ種が溶け切ってないのか。想定より多いな。どういうことだ？」

カミーユがぶつぶつとつぶやいて考えをまとめだす。こうなると長いので、黙考に入る前に声をかける。

「わたくしの魔力量は、そんなに多いのですか？」

「ああ、私より多いな。よくそれで今まで生きていられたと思ったが……ヴィエルジュの種を二つも内包していたのだったな。貴族籍だけでなく平民籍も登録していて命拾いしたようだ」

魔力は多ければいいことばかりではなく、子供のうちは多いほど魔力を暴走させて死にやすい。体の大きさに見合わない魔力量を内包するのも危険なのだ。そのためにヴィエルジュの種があり、体が育つまで種で魔力を封じておく。

リディアは二つ種を内包していなかったら、子供のうちに体が魔力量に耐えられずに死んでいただろうとカミーユが言う。

「もしかして……アデライド殿下の呪いと誘拐されたおかげということでしょうか？」

「皮肉にもそうなるな。叔母上にはめられたか……」

カミーユは腕を組み、また考えに沈んでいく。今度は顔がかなり険しい。それに釣られて、リディアは不安になってくる。アデライドに連れ去られるときに言われたことを思い出す。

この国の糧になるためだけに生まれた――やはり離宮から生きて出られないのかもしれない。

離宮にきてから閨事は激しかったけれど、それ以外は穏やかな日々だった。カミーユも優しくて誠実で、守られていた。怪我も体力も魔法陣で回復する。そのせいで、死ぬなんて考えられなかった。シエル様との聖婚だから助かるに違いないと思っていたふしがある。もう祖父母に会えないのかもしれない。思いがけず手紙を受け取ったせいで、気持ちが揺れる。もの寂しさに、胸がきゅっと苦しくなる。

「リディア……っ！」

考え込んでいたカミーユが、リディアの魔力の揺れにはっとして顔を上げる。

「大丈夫だ。私がついているから、落ち着きなさい」

抱き寄せられ、腕の中に囲い込まれる。背中をとんとんと宥めるように叩かれ、髪や額に口づけが降ってきた。気持ちが凪いで、詰めていた息を吐きだす。

「安心しなさい……絶対に君を死なせはしない。そう誓っただろう」

少し体を離したカミーユが、頬に手を添えてリディアの目をのぞき込む。ゆっくりと迫ってきて、唇が重なる。慈しむような口づけは、すぐに濃厚で甘ったるいものへと変わっていき、二人の体に火をつけた。

今日もカミーユは離宮の研究にいそしんでいる。魔導具の木箱で運び込んだ文献を片手に、しかめっ面で魔法陣を書き殴っていた。こうなると長い。

リディアは朝食の食器を厨房へ片づけると、黙って離宮の外に出てみた。円形の離宮の周囲は、円形の柵で囲われている。けれどヴィエルジュの蔓と花に覆われた柵は見えない。城壁のような厚さがあるヴィエルジュは、外界を遮断する結界の役割をしているのだろうとカミーユは言っていた。

円形の敷地内には様々な樹木や草花が生い茂っている。気候は初夏の陽気なのに、冬や寒い地域で育つものまで生えているらしい。植生についても、フィエリテ王国の地図と同じだという。王都を中心に東西南北それぞれの地域の植物が生えていて、現地でしか手に入らない薬草など珍しいものが採取できるそうだ。

「東側がシュエットの植生ですよね……」

ぐるりと辺りを見回し、東側へ歩く。

能力を遮断する手袋がないので、リディアは今まで外に出たことがなかった。うっかり植物に触れて、なにか起きたら怖かったからだ。そのへんの植物に触れないよう、胸に手を抱いてゆっくりと進む。

壊してしまった魔導具を直すのに必要な素材の一覧を、見せてもらった。敷地内で採れる植物から作れる素材もいくつかあった。そのうちの一つ。シュエットでしか採れない花の名を見つけた。

カミーユはその花の採取にいったが、まだ咲いていなかったそうだ。年に一回、冬にしか咲かない花なのだが、この季節感のない敷地内ではいつ咲くのかわからない。開花を逃がしてしまうと素材として使えないので、毎日、観察するしかないと面倒そうにぼやいていた。

けれどリディアの能力を使えば、花を咲かすのは簡単だ。見にいったら咲いていたと言って渡せばいいだろう。不思議がられたら能力について話してもいい。

あの神話本を見てから考えていた。祖父がカミーユに伝えたいことの中に、リディアの能力も含まれていたのではないか。神話本とどう繋がるかはわからないけれど、ただの神官でしかない祖父が神聖殿下に内密に知らせたいことなど、これぐらいしか思いつかなかった。

リディアが聖婚の番に選ばれた理由も、能力に関係しているに違いない。なら、きちんとカミーユに話しておくべきだ。一緒に暮らす上で、相談しようと言いだしたのは自分なのだから。

ただ、彼がどういう反応をするのかがわからなくて怖かった。祖父が必死に隠そうとした能力だ。秘されるだけの理由がある。

それが二人の関係をどう変化させるのか。いいほうに転ぶことを願うしかなかった。

懐かしい植物が茂る場所までやってきた。カミーユが言っていた通りに、春の花の隣に冬の花が咲いていたりして季節がめちゃくちゃだ。

手で触れないように気をつけながら、目的の花を探す。奥のほうにそれらしき枝葉と蕾を見つけて分け入ると、ヴィエルジュの蔓がこんもりと出っ張っているところがあった。

「なにかしら……？　まるでここに建物でもあるみたいだわ」

そういえば敷地を探索していたカミーユが、東西南北の四か所。柵の内側に向かって出っ張りがあるようだと言っていた。蔓に覆われて見えないが、建造物があるのではと。

離宮の謎に関係する建造物かもしれないので、できたら中身を見てみたいが、蔓が強固でどけられないとカミーユが嘆いていた。

これがそうなのだろう。恐る恐る近づいてみる。

もしかしたらこの蔓も、リディアが触れたら動くかもしれない。勝手なことをしてはいけないと思いつつ、研究が進んで表情を輝かせるカミーユが脳裏にちらつく。

「少し試してみるぐらいなら……花も咲かせる予定でしたし」

同じことだろうと、蔓にそっと触れて動けと念じてみる。

「わぁっ……動いた」

初日、カミーユが短剣で傷つけては再生していた蔓が、するすると動いて目の前が開ける。円形の東屋が現れた。中には柔らかそうな大きい寝椅子がある。

鬱蒼《うっそう》としていた蔓はほとんどが柵のほうに移動して、少量が東屋の屋根や柱にからんで花を咲かせている。ここでお茶をしたら眺めも美しく、さぞ素敵だろう。

リディアはうっとりとして、誘われるように東屋に続く階段に足をかけた。瞬間、柱にからんでいた蔓がしゅるしゅるっと素早く動いて腕に巻きついた。

「えっ……きゃあ！　な、なにっ？」

ぐいっ、と引っ張られて東屋の中に引きずり込まれる。ただの蔓とは思えない強い力に血の気が引く。しかも四方から蔓が伸びてきて、あっという間にリディアは手足の自由を失い、寝椅子の上に載せられる。

嫌な予感しかしない。もがく腕を頭上にひとまとめにされ、服の間に蔓が入ってくる。別の蔓は、リディアの衣服を器用に脱がしていく。

「やぁっ、やだっ！　だめっ！　なんですの……これはっ！」

前を留めるボタンがすべて外され、乳房が零れ落ちる。スカートの下へ侵入した蔓は、下着の紐を次々にほどいて脱がす。ここまでくれば蔓がなにをしようとしているか、リディアにもわかる。

明確な意図を持ってうごめく蔓に身をよじるけれど、逃げようとすればするほど体にからまって自由を奪われる。やわやわと乳房を揉まれ、強引に脚を開かされ、その中心に蔓が這い寄る。しかも樹液なのか、肌を撫でる蔓の表面からとろりとした液がにじみ始めた。

「ひゃんっ！　つめたっ……いや、あぁッ……んっ！」

ぬるりとした冷たい蔓の先端が、乳首に巻きつく。カミーユにされる愛撫と違う感触に鳥肌が立った。

「いや、いやぁ！　たすけっ……ひっあぁッ！」

脚に巻きついた蔓の先が、樹液を塗り込むように秘所を撫でた。怖くて気持ち悪いのに、襞を開くように蔓が行き来すると声が跳ねる。蔓が触れた場所がじんじんと熱を持ち始め、秘所や乳首は熱だけではない感覚に腰が震えた。

「あっあぁ……やぁ……っなに、これ……ぇ、やだぁ」

ぬちゅぬちゅと蔓が襞を撫でるたび快感が強くなっていく。嫌がって首を振っていると、背後から伸びてきた蔓がリディアの口の中に入ってきた。舌で愛撫するような動きで口中を蹂躙し、じゅわりっと樹液を先端から漏らす。喉に流れ込んできた液体に、カッと体が内側から焼かれる。

「んっ、ぐっ……うぅ……ッ、はっ、あぁぁ……」

腹の底から淫らな熱が込み上げてくる。寝所の魔法陣と同じ催淫効果だ。こちらは液体の媚薬なのだろう。そういえばヴィエルジュの樹液は興奮剤、すなわち媚薬になるとカミーユが言っていた。

蔓は、嫌がるリディアの喉の奥に樹液を流し込み、秘所にも塗りたくる。丹念に襞を開かれ、何本もの蔓がその間をうごめく。リディアの蜜もあふれ、樹液と混じってくちゅくちゅと激しい音を立てる。

そのうち、一本の蔓が襞に埋もれた肉芽にからむ。きゅうっと絞るように巻きつき、赤く熟れた先端を突いたり撫でたりする。挙句に、じゅっと樹液をかけられた。

「ひぁっ、ひっ、ひんっ……！　やらぁ、らめぇ……ッ！」

刺激に弱い粘膜に、媚薬を直接塗り込まれて抗うすべはない。強烈な刺激に快感が弾け、目の前がちかちかした。

「ひゃぁ、うぁ……んっ……ッ」

びくびくっ、と腰が震えて達した。朦朧としてうつむくと東屋の床が淡く輝いている。寝所の床にある魔法陣とたぶん同じだ。魔力を吸われる感覚もする。

ここもそういう場所なのだ。しかも一人でも蔓相手に魔力を搾り取られる。

「……うそ、そんな。いやぁ」

このまま蔓に犯され続けるのかと、恐ろしくなる。寝所の魔法陣と同じなら、抵抗するほど媚薬を与えられるだろう。

だが、受け入れるなんて無理だ。今も蔓は達したばかりで痙攣する蜜口を撫でさすり、開こうと動く。何本かの蔓が絡み合って一本の太い蔓になり、襞と蜜口の上を行き来する。

「やっ、やだぁ……ッ、やめてっ、たすけっ……かみーゆさまぁ……ッ」

蜜口の浅い場所に太い蔓の先端が入ってくる。くぷくぷ、と浅く抜き差しされ、涙がこぼれた。カミーユ以外を奥に受け入れるなんてしたくない。なのに他の細い蔓が、襞や蜜口を押し広げて準備を整えていく。

無駄とわかっているのに、腰をよじって逃げようとすると、浅く侵入していた太い蔓から、びゅくびゅくっと樹液を大量に注がれる。

「ひっ……！　あぁ……ッ……ッ！」

強すぎる快感に頭が真っ白になって涙を流す。強引に高みへ押し上げられ、全身から力が抜ける。蔓がなければ床に転げ落ちていただろう。

ひくひく、と絶頂の余韻で痙攣する蜜口に、太い蔓が押しあてられる。ぐっと力が入り、このまま犯されるのだと思って、ぎゅっと目をつぶった。

「リディア！　無事かっ！」

蜜口に侵入しかけていた蔓が、ずるっと抜かれる。目を開けると、険しい顔をしたカミーユが蔓を握りつぶしていた。

「なにがどうなっている？　これは……っ」

床が発光しているのと、手についた樹液を舐めて気づいたのだろう。すぐに状況を察したカミーユが、ぎりっと奥歯を噛む。

「くそっ……！　初代シエルは下種野郎だなっ！」

清廉な見た目のカミーユから粗野な罵倒が飛び出す。聖壁修復の遠征などで騎士たちと関わりが多い彼は、たまに外見からは想像できない乱暴な口調になる。

潰した蔓を床に叩きつけると、リディアの腕を拘束する蔓も引きちぎる。

「こんな場所で嫌だろうが、閨をしないとこの蔓も収まらないだろう」

そう言って、そっとリディアを寝椅子に横たえる。ずっと四肢が浮いた状態で蔓に蹂躙されていたので、横になれただけでほっとした。小さくしゃくり上げると、口づけが目尻に落ちて、涙を舌ですくわれる。

「怖かったな。でも、もう大丈夫だ。私が積極的に抱けば蔓も邪魔しないはずだ」

その言葉の通りに、カミーユがリディアを抱きしめ口づけて愛撫を始めると、するすると蔓が引いてく。けれど代わりに、行為に協力的な動きをするようになった。

愛撫に忙しいカミーユに代わって、彼の服を脱がせズボンの前をくつろげる。ついでにリディアの脚を大きく広げ腰を浮かせた。ひくつく蜜口がよく見えるように、カミーユに向けて襞を開く。

「いやぁ、やだぁ……みないで」

昼間に抱かれることはもう珍しくなかった。けれどそれは天蓋を下ろした寝台の上で、こんな明るい屋外でなんて初めてで羞恥に体が震える。強引に脚を開かれて、隠そうと伸ばした手も蔓に拘束されてしまう。はしたない姿をどう思われるか。気持ち悪がられたらと思って涙がにじむ。

けれど頭上で、ごくりと喉が鳴った。視線を上げると、欲にぎらつく目にじっと見下ろされていた。

「すまない……抑えがきかないかもしれない」

「え……？　ひゃっ、あっあっあぁッ……ひっ、あぁッ！」

さっきの蔓の塊よりも大きな、怒張したものがぐぐっと蜜口を開き一気に押し入ってきた。すぐに貫かれると思っていなかったリディアは目を見開き、切れ切れに喘ぐ。目尻から涙がぽろぽろとこぼれ、受け入れた中が激しく痙攣する。蔓と媚薬で何度か高められた体は、簡単に達してしまう。

「あっあぁんっ！　カミーユさまっ……まって……！」

「無理だ……っ」

ぐんっ、と勢いをつけて抜かれ、ひくつく中に再び一気に挿入される。ひくんっ、と全身が跳ねてまた達する。そこからは抜き差しされるたびに、中がびくびくと激しく痙攣して、達したままの状態になった。
「ふぁっ、あぁぁっ……やぁ、らめぇ、あっあっ……とまらないから……ッ！」
触れられるだけで過敏に感じて、抽挿されれば絶頂感がずっと続く。気持ちよすぎて
もっとほしいのに、苦しいからやめてもほしくて、頭の中がぐちゃぐちゃだった。
「ひぃ、んっ……！　あぁ、はぅ……いやぁ、んっ……アァッ！　もっ、やぁッ！」
カミーユの動きも止まらず、それどころか早く乱暴になる。蔓は彼の動きを邪魔しない
よう、リディアを拘束し脚を大きく開いた状態で固定する。放置された肉芽や乳首にから
んで、樹液を塗りたくるのも忘れない。
「ふあぁっ……あぁやぁ、こんなっ、むりぃ……あっあっ、ひっぐっ！」
ぐちゅんっ、と強く中をえぐる音がして、最奥の先にまでカミーユが到達する。そこも
荒く突かれ、より絶頂感が強くなった。
「あぁんっ、だめ……ッ、も、そこ……ついちゃ、いやぁ……んッ」
逃げようとする腰をカミーユの手と蔓に引き寄せられ、先端が最奥にめり込む。奥の口
をこじ開けられ、ぐっぐっと突き上げられる。
「……ひぁっ、んっ！　もっ、らめ……ッあぁッ、ああ……ア……ッ」
強烈な快感の波にのみ込まれ、先端を含んだ最奥がきゅっと締まって痙攣した。熱が弾
け、頭が真っ白になる。カミーユも一緒に果てたようで、どくどくと中に欲をそそがれる。
いつもと違う場所だからか、快感のあとの倦怠感が強い。すぐさま回復させられるはず

なのに、魔力を吸われるだけだった。蔓もするすると引いていくので、これで終わりなのかもしれない。

「リディア……大丈夫か？」

まだ繋がったままだけれど、こちらを心配するカミーユの目も口調も冷静で欲に濡れていなかった。

「ここは、これで終わりみたいだな。このまま寝てしまいなさい……」

労わるように手で優しく目を塞がれ、とろりと瞼が落ちる。額に感じた口づけを最後に、意識を手放した。


翌日、外から驚く知らせが舞い込んだ。聖壁が弱まっているのを前々から知っていた隣国、デートラヘル共和国からシュエット領都に攻撃があったという。

ここ数十年おこなってきたのは聖壁のほころびを塞ぐ修復で、年々薄くなる壁を厚くする修復ではない。その弱点をついた攻撃に、危うく聖壁が崩壊しかけた。けれど、寸でのところで聖壁が自動的に修復を開始して、ほころびだけでなく薄さも直してしまった。

「これって……あれですよね……」

「そうだな。そういうことになるだろう……」

エティエンヌが運んできた手紙を二人でのぞき込み、遠い目になる。祖父や幼馴染、知り合いがたくさんいるシュエットが無事なのは嬉しいが、居たたまれない。

「どうやら、シュエットだけでなく東に位置する領都の全てで聖壁が修復され厚みが増したそうだ」

「そういえば王都の聖壁も修復されたと以前に知らせがありましたね」

「ああ……王都は修復だけで厚みは増してない、東の領都は建国時代と同等の強度の聖壁になったのではないかと書かれている」

王都は領都と比べものにならない規模と強度だ。簡単に修復されないのもわかる。

「東西南北に蔓が巻きついた建造物があるとおっしゃっていましたよね」

「恐らく残りの三つも東屋で、そこで神事をすれば全ての領都の聖壁が修復されるのだろう」

カミーユが額を押さえ、椅子の背もたれに深く身を預ける。

「それでしたら、残りの東屋でも早急に神事をいたしましょう」

蔓に犯されるのは怖かったけれど、カミーユと自主的に閨をするなら邪魔はされない。蔓が協力的なのも困るけれど、隣国から宣戦布告をされた今、各地の守りを固められるなら頑張りたい。

昨晩は、東屋で神事をしたからなのか、寝所で魔法陣が発動しなかった。リディアも朝から激しい快楽に沈められてぐったりしていたので、閨をしないですんでほっとした。媚薬を大量にそそがれたせいなのか、あふれた魔力も多く吸い取られたらしい。いつもの閨よりも疲労感が大きかった。東の領都全ての聖壁が修復されたせいなら納得だ。

「デートラヘルがなにを企んでいるのかわかりませんが、すぐに対応するべきでしょう。そのために聖婚したのですから、勤めを果たせば外の方々へ恩を売れるのではございませんか？」

王都の貴族に触れたのは短い期間だったが、カミーユが王族でシエルだからと誰からも敬われているわけではないと知った。突然現れたバダンテール家の娘、リディアの立場が危ういのも感じた。

こちらに好意的ではない貴族たちを黙らせる材料に、目に見える形での聖壁強化はうってつけだ。しかも隣国からの攻撃があったあとでの完全修復。とても都合がいい。バダンテール家督クローデットの面目も保たれ、リディアが生きて離宮を出られたときの助けにもなるだろう。

「……そうだな。それが、聖婚した者の役目だ。しばらく強度に問題ない王都は後回しにして、隣国に近い地域から修復していこう」

難しい顔で立ち上がったカミーユが、リディアの手を取り甲に口づけた。

「無理をさせるだろうが、君の覚悟に感謝する」

芝居がかった所作が様になるカミーユに、頬が熱くなる。跪かれ、下からのぞき込まれては顔を隠せない。

「女性の君には瑕疵《かし》にしかならない、辱めを受けているような儀式だ。聖壁を完全に修復しきったとしても、口さがない者は陰口を叩き、君を見て不埒《ふらち》な妄想をするだろう。そんな立場にも関わらず、私と結婚してくれて本当にありがとう。ここを出ても生涯、君を守り幸せにすると誓おう」

今度は指先に唇を落とされる。羞恥で倒れそうだ。

「あっ、あのっ……わたくしも生涯、カミーユ様をお支えいたします。危うい立場のわたくしと聖婚だけでなく、きちんと結婚してくださってとても嬉しかったです。わたくしは一生、結婚も恋もできないと思っておりました。傷物なので、異性から大切にしてもらえるとも思っていなくて……それなのにカミーユ様はきちんとわたくしと向き合ってくださり、優しくしてくださいました」

カミーユを見ていられなくて、目をぎゅっと閉じる。

「ここで恋を知って、その相手が夫で、わたくしはとても幸せ者でございます。ですので、もう聖婚について罪悪感を抱かないでくださいませ。カミーユ様の番に選ばれたこと、とても感謝しているので……んっ、ふぇっ！」

早口で想いを告げている途中で、唇を塞がれる。驚いて目を見開くと、カミーユの顔が離れていくところだった。

「もう黙りなさい……ここで抱きたくなってしまうだろう」

すっと立ち上がった彼が、口元を押さえて背を向ける。結った髪の隙間から見えるうなじが、赤く染まっていた。

それからは東屋を順番に回る日々だった。東は一日で魔力奉納を終えられたが、他は数日かかった。違いは、蔓を相手にしたかカミーユに抱かれたかだけだ。

どうやら蔓から直接魔力を吸い取られていたらしく、奉納の効率がいいのだろう。そのぶん疲労感も大きい。一気に魔力を搾り取られるのは危険だし、なにより蔓に身を任せるのは怖い。カミーユも反対したので、彼と東屋に入って体を重ねた。最初は屋外なのが恥ずかしかったけれど、誰かにのぞかれるわけでもない。それに少しでも嫌がったり躊躇したりすると蔓が間に入ってきて媚薬を塗り込んでくるので、もう慣れるしかなかった。

媚薬を使われると体がぐったりする。離宮の外は寝所の天井にある魔法陣の範囲から外れるので、抱かれながら回復もしない。毎回、閨が終わるとカミーユに抱っこされて寝所に戻されていた。

そんな効率の悪い魔力奉納ではあったけれど、外との連絡で着々と各地の聖壁が修復されていることがわかるのは嬉しかった。最初の頃は、毎晩閨をしているのに外の様子がわからず、自分たちのしていることに意味があるのか不安だった。けれどこれで、騒いでいた貴族たちは大人しくなるだろう。

次の問題は隣国デートラヘルだ。一度、攻撃を弾かれてからは大人しく、両国とも国境沿いに兵を駐屯させてにらみ合いの膠着《こうちゃく》状態だ。

そんな状況下、フィエリテ王国内では邪教団体が各地で暴動を起こしていた。彼らはシエルの能力が失われてしまうという理由で今回の聖婚に反対し、魔獣をおびき寄せる魔導具を使い聖壁に攻撃した。その魔導具を、デートラヘルも使用しているらしい。

カミーユが言うには両者の狙いは聖壁で、邪教団体は聖壁が修復されなければ聖婚が失敗し信仰が守られるという恩恵があり、一方のデートラヘルはフィエリテ王国に侵攻できるという算段だ。裏からデートラヘルが支援し、内側から崩れるのを待っているのだろうと。

王宮内では前々から、邪教団体と隣国との関わりは指摘されていて、フィエリテ王国侵攻の布石のために組織された団体ではないかと疑われていた。アデライド王女率いる邪教査問会の強引な捜査や取り調べが許されていたのはそのためだという。

厄介なのは、邪教徒はフィエリテ王国民として国民登録していることだ。隣国のデートラヘル人ならば、聖壁の外へ弾き出す魔術を行使できるが彼らには通用しない。国民登録を破棄するにも、本人を捕らえて体内にあるヴィエルジュの種を取り出す儀式が必要だった。

現在は王国内の反乱分子の鎮圧と処刑が行われている。幸いなことに、各地の聖壁が完全に修復されていったので、多少の攻撃では傷一つつくことはなかった。そのせいで末端の邪教徒は絶望し、大人しく投降しているそうだ。

残るは王都の聖壁修復だが、王都でも邪教徒の暴動は起きている。王都には隠れ邪教徒の貴族が多数いて、思うように粛清が進んでいない。まだ聖壁の修復も完全に終わっていないので、邪教徒たちにとって最後の希望と思われている。王都の聖壁を壊すことができれば、各地の聖壁にも衝撃があるはずだと。おかげで王都内の治安が急速に悪化しているそうだ。

「王都の聖壁にできていたほころびは修復できたのですよね。あとは厚みの強化なのでしょう？」

東屋での神事が終了した翌日から、離宮での神事を再開している。今朝、届いた手紙を見せてもらい、寝台に身を起こしたリディアは眉根を寄せた。厚みが増したという報告は、今日もない。

「ああ、そうだ。私が塞いだほころびの他、細かな傷もあったそうだが、それらは完全に修復された。だが、厚みが強化されなければ結局、外からの攻撃に弱い。いつ穴やほころびができても不思議ではない状態だ」

「ですが隣国から、国のほぼ中央に位置する王都までは距離があります。そうすぐに侵攻はされないと思うので、内部の反乱分子を粛清することに注力すればいいのではありませんか？」

王都や東西南北の領都は、聖壁で半球形に覆われている。だが、聖壁外の国土は通行証を持たない外国人でも行き来できる。聖壁外ならば、侵攻することは理論上可能ではある。

但し、フィエリテ王国は肥沃な大地で、そのぶん魔獣も狂暴だ。聖壁外はそういった魔獣が跋扈《ばっこ》しているので、魔力持ちが聖壁外で生活するのは非常に困難だった。魔力量の多い貴族の騎士が、侵攻しながらの野営など自殺行為だ。

フィエリテ王国民の貴族も、定期的に魔獣討伐をする騎士以外は聖壁外に出ることは滅多にない。外に出る場合は騎士を雇って移動する。

罪人などに使用する魔力を封じる魔導具は様々あるが、それで封じることができるのは魔力ではなく魔力操作のほうだ。結局、魔力を求めて襲ってくる魔獣を誤魔化すことはできなかった。

農村や牧場は聖壁外だが、住んでいるのは魔力を封じた平民で、比較的安全な場所にある。定期的に騎士団が魔獣狩りをしたり魔導具を設置して守っていて、カミーユも聖壁修復のついでに狩りに参加することがあるそうだ。

それに魔獣に村を襲われても、フィエリテ王国民なら聖壁までたどり着けば助かる。だが土地勘のない、魔力を封じていない外国人では、あっという間に魔獣の群れに襲われるだろう。それがわかっているので、デートラヘルは国境沿いで時機を狙い、邪教団体を支援して内部から崩壊するのを待っているとリディアは思っていた。

「いや、彼らは魔獣をおびき寄せる魔導具だけでなく、魔力量の少ない平民ならば魔力の気配を消せる魔導具を開発したらしい。それを馬車に搭載させ、少人数だが平民の兵士をこちらへ侵攻させている形跡があるのだ」

その侵攻させた兵士によって、魔獣をおびき寄せる魔導具で王都の聖壁を攻撃させせようとしていたそうだ。警邏中の騎士によってたまたま発見され、未然に防がれたという。

「最近、シュエットでは隣国からの出稼人が増えただろう？　あれは、その魔導具を搭載した馬車で移動してきているそうだ。フィエリテ王国内でも実用できるか、実験していたのだろう」

シュエットの北支神殿で下働きをしていた出稼人の顔が脳裏をよぎる。彼らは決して悪人ではないし、今回の侵攻にも関わっていないだろう。けれど、彼らを使って何年も前から計略を練っていたのかと思うと恐ろしい。

リディアが思う以上に、フィエリテ王国は窮地に立たされているのかもしれない。隣国から攻撃されている今、聖壁の厚み強化は急務だ。

「厚みを強化させるには、なにが足りないのでしょうか……？」

各領地に比べて王都は規模が大きい。魔力量の違いだろうか。それにしては、数回で完全修復した各領地の聖壁より、大幅に閨の回数が多い王都の聖壁がいまだに完全回復しない理由がわからない。

「違いといえば蔓ぐらいだが、ここに蔓はないし侵入してくる様子もないようだ」

最初の東屋以来、蔓に犯されることはなかったけれど、毎回、閨に参加はしていた。腕や脚にからんだり、時には服を脱ぐのを手伝ってくれたりと。その際に二人の肌に触れて、直接、魔力を吸い取っていた。

「蔓に魔力を直接吸わせる必要があるということでしょうか？」

「そうかもしれないが、現状ではよくわからないな。もう少し、この離宮について調べるしかないだろう。まだ解析できていない魔法陣の表記もある」

そう言って、どこか思いつめた表情でカミーユは魔法陣の研究に戻っていった。去り際、リディアには休むよう言い残して。

なにか隠している様子の彼が気になったが、ここのところ倦怠感がとれないので寝台に横になる。天蓋を下ろすと、寝所の隅で書き物をしている彼のペンの音だけが聞こえる。心地よい音に、すぐに意識がまどろむ。

どうして、こんなに疲れやすくなったのか。理由はもうわかっている。

やはりリディアはこの離宮の生贄だった。能力はその目印だ。

ここ最近、カミーユは外とのやり取りで屋上に行ってなかなか戻ってこなくなった。その隙に、あの神話本を調べてみた。

底が平な片手鍋に炭火の欠片を入れ、布を当てた本の上をすべらせ炙り出す。すると、もともとの文章の下に別の文章が浮き出た。

そこには初代シエルと聖婚したテールの物語が書かれていた。シエルと聖婚したテールは大地を操る能力を持っている。離宮で神事を執り行い、その能力を大地に奉納することでテールは聖壁と繋がる。魔法陣を介して聖壁と繋がったテールは、聖壁を創り強化し、最後には魔力が枯渇して亡くなる。簡単にまとめるとそういう話だった。

読み終わった神話本は、木箱の底のほうに隠した。カミーユには読ませられない。責任感の強い彼が知ったら気に病むだろうし、このままリディアが死ねば罪悪感を抱くだろう。それなら、なにも知らせないまま亡くなったほうがいい。

特に今は、国の一大事だ。リディアの命を優先して、聖壁修復を中断させるわけにいかない。王都の聖壁を守り切れなかったら、最悪、他の聖壁も崩壊するかもしれない。そうなればリディアの大切な人たちも助からないだろう。

彼は、東屋を覆う蔓にリディアが触れると引いていくのは、性別の違いだと思っている。女性のリディアが触れると引くのだと。そのまま勘違いしていてほしい。

それに神話本にあった新たな文章の最後はこう締めくくられていた。

『ヴィエルジュの祝福とともにテールと交わったシエルは只人となり、器の崩壊を免れ、人としての寿命をまっとうする』

シエルは短命だ。それは成長するほど増える魔力が器に負荷をかけ、体が耐えられなくなって死に至るのだと、カミーユが教えてくれた。伝わっている神話にも、地上に降りて只人となったシエルは寿命が短くなったとある。

だからリディアも、シエルが短命なのは仕方ないと思い込んでいた。けれど炙り出した文章は違った。テールと閨をともにすれば神格を失い寿命が伸びるのだ。

リディアの命で聖壁だけでなく、カミーユも救うことができる。ならば、この真実は隠し通さなくてはならない。

ただ疑問なのは、祖父はなぜカミーユに神話本を渡したのかだ。リベラシオンの花まで添えて、どういうつもりなのか。カミーユが炙り出しの文章を読んだら、聖壁修復をあきらめるかもしれないのに。それとも彼なら遂行すると思ったのか。

祖父はリディアのこともどうしたかったのだろう。血は繋がらないけれど、家族だと思っている。愛されている自信もある。

リディアがテールだと知っていた祖父は、神話本と一緒に孫を生贄として差し出すつもりだったのだろうか。

意識が朦朧として、もうよく考えられない。熱っぽさも感じるようになってきた。

まだ死にたくない。死ぬのは怖い。カミーユと一緒にいたい。彼を悲しませたくない。

けれど切実なその願いは叶えられそうになかった。数日後、侵攻してきた隣国の兵士と邪教徒が、外から王都の聖壁に魔獣で攻撃をおこなった。その後から、リディアは何度も発熱して寝込むようになる。それは攻撃された回数に比例していて、なにが原因かは明らかだった。

6

触れた額の熱さに、苦いものが込み上げる。けれどカミーユの手が心地よいのか、リディアは安心しきった顔で目を閉じた。

「ゆっくり休みなさい。勝手に起きて動き回らないように」

「はい……でも、神事は……？」

「しなくていい。他の東屋を魔力で満たしたからか、この間から魔力を吸い取る床の魔法陣が反応していない。それに、天井にある回復の魔法陣は作動しているのに、寝台の上にいる君の熱が下がらない。回復しきらない状態で、催淫効果の魔法陣は発動しないとわかっている」

たとえ魔法陣が起動しても、こんなに弱っている彼女を抱く気はない。催淫効果に惑わされるなら、今度こそ一物を切断して燃やし尽くしてやる。

インク壺を倒して、こぼれたインクが塵になり文字は残ったのを見てから、あることを思いつきいろいろと実験を重ねた。初めて一物を切り落としたとき、元通りにくっついて傷は塞がり、流れた血はこぼれたインクのように塵になって消えた。では、血で文字を書いたらどうなるか。予想通り血文字は残った。器に溜めた血も消えなかった。

では、肉片ではどうなるか。リディアに隠れて、肉がなくなっても問題ない場所を短剣で削いで皿に載せた。肉片はなくならず、削いだ場所は元通りに治り傷もなかった。

背筋がぞっとした。ここでなら、シエルの肉を料理できる。しかも痛みもなく、肉は元通りになるのだ。いくらでも食べられる。

『シエル様と交われば不老になり、血肉を食べれば不死になる』

離宮こそ邪教徒どもの理想郷ではないか。彼らが真シエル教と名乗るのもあながち間違いではない。

邪教団体はいったいなにを知っているのか。隣国と手を組んでいるだけではないのか。

考えてもすぐに答えの出ない疑問は放置して、次は削いだ肉を、傷が塞がる前に魔導具の小箱に放り込んだ。実験用に作らせた小箱の中は、離宮ではなく外界と同じ空間だ。天井の魔法陣の効果が届かなくなる。

結果、肉を削いだ部分の血は止まったが元通りにはならなかった。肉片は小箱の中でぴくりともしない。けれど取り出したら、削いだ部分にぴたりとくっついて元通りになった。予想では、木箱に入れたまま燃やしてしまえば削いだ場所は凹んだままで治らないだろう。

そんな訳で、カミーユの意思に反して魔法陣のせいで欲望をもたげるなら、一物は切断して魔導具の小箱に放り込む。魔法陣に操られてそれを取り出そうとするなら、理性があるうちに小箱ごと燃やしつくす。

これでリディアの身は守られるので安心だ。あとで泣かれるかもしれないが仕方ない。苦しんでいる彼女を無理やり抱くよりはましだ。

それはともかく、この実験の内容は秘匿すると決めた。邪教徒にでも知られたら、離宮に入れたシエルからどうにかして血肉を得ようとするだろう。彼ら以外の者たちもよからぬことを考えだすかもしれない。あまりにも危険だ。

「カミーユさま……研究に戻られても大丈夫です。わたくし、大人しくしておりますので」

考え込んでいたせいだろう。くすり、とリディアが弱々しく笑う。早く、以前のような楚々《そ　そ》としながらも凛とした微笑みを見せてほしい。

「ああ、ではそうさせてもらう。なにかあれば呼びなさい……おやすみ」

そっと天蓋を閉じて寝所の隅にある机に向かう。今朝、届いた側近からの手紙を開いた。リディアの祖父、ジル・ドナシアンへ神話本についての聞き込みと、彼の身上調査の結果だった。

離宮内の魔法陣の解析や検証、魔導具の木箱作りなどが忙しく後回しになっていたが、彼に託された神話本を忘れてはいなかった。ただ、聞けば答えを知っている人間が生きているなら、聞いたほうが早い。解かなくていい謎なら手間がもったいない。

返事は芳しくなかった。シュエットまで使いに出した側近に、神話本など知らないとしらを切ったそうだ。少し脅し、拷問や王都にいる妻ミラベルの安全などちらつかせたが揺らがなかった。

そもそも本当にカミーユの側近なのか。それが本当だとして、カミーユの命令で動いていると証明できるのか。自筆の命令書を見せられてもカミーユの筆跡を知らないので、それが本物か自分には判断できないと、たたみかけられたそうだ。

側近は、これは絶対に口を割らないと判断し、身上調査に切り替えて帰ってきたという。

ジルは思ったより用心深いようだ。でなければリディアを今まで隠し育てることもできなかっただろう。

「自分で謎解きをするしかないか……」

これだけ神話本のことが外部に漏れるのを嫌がるということは、ジルは身近に敵が存在していると確信している。カミーユの身辺も信用できないと。

なぜそこまで慎重なのか。いったいなにを知っているのか。

神話本を読み解く前に、彼の身上調査の結果にも目を通す。謎解きに役立つ情報があるかもしれない。

シュエット領生まれの彼は、裕福な商家の次男坊として育つ。成人してからは家業を手伝い、十八で結婚。二十歳の時に娘が一人生まれているが、妻は死亡。再婚せずに娘を溺愛し、男手一つで育てる。けれど娘は十四歳のときに事故で亡くなり、そのあと神殿に入ったという経歴だった。

意外だった。平民上がりの神官として、彼はそこそこ出世している。若くから神官だったなら納得だが、娘が亡くなったとき彼は三十歳を超えている。そこから支神殿の主神官になったのなら、相当、努力したはずだ。主神官に就任したのも、神殿入りしてから十年後。もとの素質も高いのだろう。

「亡くなった娘の噂……？　不思議な力……なんだこれは？」

娘は体が弱く、ほとんど家から出ることがなかった。それがジルの溺愛に拍車をかけていて、自宅に何度か神官の医師がやってきていたと、近所の住民の証言がある。その中に、娘には植物を癒す力があり、萎れた花に触れてまた咲かせたりしたという話が一つだけあった。ただ昔のことなので、証言者の記憶も曖昧で信憑性に欠ける情報だと一言添えられていた。

その後、娘は王都でならもっと高度な治療ができると医師から言われ、父とともにシュエットを旅立つことになる。だが、旅の途中で魔獣に襲われ死亡。ジルも大怪我を負い、治りきる前に娘の死を悼むためという理由で神殿入りしている。娘の主治医だった神官が、彼の後見をしていた。

それから六年後にシュエット北支神殿で、邪教徒の粛清がおこなわれた。数名の神官が隠れ邪教徒として捕まり処刑される。その中に、ジルの後見をしていた神官医師もいた。

これ以上の情報は報告書にないが、まるで神官医師が娘をなんらかの理由で殺し、ジルがその恨みを晴らしたように邪推してしまう。神官医師が隠れ邪教徒だったというのも、邪推に拍車をかける。娘には邪教徒に狙われる理由があった。それが噂の不思議な力だろうか。

このとき粛清を執行した責任者は、邪教査問会を率いる叔母のアデライドだ。ジルとアデライドが通じても不思議ではない。

神話本がどの隠れ邪教徒の持ち物だったかは不明だが、なんらかの理由でアデライドがジルに託したと考えていいだろう。シエルの寿命を伸ばす研究に使えるとか、そのあたりの理由なら叔母は許可する。

そして二年後にジルは主神官に就任し、その年にミラベルとリディアがシュエットへやってきた。彼の出世も二人がシュエットに流れ着いたのも、叔母の関与があったとしか思えない。訳ありの二人を匿うのに、主神官の地位は必要だ。そもそもヴィエルジュの種を二つ体内に取り込ませ、貴族と平民で二重国籍にしている。儀式や手続きの際に、あの慎重なジルがこれらに気づかないというのは不自然だった。

恐らく彼は、邪教団体に恨みを持つ邪教査問会の一員だ。それも隠れて邪教徒を探す査問官なのは間違いない。疑り深いのも頷ける。

だが、その彼がなぜアデライドではなくカミーユに神話本を託したのか。叔母と共闘はするが、信頼関係はないということか。

「娘とリディアか……」

彼女が触れると東屋を覆っていた蔓が動き出すのを思い出す。本人が言いたくなさそうだったので、なぜ蔓が動くのか聞かなかった。ずっと隠してきた能力なのだろう。

ジルの娘とリディアは同じ能力を持っている。娘は、シエルの番になれる存在だったのだろう。それなら邪教団体に狙われ殺されたことと辻褄《つじつま》が合う。

そもそもジルの娘が魔獣に襲われて死んだというのがおかしい。ヴィエルジュの種で魔力を封じられている平民が、魔獣に食い殺されることは稀《まれ》だ。まったくないとは言わないが、王都へ案内する神官も一緒だったと報告書にはある。ならば先に狙われるのは神官だが、そちらは無傷。ジルは助けに入って大怪我をした。

リディアはヴィエルジュの種を二つ取り込んで、やっと魔力が封じられた状態だった。なら種を一つしか取り込んでいないジルの娘は、制御できない魔力に苦しんでいたのではないか。それが虚弱に繋がっていたのだろう。

そして聖壁の外に出た娘は魔獣に襲われた。神官より魔力が豊富だったのだ。

ジルはこの事故に疑問を持ち、自ら調べるために神殿入りしたのだろうか。神官医師のことも初めから疑っていて、彼を油断させ懐に入るために神殿で後見してもらっていたのかもしれない。

寝台に視線をやる。リディアはよく眠っているようで、すうすうと安らかな寝息が聞こえる。

カミーユは足音を忍ばせて寝所から食堂へ移動する。食堂には、いくつもの木箱が積まれていた。ほとんどカミーユの荷物で、側近を使って様々なものを届けさせたり、いくつかは送り返した。その中から、最初にきた木箱を引き出す。

蓋を開け、本が積まれた辺りを漁る。なかなか見つからず他の場所を探ると、手紙用の紙束の間に隠すように挟んであった。

「なぜこんなところに……リディアか？」

片づけは不得意だが、自分がどこになにを戻したかは憶えている。リディアの隠し事はこれに関係することなのだろう。

カミーユは検分するように目を細め、本を開いて頁に手をかざす。挟まっていた花はリベラシオンで、聖壁修復をした森でジルがその話題を出した。炙り出しなら温めればいい。手の平に魔力を集め、ゆっくりと温めていくと文字がすうっと浮かんできた。

それは初代シエルと婚姻した地上の人間、テールの物語だった。

「地上の植物を操る能力持ちをテールというのか……シエルと対の存在。シエルの番はテールということか……」

テールというのは初代シエルの伴侶の名だと思っていた。神殿でもそう習う。だが、これを読むとシエルと同じで、その能力を持った存在に使われる呼称だ。

読み進めていくと、だんだんと不穏な内容になっていく。シエルはテールと交わることで神格を失うが、人として生きられるようになる。要するに人間の器に見合った魔力量になり、短命ではなくなるということだ。

シエルの余剰魔力は、閨神事を通してテールの体に取り込まれ、それを大地に返すことでヴィエルジュの花が咲き乱れ種子を多く残す。ヴィエルジュの蔓はテールから吸い取った魔力を聖壁へ供給し、修復、強化に使われる。その際、テールは魔法陣を介して聖壁と繋がった存在になるそうだ。

そういったことが、物語の形をとってつづられていた。

カミーユは苛立たしさに、適当に後ろにまとめただけの髪を乱暴にかき乱す。書いてある内容に当てはまることがいくつもあった。

最初の頃、カミーユの魔力も魔法陣に吸い取られていると思っていた。けれど何度も神事を行ううちに、自分の魔力はリディアを通して床の魔法陣に吸われていると気づいて恐ろしくなった。ついでに彼女の魔力を少量ずつ、カミーユの体内に取り込んでもいた。

魔力を吸い取られるだけでなく、魔力供給の媒体にもされていたリディアは、カミーユよりも体力回復に時間がかかっていた。魔法陣が回復に使う魔力も、彼女からのものを使っていたのだろう。

しかもリディアの発熱と邪教団体による攻撃が連動している。聖壁への攻撃がリディアへ負荷をかけているのだ。

かき乱した髪がほどけ、うつむいたカミーユの視界に入る。白ではない、銀色。内側から髪色がじわじわと銀髪に変わっているのに気づいたのはいつだったか。リディアにわからないよう編み込むようになった。このまま神事を続ければ、いつかこの髪は銀色になるだろう。彼女の魔力色だ。

ヴィエルジュの花は純白。シエルの髪も白と決まっている。

テールから魔力を吸い取り生きながらえようとするヴィエルジュと、シエルは同じ存在だ。いつか彼女を食い殺して生き延びる。聖壁も国も、彼女を糧にして存続していく。

叔母はこのことを知っていたのだろう。だからリディアをさらって隠した。成人してカミーユの番になれるよう、邪教徒たちに殺されないよう、呪いまでかけた。カミーユを生かすためだけに。

恐らくリディアはこれを読み、自分がテールだと知ったのだろう。神話本を隠したのは、カミーユがこの内容を知れば気に病むとでも思ったのか。真意はわかないけれど、なにも伝えずに死ぬ覚悟をしたことだけは確かだ。

「そんなこと許すわけがないだろう……生きて返すと誓ったのだ」

この本を託してきたジルもそれを望んでいるはず。ぎゅっと握りしめた手が震えていた。

「この内容はすべて嘘ではないが、真実でもないはずだ。目くらましか……？」

ジルはリディアを生かしたいはず。だから叔母ではなく、カミーユになにかを伝えようとした。

じわり、と手に汗がにじむ。冷静に考えろ、まだなにかあるはずだと、自身に言い聞かせるがなにも解決の糸口が思い浮かばない。わいてくる焦りに、思考がうまくまとまらず嫌な妄想ばかりが頭を占める。

考えに没頭するのは得意だった。考察も推測も好きだ。集中力が高すぎて、人の声が聞こえなくなるせいでよく叱られた。

なのに今、思い浮かぶのは彼女のことばかり。

リディア、リディア、リディア、リディア、リディア……意味もなく彼女の名前を繰り返す。そうしていないと不安に押しつぶされそうだった。

どうして、こんなに胸がかき乱されるのか。じっとしていられない焦燥感に、手の中の神話本を投げ捨てたくなる。

国も国民もなにもかもどうでもいい。聖壁など崩壊してしまってもいいから、リディアをこの離宮から解放したい。儀式が終了するまで門は開かないが、彼女だけ外に出す方法ならある。

リーン、と澄んだ鈴の音が寝所から聞こえた。暴走しかけたカミーユの理性が戻ってくる。

慌てて立ち上がり寝所に向かうと、目を覚ましたリディアが水をほしがっていた。食堂の水差しを持って戻る。

「飲めるか？」

彼女を起こして、寝台の背にもたれさせる。自力でグラスも持てないので、飲ませてやる。グラスから飲みこぼした水が、口の端から少しだけこぼれた。その水に唇を寄せて舐めとる。恥ずかしそうにリディアが目を伏せるので、思わず水を口に含んで唇を重ねていた。熱を持った口中は、彼女がまだ生きていることを感じさせてくれる。

「ん……はぁ、かみーゆさま。もっと、ください」

可愛くねだられて拒否などできない。彼女が満足してまどろむまで、口移しで水を飲ませてやった。

「眠るまで傍にいて……」

「ああ、ここにいる」

細い彼女の手を握り、もう片方の手で髪をすく。少し頬がこけただろうか。離宮に入る前より線が細くなった気がする。そういえば呪いの痣も薄くなっていた。

痣は、リディアの動かない魔力の塊だ。それが溶けだしているのは悪いことではないのに、胸の奥にナイフを押し当てられたような感覚に息が止まる。

そうだ。魔力が固まっているということは、その魔力は魔法陣に吸い取られないということ。最悪、魔力枯渇で死ぬ危険だけは避けられた。叔母はそこまで見越して、この呪いをかけたのだろうか。

だが、その呪いの痣が薄くなりだした。なぜかはわからないが、このままでは彼女を失うかもしれない。猶予がどれだけあるかもわからなかった。

「私は……君を失いたくない」

リディアを大切だと、好きだと思っていた。けれどそれ以上に、想いは大きくなっていることに今まで気づいていなかった。なんて間抜けなのだろう。

くしゃりと胸が潰れるような苦しさとともに、言葉がこぼれる。

「君なしでは、もう生きていけない。愛している」

まどろみかけていたリディアが、大きく目を見開き。優しく細められる。

「ありがとうございます。わたくしも、同じ……愛しております」

視界がじわりと歪み、涙がこぼれる。それを追いかけるように胸が痛くなった。

彼女の手をぎゅっと握り、泣き顔を見られたくなくて、その額に口づけを落とす。ふふっ、とくすぐったそうな声が漏れ、リディアが目を閉じる気配がした。

「おやすみ……」

限界だったのだろう。すとん、と気絶するように眠りに落ちた。それをたしかめ、椅子に腰を戻す。

寝台に突っ伏し、嗚咽を漏らす。彼女の手を握りしめたまま泣いた。

怖かった。こうやって泣いたのは、母を亡くしたとき以来だろうか。泣きやみたいのに涙が止まらなくて、やっと止まったと思っても、部屋や景色の中にもういない母の気配を感じては泣きじゃくった。そんなカミーユを抱きしめ、背中をずっと撫でてくれていたのは叔母のアデライドだった。

カミーユが泣き疲れて眠るまで、毎日寄り添ってくれていた。

『大切なものをもう失いたくなかったら強くなりなさい』

『知識は武器よ。誰かを助けるためにも、自分を守るためにも』

『魔力に頼らない強さも必要ね。魔術を封じられることだってあるのだから』

『常に冷静に考えられる訓練は必要よ。知略を巡らせなさい』

『裏切者はすぐ近くにいるわ。簡単に信用しないことね』

『でも、人は大切になさい。いざというとき、貴方の味方をしてくれる人をたくさん』

『わたくしみたいになっては駄目よ。肝心なときに人望がなく、大切な人を助けられなかったわたくしみたいには……』

眠りにつく前、叔母は何度も語りかけてきた。過去のあやまちを悔いるように、カミーユの糧となるように、願うように。そして亡くなった夫を想い、彼女は泣いた。

アデライドから授かったものは多い。神殿に入るまでの数年、その後も暇を見つけてはカミーユに会いに来て、魔術や勉強を教えてくれた。彼女の持っている知識すべてを与えるような教育だった。

ときには外に連れ出され、修行だといって森に放置されて死にそうになったこともある。体術や剣術も必要だと、騎士団の訓練にも放り込まれ、それは日課にされた。綺麗ごとだけでは生きていけないからと、邪教徒の拷問を見せられて失神したこともあった。今までシエルにそんな教育はされてこなかった。周囲の者もたくさん巻き込まれた。

叔母のやることは滅茶苦茶で厳しくて、常軌を逸している。殺されるのではと思ったのは、一度や二度ではない。

それでも、いつも傍で見守ってくれていて、誰よりもカミーユを助けてくれた。寄り添って、一緒に泣いてくれた日々を憶えているから、彼女が頭のおかしい人だとは思えなかった。

『強くなりなさい。そして生き残りなさい。でなければなにも守れなくてよ』

呪いのように何度も聞かされた言葉だ。今、とても身に染みている。

儀式を中断し、リディアの命を救えば遠からずカミーユの寿命が尽きるだろう。聖壁も修復されない。そうなればリディアが誇りを受ける。バダンテール家の後ろ盾があろうと、むしろその娘であることで槍玉に上げられるかもしれない。カミーユが死ねば守ってやることもできない。

儀式を続行して、カミーユだけが生き残ったとしても意味がない。リディアがいなければ、なにも守れなかったのと同じだ。

カミーユを愛し、カミーユが生きることを望んでくれた叔母は、愛する人を亡くす悲しみを誰よりも知っている。同じように甥が、愛する人を亡くす人生を望んでもいないはずだ。でなければ、何度もあの言葉を聞かせない。

苛烈な性格で周囲にわざと誤解させるような言動をとる叔母だが、恐ろしいほど情が深い。クローデットの娘を嫌っていたとしても、カミーユが愛するなら助けようとする。ただ、臍曲がりなので助かる方法を簡単に教えてはくれない。

なにかあるはずだ。カミーユとリディア、二人とも生き残る術が。

年甲斐《がい》もなく泣きじゃくり、涙も枯れ、呼吸が落ち着いてくると冷静さが戻ってきた。叔母を思い出したのもよかった。彼女との思い出は、感傷的な気持ちが吹き飛ぶ。

すやすやと眠っているリディアの額に手をあてる。呼吸は落ち着いているが、まだ熱がある。

昨日から、王都の聖壁への攻撃は収まっている。侵攻していた兵士や、攻撃に加担していた隠れ邪教徒の貴族を、あらかた粛清できたからだ。

番選定の儀で、召喚に応じなかった貴族の邸に叔母が邪教査問会と押し入っていたが、あのときついでに家探しして隠れ邪教徒を洗い出していた。突然の召喚状に邸への乗り込みで、どこも証拠を隠す暇がなかったらしい。叔母の言動には相変わらず驚かされるが、無駄なことはしない人だ。

おかげでリディアの熱は昨日よりましになっている。まだ彼女は死なない。叔母のおかげで猶予が稼げた。

泣いて、焦ってばかりいないで、カミーユも自身にできることをしなければいけない。リディアの上気した頰をひと撫でし、椅子を立つ。あんなに泣いたのに瞼が軽いのは、自然と回復させられたからだろう。またよけいな魔力をリディアに使わせてしまった。

苦い思いに歯を食いしばり、食堂に戻り神話本をもう一度めくる。

炙り出しの話をしたとき、王都では水で文字を浮き出す遊びがあると話した。試しに、魔術で本を湿らせてみる。別の文章が出てきた。

「今度はシエルを復活させる方法か……」

テールと交わり、ただ人となったシエルの能力を復活させるためには、テールを正しい方法で殺す必要があるという内容だった。王都総神殿にある聖壁を維持する魔導装置にテールを生きたまま放り込むと、只人になったシエルが再び能力を取り戻し、ヴィエルジュの花が咲き乱れ種子を多く採取できるという。

胡散《うさん》臭い話にしか思えないが、邪教団体なら飛びつくのかもしれない。この本を持っていたのも邪教徒だった。

だが、邪教団体が信奉するような本を叔母やジルが重要視するだろうか。わざわざ隠し持つなんてことはしない。

まだこの本には秘密があるはず。それを邪教団体のような人々から隠し、処分されないよう二重に罠《わな》が張られたのではないか。ならば、魔導装置にテールを放り込んでも死なないと仮定することもできる。

そもそもジルは慎重で疑り深い男だ。あんな大勢がいる前で手がかかりを漏らさないだろう。むしろ炙り出しの話題を振ったのは、敵側に聞かせるためではないだろうか。そういえばあの場に、裏切者の護衛騎士もいたのを思い出す。

なぜ忘れていたのか。リディアのことで動揺して、思考が空回りしていたようだ。

リディアには他の荷物に紛れていたと言ったが、この神話本は一時的に盗まれていた。盗んだのは、ジルの魔鳥が本を届けたとき部屋で失神していた護衛騎士だ。彼の意識がとっくに戻っていると気づいていて、あの場に放置したのはカミーユだ。情報を誰に漏らすのか確認するために泳がせた。

カミーユに夜這いをかけた女の件で、彼は婚約者に騙され裏切られた男として恩情を与えてやった。しばらくの謹慎を言い渡された彼は、神話本を盗んでいったのだろう。

信用できる側近のミシェルに、彼を見張り、神話本を取り戻すよう指示してカミーユは離宮に入った。それからしばらくして、彼が謹慎から戻ってくると神話本が見つかったそうだ。

目的を果たした彼は、下手に盗まれたと騒ぎになる前に返却しようと、本をわかりやすい場所に置いたのだろう。リベラシオンの花が本から抜かれたのもそのときだ。

彼もリベラシオンの花から、炙り出しだと思ったのだろう。そしてこの内容を読んだ彼の本当の主人が、カミーユの手に渡っても問題ないと判断した。

ジルはこうなることを、ある程度は予測していたのかもしれない。手がかりになりそうな話を大勢の前でしたのも、やはりわざとだろう。

敵は、カミーユが炙り出しの内容を知ってもいいと考えている。敵が邪教徒や隣国関係者なら、カミーユが真実を知って儀式を中断するのを期待していそうだ。

「……今、敵について考えても時間の無駄だな」

リディアに邪心や悪意、殺意を持つ者が呪いの痣を見たらどういう反応をするか。それを知ってから、誰が怪しいか見当はついている。叔母のアデライドはカミーユより先に、敵の正体を知っていたはずだ。

問題はその人物をどうやって引っ張り出すか。高い地位にいるので、確たる証拠や現場を押さえなくては罪を追求できない。

だが、そのあたりは叔母がなにか企んでいそうなので、任せることにする。離宮にいるカミーユでは、できることが少ない。信用できる側近のモルガンとミシェルには話して、その人物の動向に注意してもらうのが精いっぱいだった。

「それより、この本を解読するのが先だ」

ジルと接触したのは、聖壁修復とそのあとの夜会だけ。カミーユには常に側近か護衛が付き従っていて、誰かと二人きりになるということがない。ジルとも二人きりにはなっていない。警戒心の強い彼が、人前で手がかりを言わないとすれば、直接ではない方法でなにか伝えてきているはず。

彼の魔鳥がきたときは裏切者の護衛騎士がいた。不特定多数に聞かれる恐れのある方法で大切なことを伝言するとも思えない。

これら以外で、ジルが邪教査問会に拘束されるまでに二人きりで会った人物が伝言役として怪しいが、そんな相手がいただろうか。

「……あ、一人いた。あの不埒者だ」

シュエットで、カミーユの寝所に忍び込んできた女。裏切者の護衛騎士の婚約者だ。

「あの女が？　伝言役……？」

あの護衛騎士と共謀しているのだとばかり思っていたが、まさか間諜《かんちょう》だったのだろうか。隠れ邪教徒はどこに潜んでいるかわからないが、それと同じだけ邪教査問会の間諜もあちこちに潜入している。邪教徒の振りをしていても不思議ではない。

しかし、なにか伝言になるようなことを言っていただろうか。あの女は寝衣を脱いで、下品に慈悲をほしがっていただけ。

「慈悲か……そういえばヴィエルジュの花を慈悲の花といったな」

種子は国民登録。花弁は番選定の儀。蔓は回復薬。樹液は興奮剤。花の蜜は……と考えて、はっとする。

『シエル様の慈悲の蜜をかけて、花の扉を開いていただけませんか？　その先には殿下の知らない世界が広がっていることでしょう。絶対に後悔させませんわ』

ただの下品な誘い文句だと思っていたが、この誘いだけやけに比喩表現を使うなとも思ったのだ。この場合、「シエル様の蜜」というのは「ヴィエルジュの花の蜜」という意味と仮定する。そうすると「花の扉」はなんだろう。

カミーユは手にしていた神話本を見下ろす。表紙を開くと、扉絵にヴィエルジュの花が描かれていた。

すぐさま立ち上がり、離宮の外へ走る。柵にからむヴィエルジュから、大きめの花を数輪、摘んで戻る。魔力を流して採取した蜜を霧吹きに入れ、神話本の扉に吹きかけた。

「あの女……次に会ったら、非礼を詫びなくてはならぬな」

扉にびっしりと浮き上がった文字を読み終わったカミーユは、どさりと椅子に腰を下ろして息を吐く。頭の中でばらばらだったものが合わさり、これからなにをすべきか、どう敵を追い詰めればいいかまで、ぱたぱたと組み上がっていた。

　厨房の鍋でよく煮込まれたスープを器によそう。赤ワインで煮込んだ野菜と肉は柔らかく、これならまだ微熱のあるリディアでも食べられるだろう。あとは水差しとパンを台車に載せて寝室に運ぶ。

　ここにきてから、カミーユは給仕を憶えた。王宮や神殿では、こんなことはさせてもらえない。魔獣狩りや聖壁修復の野営でも、給仕される側だ。初めて自分のことを自分でしたのは、叔母に森へ連れていかれ置き去りにされたときだった。獣を捕まえてさばいて、料理をするという経験もあのときにした。

　初めての料理は叔母が教えてくれた。血抜きや骨の断ち方、内臓の取り出し方、血や獣の臭みを抜く方法。人をさばくときにも役立つから憶えておけと言う叔母に、血の気が引いたものだ。その叔母は、夫を亡くしてからこういうことを憶えたと言って悲し気に笑っていたが、その前の内容が内容なので感傷に共感はできなかった。

　料理なんていつ役に立つのだろうと思っていたが、なんでも憶えておくものだ。カミーユは寝台に起き上がっていたリディアの膝に、スープの載った銀盆を置く。

「食べられそうか？」

「ありがとうございます。少し食欲がわいてきたので、スープぐらいなら」

　リディアがスプーンをとって一口食べる。細かく切られた野菜と肉を、ゆっくりと咀《そ》嚼《しゃく》して飲み込む。白くて細い喉が、こくりと動く。その様をじっと見つめた。

「……まずくはないか？」

熱で少し潤んだ水色の目が、不思議そうにこちらを向く。

「厨房にもとからある料理ではなく、私が作ったのだ。熱さましと体力回復に効く薬草などを料理に使った。回復の魔法陣が役に立たないみたいだからな……少しでも元気になってほしくて……」

「まあ、本当ですか？　カミーユ様は料理もお上手なのですね。薬草が入っているなんて思えないほど、とても美味しいです」

「そうか……それなら、よかった」

リディアはにこりと微笑むと、スプーンを優雅に動かして赤いスープを時間をかけて平らげた。

「体がぽかぽかいたします。とても美味しくて、また食べたくなりました」

「そうか。気に入ったのなら、また作ろう」

食べ終わったリディアが、欠伸を噛み殺す。蕩けた目は眠そうだ。微熱は続いているが、もう体は苦しそうではない。そして、食べる前よりも呪いの痣が薄くなっていた。

「……これも不死の効果なのか」

「カミーユ様？　なにか？」

小声のつぶやきにリディアが小首を傾げる。カミーユは首を振って苦笑した。

「いいや、なんでもない。しばらくは薬草の効果で怠いかもしれないので、ゆっくり休みなさい。神事もしばらくしなくて大丈夫だ。もう王都聖壁の修復はすんでいると判明した」

「そうなのですか……安心いたしました」

痩せてやつれた姿で微笑むリディアは儚《はかな》げで、他人の心配などしなくていいと言いたくなる。

「ただ、壁の厚みを増す、聖壁強化はできていない。どうやら、この場所で強化は無理なようだ」

「ここでは駄目なのですか？」

「ああ、今度その場所へ連れていく。だから準備が整うまで、しばらくは養生してくれ」

なにをするか察したリディアは頬を染め、はにかむ。

「かしこまりました。しっかりと神事が行えるように、体調を整えておきます」

カミーユはリディアを寝かしつけると、準備のために手紙を書いた。根回しや噂、情報、必要なものをかき集めるために、外との連絡を密にしなくてはならない。

それから七日ほど、カミーユが作った料理を毎日食べさせられていたリディアは、微熱はあるものの健康を取り戻していた。こけた頬はふっくらとし、肌も潤っている。水色の瞳はきらきらと輝き、髪は艶やかだ。そして痣はすっかり消えていた。

これなら最後の神事に耐えられるだろう。

ずっと微熱でぼうっとしている彼女は、顔と手の痣がないことに気づいていない。

「まだ熱はあるが、体重は戻ったようだな」

ふっ、と笑みをこぼし、カミーユはベッドに身を起こしたリディアの頬を撫でる。痣があったあたりに触れるが、肌触りにも違いはない。なめらかで触り心地がいい。

「はい。カミーユ様のお料理がよかったのでしょう。とても美味しくて、食べると体が温まってよく眠れました」

「そうか……では、午後には移動しよう。これを食べて、それまで寝ていなさい」

いつも飲ませている赤いスープとパンの載った銀盆を差し出す。リディアは疑うことなく出された食事を食べ終えると、すぐに寝入った。

カミーユは食器を片づけ、地下へ向かう。唯一、外と出入りできる離宮の裏口。そこにはまった魔石に魔力を流した。

事前の根回しとして、神殿に手紙を送っている。リディアが連日の神事で倒れ、これ以上の儀式は無理だという内容だ。そのおかげか半刻もしないうちに扉が開いた。

「ようこそ、グレゴワール最神官」

7

「まだ熱が高い状態なので、寝かせておいてください」

　天蓋がさっと持ち上がる気配のあと、カミーユの潜めた声が聞こえた。誰かいるようだが、体が重くて瞼が持ち上がらない。眠る前まで、こんなに熱はなかった。吐きだす息も熱い。最近は調子がよかったのに、なぜだろう。

「彼女が発熱しだしてから回復の魔法陣の効果もありません。儀式の続行は不可能でしょう。しかも隣国デートラヘルがヴィエルジュほしさに攻め込んできて、膠着状態とはいえ邪教団体も騒動を起こし、王都防衛の人手が足りないと聞きました。父上からは、儀式を中断して兵の指揮をとってほしいと要請がきています」

「ええ、私も聞いております。これ以上、聖壁の強化ができそうもないなら、まずは防衛に専念してほしいと」

「この離宮の結界はそう簡単に突破できないから安全でしょう。ヴィエルジュが目的なら、デートラヘルも無闇に破壊しようとはしないはず。私が王都防衛に参戦している間、どうかリディアのことをお願いいたします」

「お任せください。殿下の番である彼女は重要な存在。かならずやお守りいたしましょう」

どういうことだろう。邪教団体による騒動は鎮圧されたと聞いたが、また攻撃が始まったのだろうか。そのせいで熱が高くなったのか。

「では、彼女の食事と薬について説明したいので厨房へ。お手を煩わすことになりますが、薬の調合をお願いしたいのです」

「かまいませんよ。薬の調合は神官の基本技能ですから、殿下のお役に立てるなら喜んで」

二人の足音が遠ざかっていく。しばらくして、カミーユだけ戻ってきた。

「リディア……聞こえているか？　これを飲んでくれ」

耳元で囁かれ、唇を塞がれる。冷たくて少し苦い液体が喉を通り過ぎる。さっきまでの熱が、少しだけ下がって、体が軽くなる。

「すまない。体調を悪く見せるために薬を飲ませた。今のは解毒薬だ」

「カミーユ……さま？」

薄っすらと瞼を開く。略装の白い神官服を着たカミーユが、心配そうにこちらを見下ろしていた。

「詳しい話はあとでする。グレゴワール大神官は、まだしばらくここにはこない。彼が戻る前に、君の迎えがここにくる。その者から裏口の鍵を渡されるはずだから、それを使って離宮の外に出てきてくれ」

カミーユはそれだけ言うと、時間がないからと部屋を出ていった。遠くでグレゴワールの見送る声がする。

　グレゴワールをあざむくのは、なぜなのか。彼は危険なのだろうか。そんな者と、短い間でも二人きりというのが怖かった。けれどカミーユが、リディアを危険にさらすとも思えない。

　それからどれぐらいたったのか。熱が下がり、体が動くようになってきた頃、そっと天蓋が持ち上がった。気配も足音もなかったので驚いたが、悲鳴を上げる力もない。

「お静かに……わたくしです」

　髪をまとめ、騎士服に身を包んだクローデットだった。彼女はリディアの頬を撫で、目を細めた。

「起き上がれますか？　これを……」

　寝台に身を起こすと、首に大きな鍵のついたネックレスをかけられる。裏口の鍵だ。

「まだすぐには歩けそうにありませんね。ひとまず衣裳部屋へ移動しましょう」

　リディアの手足の具合を確認したクローデットに、さっと抱き上げられる。女性なのに、軽々とリディアを持ち上げる腕の力強さに目を丸くした。カミーユが言っていたように、騎士としてとても努力した人なのだろう。

　寝所から続く衣裳部屋の扉を開き、着替え用に置かれた肘掛け椅子に下ろされる。肩にふわりとガウンをかけられた。

「ここから廊下に出て地下へ、一人で動けるようになったら移動しなさい。グレゴワールはわたくしが引き留めます。裏口から出たらすぐにカミーユ殿下が迎えにいらっしゃるので、大丈夫ですよ」

不安に瞳が揺れたのに気づいたのか、クローデットは優しく微笑みリディアの髪を撫でつける。こんなに間近で彼女に接するのも触れられるのも初めてだった。ぎこちない手つきに、彼女の愛と戸惑いを感じた。

「……わたくしはもう、あなたを失いたくありません。必ず守ります。だから、わたくしのことは気にせず、なにがあっても裏口へ行くのですよ」

頷き返すと、ふわりと一瞬だけきつく抱きしめられる。彼女の首筋から懐かしい香りがした。この匂いをリディアは知っている。

ぶわっ、と胸に広がる感情に唇を引き結ぶ。なぜだろう、喉が苦しい。

けれど答えを見つける前に、クローデットの温もりが離れていった。

「ああ、彼がきたようですね。動けるようになったら、すぐに逃げなさい。いいですね」

そう言い残し、クローデットは衣裳部屋から寝所に戻った。リディアは扉に設けられた通気用の飾り格子から隣をうかがう。天蓋をまくった彼女が寝台にすべり込むのと同じぐらいに、寝所の扉が開いた。

グレゴワールは水差しと薬瓶の載ったワゴンを押して入ってきた。

「リディアーヌ様、まだお休みですか？　失礼いたします」

寝台の前で声をかけ、ひらりと天蓋をめくる。その刹那、彼の神官服の長い袖の陰でなにかが光を反射した。

キンッ、と金属のぶつかり合う音。次に布が裂ける音とともに天蓋がばっさりと切り落とされ、寝台からクローデットが転がり出る。後ろによろめくように、グレゴワールも姿を現した。

「クローデット様……いつの間に？　ということは、私の計略は露見しているということですね。手間のかかる薬の調合を頼まれたので不思議だったのですが……さすがカミーユ様、シエルの名に恥じない洞察力です」

「お察しの通りです。グレゴワール最神官、大人しく投降なさい。それから最初に貴方の裏切りに気づいたのはアデライド殿下です」

「あの女だと……」

グレゴワールの顔が醜悪に歪む。

「番選定のあと集会室で、リディアーヌのベールが落ちたときです。他の者が驚く中、彼女の顔を見て恐怖に表情を引きつらせたのは貴方だけだった。初対面のリディアーヌに恐怖するのは、呪いの作用。シエル様の番に邪心があった証拠だと」

「あの女、そのためにベールを……私はとんだ失敗をしたようですね」

くっ、とグレゴワールが皮肉げに笑う。剣を構え直したクローデットが、ひたりとグレゴワールを見据える。剣術の心得のないリディアでもわかる隙のない立ち姿だ。

「まさか、あなたが邪教徒で隣国と手を組んでいるとは思いませんでした」

「心外だ。私は邪教徒ではありません。協力はしていますが、彼らの信仰は受け入れがたいもの……シエル様を犯し食すなど、なんて野蛮でおぞましいことか」

「ではなぜ、協力をしているのですか？」

「初代シエルが創りたもうた聖壁の恩恵に浴していながら、歴代のシエル様を敬わず政治の駒や自身の欲望のために食い荒らそうとする人々を粛清するためですよ。そして新しい国を創るのです。シエル様を敬い信奉する神聖国家を」

グレゴワールの声が興奮で高揚し震える。邪教徒とは違うが、似たような狂信者だ。

「邪教徒の信仰には嫌悪感しかありませんが、この国を中から崩すには利用できる。なにより邪教団体は長きにわたりこの王国に巣食い、シエル様に関する古い書や文献を集め秘匿してきた。逆に、シエル様に関する重要な文献や歴史を消してきたのは、時の為政者たちです。彼らはシエル様が短命なままのほうが都合がよかった」

短命だからこそ為政を任せられないと、シエル様は王族に生まれても王位継承権はない。神聖殿下という仰々しい地位を与えられても、神殿で権力を握るような仕事はなく、象徴のような扱いだ。そうなるように、シエル様に関わるものは処分され散逸していったとグレゴワールが語る。

たしかに、シエル様が王族で短命でなかったら、玉座に据えようとする者たちが現れるだろう。それにあの神々しい見た目。為政者の能力など関係なしに、心酔する者が多数現れたら政《まつりごと》がしにくくなりそうだ。

そしてシエル様の古い文献や歴史を拾い集めたのが、邪教団体——真シエル教の始まりでもあったそうだ。その信仰深さがいつしか歪み、今のような信仰を掲げる団体に変質していった。

「ですから私がシエル様について深く知るには、邪教団体の中に入る必要があったのです。そうして長い年月をかけて、シエル様について造詣を深めていきました。なのに……あの女が、邪教査問会なるものを立ち上げ、邪教徒を粛清しては大切な資料をなにもかも奪っていった」

あの女というのはアデライドのことだろう。グレゴワールの声音が憎々しげに変わる。

クローデットが警戒するように肩をいからせた。

「貴方の言い分はわかりましたが、それで隣国と手を組む意味がわかりません。隣国に蹂躙され属国となれば、神聖国家も建国はできないのでは？」

当然の見解に、グレゴワールはくくっと喉の奥で笑う。

「隣国デートラヘルは、ヴィエルジュを欲しています。他国にはヴィエルジュの種がありませんからね。魔力暴走により幼い頃に命を落とす者が多い。大人になってからも、魔力の扱いを誤っての事故が絶えないのです。ですが種子を体内に取り込めば魔力を操りやすくなる……どこの国も、フィエリテ王国を羨み嫉んでいる」

その悪意や邪心から守っているのが聖壁だというのに、シエル様を敬愛する心を忘れた愚か者たちに鉄槌《てっつい》が必要だと、グレゴワールは同じ話を興奮気味に繰り返す。

「一度すべてを破壊され、再構築されるのを目の当たりにして思い知ればいいのです。そのためにカミーユ様と番が離宮にいる時機に聖壁を攻撃させたのです。崩壊まではいきませんでしたが、シュエットはとてもよい働きをした」

グレゴワールが言うには、シュエットの民は破壊される寸前の聖壁が突如として修復され、厚みも増して強化されたのを見て、シエル様へ祈りを捧げ信仰心を厚くしたそうだ。それを王都でもしたかったと嘆く。

リディアを殺そうとして、代わりのクローデットを攻撃したグレゴワールが、なぜ聖婚を邪魔しなかったのか。聖婚により聖壁が修復される様を見せつけたかったのだ。

「いけない。脱線しましたね……ヴィエルジュを手に入れたいデートラヘルは、ヴィエルジュを咲かせ種子を作るのに必要な、シエル様の番も欲しています。番を聖壁の魔導装置に奉納すると、ヴィエルジュが咲き乱れるのです」

魔導装置に奉納とはどういうことなのか。想像して血の気が引く。恐らくそれは死を意味するのではないか。

思わず漏れそうになった声に、口を手で押さえる。そろそろ手足が動くようになってきたが、逃げる気になれない。話の内容も気になるし、動揺して物音でも立てたら、隠れているのが見つかってしまう。

それにしても、番を魔導装置に奉納してヴィエルジュが咲くなんて初めて聞いた。ここ数年、花が少なくなり種子の数が減ったというのは、番が贄として奉納されていなかったからだろうか。

「シエル様が生まれれば、その近い年に番も生まれる。番を確保するためにシエル様は絶対に必要ですし、シエル様なくしては聖壁の維持もできないのですよ」

なんでもシエル様がこの土地に存在しなければ、聖壁は消滅するものらしい。そのためシエル様が死ぬと、すぐに次のシエル様が生まれる理なのだという。この事実が他国に漏れればシエル様の誘拐や殺害に繋がるからと、王族と神殿上層部だけの秘匿案件とされていた。それもグレゴワールが隣国に暴露してしまったそうだが。

「デートラヘルはシエル様を敬い、神殿に独立した国家としての権限を与えるつもりです。そしてフィエリテ王国をデートラヘルの属国としたあと、王族の血筋は残し、シエル様が誕生されたら神聖国家の教皇として即位させる計画なのです」

そんなに上手く事が運ぶだろうか。デートラヘルが裏切ったりはしないかと思ったが、シエル様を生かさなければ聖壁は維持できないなら、ある程度の身の安全は保障されるのだろう。

「なので私はカミーユ様を汚した番を殺さなければならない。そうしないとシエル様としての神格を失ってしまいます。王都聖壁の完全修復がなされていない今ならまだ間に合う。あの汚らわしい番を殺すか魔導装置に奉納さえすれば、すべてが上手くいくのです」

グレゴワールが右手を掲げ魔力を集め、大神官以上が使う聖杖を顕現させる。

「さあ、あの番をどこに隠しましたか？　それとも、もう外へ逃げましたか？　まあ、どのみち私たちのどちらかが死ななければ、裏口は開きませんからね」

離宮は、番のうち片方が死ぬと裏口が開く。番同士でなくても、離宮にいる人間が一人になれば開錠されるらしい。鍵を預かる者に伝えられる口伝だそうだ。

「では、殺し合いを始めましょう」

ぶわっ、と両者の魔力が膨れ上がる気配がして、すぐに剣と杖のぶつかり合う音と火花が散る。剣技ではクローデットのほうが数段も上だが、魔術と魔力量では劣るようだ。グレゴワールは魔力に物を言わせて戦う。呪符や魔法陣を繰り出し、斬撃を防ぐ。

意外にも俊敏な動きをするグレゴワールに驚く。大神官以上は聖壁修復などで危ない場所に遠征するので、騎士並みに戦えるのだろうか。毎年、シュエットの聖壁修復に参加している祖父も、戦えるのかもしれない。リディアが飛竜に襲われたあの現場で、特に怯《ひる》んでいる様子もなかった。

あっという間に寝所が破壊されていく。立ち上がる砂煙や轟音《ごうおん》、リディアが逃げるなら今しかないだろう。体もやっと動くようになった。

クローデットのことが気になる。けれど彼女を思うなら、この場に留まっていては足手まといだ。

リディアはガウンの前をしっかりと合わせ、衣裳部屋を出て地下を目指した。ふらつきながらも小走りで階段を降り、胸元の鍵を握りしめて裏口の前に立つ。取っ手のない扉に触れると、魔石がふわっと光って鍵穴に変化した。

鍵を挿し込む。音もなく扉が外に向かって開いた。

「リディア……待っていた。無事だったようだな」

「カミーユ様っ！」

よろけながら外に出ると、しっかりと抱きとめられた。扉の前で待っていたカミーユは、裸足だからとリディアを抱き上げ暗い通路を歩きだす。

「これから神殿にいく。そこで神事となるだろう」

「はい、わかりました。あの、クローデット様は……」

カミーユにすぐ会えてほっとすると、今度はクローデットのことが気になり、離れていく離宮の扉を振り返る。

「安心しなさい。ここを出たら、救援に向かえる者に鍵を渡す。だがその前に、その鍵で聖壁の間を開きたいので少し待ってもらいたい。クローデットならば、そう簡単にグレゴワールには負けないので大丈夫だ」

聖壁の間は魔導装置のある場所だ。外から魔力供給もできるのに、なぜそこを開錠するのだろう。首を傾げたとき、どおんっ、と大きな音が外でして地下道が大きく揺れる。ぱらぱらと天井の破片が降ってきた。

「なんだっ……！　外でなにが？」

リディアを強く抱き直すと、カミーユが走りだす。地上にでる階段を飛ばして上り、天井の隠し扉をそっと押し上げて辺りをうかがう。すぐに派手な女性物の靴が見えて、扉が上に引っ張られた。

「出ていらっしゃい。隠れ邪教徒の残党が王都内でも暴れだしたようよ」

「叔母上……なぜ、こちらに？　私の護衛騎士はどこに？」

抱きかかえられたまま地上にでると、そこは鬱蒼と木々が生い茂る人気のない場所で、丸い屋根の白い建物が見えた。王都総神殿の裏手のようだ。煙が見えるのは爆発でもあったからか。ここまで神殿の騒ぎ声が聞こえてくる。

いつもの派手な衣装に身を包んだアデライドが腹の読めない笑みを向けてくる。カミーユは信頼しきっているのか体の力を抜いたが、リディアは逆に身を固くした。

「貴方の護衛騎士なら、わたくしが護衛を引き受けると言ったら、神殿に向かっていったわ。クローデットの息子のモルガンだったかしら。警戒心が足りないのではなくて？　もしくは体を鍛えるばかりで頭のほうがおろそかなのかしら？」

「叔母上……なにを言いたいのですか？」

「貴方もよ。昔からわたくしが言って聞かせたことを忘れたのかしら？　たるんでいるのではなくて？」

カミーユが顔をしかめた瞬間、アデライドの手に魔力でできた鞭《むち》が現れ、空気を割いて飛んできた。足元をすくわれた彼が体勢を崩す。その隙に背後から現れた男に、リディアはカミーユから引きはがされる。

視界に捉えたのは紺色の神官服で、その逞しい肩に担ぎ上げられた。腹を圧迫され、苦しさに叫び声もでない。

「リディアっ！　貴様、待てっ！」

「貴方の相手はこちらよ」

カミーユの怒声と、のんびりとしたアデライドの声が遠ざかる。男は足が速いのだろう。あっという間に二人の姿が見えなくなり、建物内に駆け込んだ。

総神殿の厨房だろうか。料理の匂いと喧噪《けんそう》がする場所を通り過ぎ、下働き用の通路に入ったようだ。総神殿も支神殿と造りは同じようで、通路の景色を見ているだけで神殿の中心へ向かっているのがわかった。

先ほどの爆発で、神殿内は騒がしかった。怒声やたくさんの足音が行き交っていて、リディアを担ぐ神官に誰も気を配らない。

男は階段を駆け下り、聖堂の真下あたりに向かっている。そこは総神殿なら魔導装置がある場所だ。支神殿にも同じ場所に小規模な魔導装置がある。

グレゴワールの言っていたことを思い出し、青ざめる。

「やっ……やめてっ！」

このままでは殺される。暴れるが、がっちりと体を抱える腕の力は緩まない。そのうち男の足取りがゆっくりになった。

「こっちだ！　ちゃんと、さらってこれたようだな」

「ああ、本当にアデライド殿下がご協力してくださった」

「まさか彼女がこちらについてくれるとは……」

仲間と合流した男が、リディアを乱暴に床へ下ろす。

「ふぅん、これが番様の素顔か。なかなかの美人だな……それに色っぽい体をしている」

男たちに取り囲まれ、下卑た視線をそそがれる。はっとして、乱れたガウンの前をかき合わせた。

「余計なことをしている暇はない。すぐに殿下が追いついてくるかもしれない。さっさと番を魔導装置に放り込むぞ」

「やっ……！　嫌です！」

胸元の鍵に手が伸びてくる。取り上げられたら殺される。リディアは必死に抵抗するが、髪を掴まれて頬を殴られ鍵を奪われた。

「これ以上、痛い目をみたくなかったら大人しくしていろ！」

床に転がされたリディアは衝撃に驚いていた。そう、衝撃はあったのに痛くない。殴られた頬に触れるが腫れてもいない。ふと、右手を見れば痣もなかった。リディアの素顔を見たのに、男たちは怯んだり嫌悪したりもせず、美人だと言っていやらしい視線を向けてきた。こんなことは初めてだった。

いったいなにが……離宮で神事をする間に体が変化してしまったのか。

呆然としているうちに男たちは聖壁の間を開錠し、リディアの腕を掴んで引きずる。初めて入った聖壁の間は真っ白な円形の部屋だった。

床の中心に巨大な黒い半球状の魔石がはまっている。この魔石が魔導装置なのだろうか。リディアも初めて見た。

その巨大な魔石は、黒というより透明な石の中に闇が満ちているような色で、ゆらりと陰影が動く。その魔石の周囲に複雑な魔法陣が床にびっしりと描かれていた。離宮の寝所に似ている。

「この魔石に乗せればいいのか？」

「ええ、番なら吸い込まれるはずです。グレゴワール様がそうおっしゃっていました」

リディアを引きずる男の疑問に答えているのは、青色の衣の大神官だ。よく見ると、シュエットの支神殿でリディアを誘拐しようとした神官だった。

「さあ……早く、放り込んでください。これでシエル様の神格が取り戻されます」

大神官の恍惚《こうこつ》とした声が響く中、突如、空気を切り裂くような音がして扉近くにいた見張りが吹き飛ばされた。廊下も破壊されたのか砂煙が上がり、その中から聖笏を持ったカミーユが現れた。血飛沫《ちしぶき》のついた白い神官服で、片手で別の見張りの頭を鷲掴みにして引きずっている。目をらんらんとさせ、冷酷に笑った。

そこに神聖視されるシエル様の姿はなかった。シエル様の神格を守ることができると、うっとりしていた大神官は、恐怖で真っ白になっている。

「貴様らっ……覚悟しろ」

地を這うような声に空気が凍る。だが、カミーユが部屋に入ってくる前に正気を取り戻した大神官が、慌ててリディアを抱き上げ魔石に向かって放り投げた。

「きっ、貴様さえいなければっ！　シエル様があのようになったのは貴様に汚されたせいだっ！」

そんな彼の叫び声と、背後で猛獣のように殺気を放つカミーユを見たのを最後に、リディアは魔石に吸い込まれた。

見えない壁を通り抜ける感覚のあとの浮遊感。真っ黒い闇に抱かれて落ちていく。唐突に闇が霧散し、ぱっと周囲が明るくなった。

目を開くと、空中に放りだされていた。眼下には見覚えのある場所。離宮の屋上だ。カミーユの魔鳥、エティエンヌがいつも入ってくる結界の穴に転移してきたようだった。

頭から落ちていき、ぶつかると思って悲鳴を上げる。だが、体は屋上の中心に吸い込まれ、見知らぬ場所に転移した。

「ぎゃあぁっ！　わっ……い、痛くない。柔らかい？」

ぼふんっ、と落下した先はふわふわとした白い地面で、リディアの体を優しく受け止めた。触れると、毛皮の敷物のようでほんのりと温かい。ゆっくりと体を起こす。

「え……ここは、どこでしょう？」

見回すと聖壁の間と似たような円形の部屋で、壁からヴィエルジュが生えている。いや、壁からではなくここが根元なのではないだろうか。枝や蔓は壁を突き破り、外へと伸びているように見える。枝から幹の下へ繋がる根っこの先は、床に吸い込まれていた。

天井に目を向けると、見慣れた寝所の床にある魔法陣が彫りこまれている。

「でも、鏡文字になってる……え？　もしかして、ここはあの寝所の真下？　転移させられたのでしょうか？」

ちょうど寝所と同じ広さの部屋だった。離宮の外壁に這っていたヴィエルジュの蔦は、ここから生えてきたもののようだ。

魔石に吸い込まれたら死んでしまうと思っていたのに、死ぬ気配はない。それより既視感が強い。うねうねと動いて、四方から這い寄ってくる蔓に身をこわばらせる。

「まさか……東屋と同じ……」

蔓が迷いのない動きでガウンを脱がせてくる。もう、考えなくてもやることは明確だ。

カミーユが別の場所での神事と言っていたが、ここのことだろうか。けれどグレゴワールは、魔導装置に放り込んで殺せばシエル様の神格が戻ると言っていた。なにがなんだかわからない。

ともかく、ここで閨をしないといけないようだ。相手がいないので、初めての東屋のときのように蔓と。

蔓が手足にからみつき、抵抗しようとすると強くからんでくる。防御力のない寝衣の中にも入り込んで、リディアの弱い部分を愛撫する。

「えっ、や、やだ……待って、待ってくださいませっ！」

リディアは蔓をぎゅっと強く握りしめ、魔力を思いっきり流した。いつも魔力を吸い取っていくのだから、こちらから先にあげればいい。

「もうっ、カミーユ様が大変なのです！どうせ魔力をとるなら、彼を手助けしてくださいませっ！」

さらに魔力を蔓に送る。加減の仕方などわからないので、感情の高ぶるままに魔力を食わせてあげると蔓が満足したように拘束を緩めた。

「あら……今、なにか……？」

神話本の炙り出しにもあったように、聖壁とリディアが繋がった影響だろうか。外で聖壁になにか変化があったのを感じる。けれど詳細はわからない。

蔓はすりすりと頬ずりでもするように寄ってきた。飼い犬が舐めてきたみたいだ。

「褒めてほしいのですか？　ええと……よくやりました。ありがとうございます」

不本意だが、蔓とは東屋でもう何度も触れ合ってきた。魔力を食らうことには貪欲だが、それなりに意思疎通ができる。慣れたので最初の恐怖心もない。

自由になっていた手で、蔓を撫でてやる。嬉しいのか蔓がくるくると回転するので、思わず笑みがこぼれた。

「いい子ですね……って、きゃあ！」

微笑ましい気持ちでいられたのは、そこまでだった。しゅるんっ、と蔓が再び腕にからまって、リディアを床に引き倒す。そのまま両手を頭上で拘束されてしまう。

「えっ……そんな、魔力をあげたでしょう？　ひゃあぁっ……あっあんっ！」

蔓は首を振るように揺れ、リディアの寝衣の中に侵入する。聖壁に干渉して魔力を使ったので、もう足りないと言っているようだった。

なら、また魔力を送り込もうとしたが、快楽の高揚で得られる魔力のほうが好物なようで、蔓の先から樹液を滴らせる。乳首と脚の間をそれで濡らされると、もう自由に魔力を動かせなくなった。

じんっ、と体の奥が強制的に疼く。それを見越したように、蔓の先が乳首に巻きつき、くにくにと撫でさする。股に侵入した蔓は、濡れ始めた襞を愛撫し開いていく。

「ひゃっ、あんっ！　やぁ、カミーユ様……んんっ」

もう蔓は怖くないけれど、やっぱり閨の相手は彼がいい。助けを求めて名を呼ぶと、蔓が口の中に入ってきた。ぬるん、と中を探られ舌にからまる。その動きがまるでカミーユとの口づけのようだった。

「はぅっ、んんぅ……んっ！　ひぁ……ッ、うそぉ……そんなっ」

肌を這う蔓は、リディアの弱い場所を的確に刺激する。触れ方もなにもかもカミーユそっくりだ。驚いて体を見下ろすと、蔓が寄り集まって彼の手の形になっていた。

「ひゃぁ、うんっ！　やぁっ……やだぁッ……！」

蔓なので人肌ではないけれど、樹液で濡れてぬめぬめしている。撫で回されているうちに、蔓の感触などわからなくなった。まるで本当の手で触れられているみたいで、嬌声を押さえられない。

胸を揉む力具合、狭間を撫でる指遣い。どれもカミーユを忠実に模倣している。そんな能力が蔓にあったなんて、視界をふさがれたら彼だと思うかもしれない。などと考えていたら、蔓がしゅるしゅると頭に巻きついて目隠しした。

「えっ、うそ……いやぁんっ、だめぇ……！　とってぇっ！」

いやいやと首を振るが、蔓は外れない。耳元をぬるんっと舐められ、悲鳴を上げる。蔓のはずなのに、感触が舌のそれだった。手と同じように、舌の形になっているのかもしれない。

その舌が、唇を撫で口中に侵入する。ぬるぬると口蓋や歯列を舐め、リディアの舌に絡まり樹液を飲ませてくる。催淫効果のあるそれは唾液のようで、ますますカミーユと口づけていると錯覚して体が甘く疼く。腹の奥がひくんっと震える。

「ふぁ、んっ、ん……はぁ、あんっ……んっ、らめぇ……ッ」

蔓の舌が首筋や鎖骨を伝い、乳首にからまって引っ張る。吸いつかれているみたいで気持ちがいい。両の乳房も揉みしだかれる。しかも脚の間にもするりと手がすべり込んだ。三つめの手だ。

「そ、そんな……手がたくさんなんて、むりっ、ひゃあぁッ、んっ！」

視界が塞がれているので、手がいくつあるのかわからない。どこから愛撫されるのかも見えなくて、よけいに感じてしまう。

股を撫でる手が、襞をめくり指を行き来させる。肉芽を探り出し、そこにぬるりと舌が

からみついた。乳首の舌はそのままなので、二つめの舌だ。

ぬちゅぬちゅ、と肉芽を舐めたり押しつぶしたりしながら、樹液をかけてくる。強い快感が背中を駆ける。

「あぁっ、ああ……らめっ、それぇ……っ！」

蔓の指と舌で、じゅるりと肉芽を撫でられ吸いつかれる。カミーユの愛撫と代わらないそれに、腰が跳ねて達した。

「はぅ……はぁ、まって、やぁ……まだっ、だめなの……ひぁっン！」

びくびくと余韻に震える肉芽に蔓の舌がからまり、すぐに愛撫が再開する。敏感になっているところを絞られるように舐められ、蜜口が痙攣する。そこにすかさず蔓の指が押し入ってきた。

「いやぁんっ、入っちゃ……だめっ、あぁぁっああぁッ！」

カミーユと同じ太さの指が、ずぶずぶと入ってくる。ひくつく中を探るように動き、リディアが感じる場所を突いてきた。強引だけれど、体が処女に戻っているのを気づかうように、慎重に開かれていく。

「あんっ、あぁぁっ、やんっ……！　カミーユさまぁ、っ」

ぬぷぬぷと抜き差しされ、腰が揺れる。頭は快楽に支配され、見えないせいでカミーユに犯されているようにしか感じられない。嬲る指も増えて、蜜口を押し広げられていく。

「ふぁんあぁっ、ひゃあああ！　ああ、らめっあああアァアァ……！」

増えた指が中を深くえぐる。ぐちゅんっ、と指の根本まで埋められ蜜口がきつく締まる。そこに樹液を放たれた。

「アッァッ……！　それ、だめ……ッ！」

また達して、蜜口が激しく痙攣する。奥がじゅわりと濡れて熱い。果てたのに快感が散ってくれなくて苦しい。魔力も吸われる。

「やぁ……もぉ……」

これが繰り返されるなら体力が持たない。けれど離宮での閨と同じように、体が強制的に回復させられているのを感じる。見えないけれど、魔法陣が作動しているのだろう。

リディアはゆっくりと動きを再開しだした蔓に身を任せるしかなかった。

8

なぜ裏切ったのか、なにが目的なのか。それを聞くのは後回しにして、足止めする叔母をどうにか振り切ってリディアを追いかけた。行き先は聖壁の間だろう。

案の定、聖壁の間の前に怪しげな神官が立っている。見張りだろう二人に向けて、聖笏を振るう。放たれた魔力の刃に斬られて吹き飛ばされ、血飛沫がかかる。一人が風圧で崩れた壁に当たってこちらへ転がってきた。その頭を片手で摑み、落ちてくる破片の盾に使う。

「貴様らっ……覚悟しろ」

開け放たれた扉の前にくるとリディアの姿が見え、口元が緩んだ。けれど彼女をさらい、あられもない格好にしている男どもを許す気はない。寝衣で外に出してしまったことを悔やむ。

早く彼らを一掃しなければと、部屋に踏み込みかけたところで一人の大神官が叫びながらリディアを魔石に放り込んだ。

乱暴な扱いに怒りが頂点に達する。あの魔石に吸い込まれても死なないとわかっているので焦りはしないが、殺すつもりで投げ入れたのだ。許せない。今頃、恐怖を感じているだろうリディアを思うと、この大神官は万死に値する。

盾にしていた見張りを、大神官の横から逃げようとしていた男へ投げつける。リディアを背負って逃げた男は、壁に激突して動かなくなった。

一人残った大神官をにらみ下ろし、聖笏を振り上げる。翼のようになっている部分で首をかき切ってやろう。

「し、シエル様っ、私は……私は貴方様のためをっ」

「だったら私のために死ね」

聖笏を振り下ろす。だが、大神官の首を切る前に、横から飛んできた魔力の塊に聖笏が弾き飛ばされた。

「カミーユ、待ちなさい。まだ殺しては駄目よ」

「叔母上……また邪魔をするのですか」

アデライドがゆったりと歩いて入ってくる。腰を抜かしてうずくまっていた大神官が、すがるように叔母に向かって両手を伸ばす。

「ああ、アデライド殿下！　どうかお助け……ぐえっ！」

汚いものを見るように目をすがめた叔母が、大神官の両手を鞭で薙《な》ぎ払った。

「なっ……なぜっ！　貴女様はこちらに寝返ったのでは……味方でしょう！」

「私も、どういうことなのか聞きたいです。叔母上」

カミーユの護衛騎士まで騙して、邪教徒側に手を貸した理由はなんだ。けれど叔母は、心外だと言いたそうな顔で、豪奢な金髪をかき上げる。

「貴方たち、なにを言っているのかしら？　わたくしはいつだって、わたくしだけの味方ですわ」

胸を張って言い切るアデライドに、大神官は青ざめ固まっている。

「肉親だろうが他人だろうが、わたくしの都合に合わせて使ってあげているだけ。それを味方だの裏切っただの、なんておこがましいのかしら」

そうだった。叔母はこういう人間だ。なぜ忘れていたのだろう。

カミーユが毒気を抜かれて溜め息をつくと、ばたばたと慌ただしい複数の足音が近づいてきた。

「カミーユ殿下！　こちらにいらしたのですね！」

モルガンと神殿を守る騎士たちだ。彼らに、不法侵入者の対処を任せる。神殿内の爆発にも彼らが関わっているらしい。

皆殺しにしてやりたかったが、叔母の言う通りまだ殺してはいけない。尋問が先だ。男たちが聖壁の間から外にだされたのを確認して、モルガンを呼ぶ。

「私はリディアを追いかけないといけないので、後を頼む。それから離宮の鍵を渡すので、クローデットの援護を……」

床に落ちていた鍵をカミーユが拾う前に、叔母が鞭で引っかけて横から奪った。

「叔母上、なにを……うわああっ！」

次に飛んできた鞭がカミーユの胴体に巻きつき、ひゅんっと後ろに引っ張られる。魔力の鞭なので、重さをものともせず体がふわりと浮いて部屋の外へ吹っ飛んだ。

モルガンが叫びながら追いかけてくる。瓦礫にぶつかる寸前で、彼に受け止められ怪我はしなかった。

「さっき言ったはずよ。わたくしは、わたくしだけの味方だと。それなのに、気を抜きすぎではないかしら？」

呆れた表情で聖壁の間からでてきたアデライドが扉を施錠し、鍵を首から下げて胸元にしまう。

「簡単に騙されたモルガンも鍛え直したほうがよさそうね。まあ、その前に大掃除をしなくてはならないの。リディアーヌを追いかけたいのでしょうけれど、それはあとになさい」

「しかし叔母上っ、リディア一人では……むぐっ！」

からんだままの鞭が動いて、カミーユの口をふさぐ。子供の頃、よくこうやって躾けられた。まさかこの年になってまでやられるとは思わなかった。

魔力量ならカミーユのほうがもう上なのだが、鞭から抜けられない。叔母のほうが魔術師としては上で、鞭になんらかの術をかけているせいだ。

縛り上げられもがく神聖殿下とアデライドを、どうしたものかと騎士たちが遠巻きにする。モルガンは不敬だと憤り、叔母に詰め寄ったが「肝心なときに騙されて護衛を外れるような無能はお黙りなさい」と一喝され声が出なくなった。言封じの呪いをかけられたようだ。

「大人しくなさい。邪教団体とデートラヘルを一緒に潰す絶好の機会なのだから、貴方にはすべきことがあるの」

叔母が言うには、邪教団体とデートラヘルに命を狙われているテール――リディアの存在は邪魔なので、魔石に放り込ませたそうだ。シエルとテールしか入れない場所なので、どこよりも安全だから文句を言うなと。そのためにモルガンは騙されカミーユは足止めされた。

暴れるのをやめたので、口をふさいでいた鞭が外れる。

「なら最初に説明してくだされば、私とて……」

「リディアーヌだけ先に転移させなさいと言っても、すぐに従ったかしら？ 相談する時間ももったいないから、効率的な手段をとっただけよ」

言い返せない。一人だけ転移させるなど心配で、手元で守るからとごねただろう。そうなると彼女を守るために考えることも増える。叔母のやり口は納得できないが、効率だけはいい。

「アデライド殿下、隠れ邪教徒と間諜の国民登録証を持ってまいりました」

「あら、急なことだったのに早かったわね。ご苦労様、ジル主神官」

羊皮紙の束を抱えたジルの姿に驚く。彼はこちらに一礼すると、アデライドに国民登録証を手渡した。

叔母が証書を精査している間に、グレゴワールの裏切りについてジルが話してくれた。

ここ数年、隣国から婚姻などで移り住む者が増加し、その中にデートラヘルの間諜がかなり紛れていたそうだ。ほとんどが平民籍だが、グレゴワールが密かに国民登録した者はのちに洗礼の儀をして神官籍になっている。その者たちが邪教団体と手を組んで反乱を起こした。

そしてグレゴワールが離宮に入ったのと同時に、王都内で反乱が起きた。神殿以外の主要な場所が襲われている。しかも昨夜からシュエットの国境ではデートラヘル兵が動きだし、戦闘になっているため、カミーユの二番目の兄である第二王子ランベールが前線で指揮をとっているそうだ。王都には次期国王の長兄ジェラルドが残って、反乱軍の制圧と処理に奔走している。

国境での戦いとフィエリテ王都での反乱、どちらが陽動かわからないが、戦力を分散させる狙いなのだろう。

それならば、戦力になる上、邪教団体もデートラヘルも殺したくないと思っているシエル——カミーユは、神事でこもる前にひと仕事していけということらしい。

敵はテールのリディアを殺し、聖壁を弱らせ侵入するつもりなのだろう。彼らは神話本にある嘘の炙り出しのほうを信じて行動を起こしている。

ジルはシュエットの現状を伝える使者としてきたが、信用できる人手が足りないとアデライドに駆り出されたそうだ。王都総神殿は規模が大きいぶん、隠れ邪教徒や間諜がどこに潜んでいるかわからない。

「カミーユ、貴方はこちらの者たちのヴィエルジュの種を取り出してちょうだい」

精査が終わった叔母が、鞭の拘束を解くと同時に羊皮紙の束を押しつけてきた。

「種の取り出し……解除の儀ですか？」

「違うわ。昔、わたくしが教えてあげたでしょう。儀式なしに取り出す禁術を」

アデライドの唇が釣り上がるのに、顔をしかめる。

国に無断で、儀式の道具も祝詞もなしでヴィエルジュの種を取り出す魔術は禁止されている。使えば法に触れるが、魔力量の消費も多い上に高度な術なため使える人間はほぼいない。そもそも、その術を開発したのがアデライドだ。

彼女に師事していたカミーユは、禁術と知らずに使えるようになってしまった。

「こんな日がきたときのために開発した術なのだから、そんな顔をしないで。現状、貴方とわたくししか使えないのですから、拒否権はありませんよ。国王からも使用許可が出ているから安心なさい」

王命なら、カミーユも異存はない。リディアのことは心配だし、蔓になにをされているか想像するだけで業腹だが、神聖殿下もしくは王族としての義務は果たさなくてはならない。

仕事はこれだけらしいので、早く終えてリディアを追いかけたい。

「貴方ならわたくしより魔力が多いから、一度に複数人に禁術を使えるでしょう？」

「ええ、国民登録証をだしてもらえたのも助かります。これがあれば識別が簡単になる」

証書には本人の魔力で文字が書き込まれている。本人の近くまで行けば証書が光って反応するので、捕らえて禁術を使えばいい。彼らはいくつかの集団で行動しているらしいので、識別せずにまとめて禁術をかけてもいいだろう。冤罪で巻き込まれた者がいたとしても、ヴィエルジュの種は再度埋め込むことができる。

禁術の炎が拷問並みの苦痛なのが可哀想だが、怪しい者と行動しているのが悪い。

「わたくしは神殿内の敵を一掃しますから、カミーユは王宮へ向かってちょうだい。終わったら聖壁の間を開錠してあげるわ」

アデライドがジルに証書の束を持たせて踵を返そうとしたとき、外で地響きがした。何事かと、地下から地上にでる。普段は透明な聖壁が薄っすらと青く発光して、王都総神殿に突っ込んでこようとしていた飛竜を吹き飛ばしたところだった。飛竜は咆哮《ほうこう》を上げ、聖壁の向こうで旋回している。

二階の露台では一人の神官が妙な動きをしていた。なにをしているのか確認するため、二階に駆け上がる。

「あれは……リディアーヌがなにかしたのかしら？」

「そうとしか考えられませんね。聖壁が強化されているようです……今の強化がなければ、飛竜に突破されていたかもしれない」

魔力を蔓に吸い取られたのだろう。これは、早く決着をつけなくては。

旋回する飛竜の真下、露台にいる神官が悔しそうに魔導具を床に叩きつけている。

「あれが敵ね。ジル主神官、証書を」

発光している証書を、ジルがアデライドに手渡す。叔母は祝詞を唱えて魔力の炎で証書に火をつける。それと同時に庭にいた神官の体も青い炎に包まれ、絶叫する。

禁術は、本人の近くで証書を燃やすと発動する。この方法がもっとも魔力消費が少ないが、証書なしで祝詞を唱えて相手に火を放つ方法もある。消費する魔力は馬鹿みたいに多くなるが、一度に複数人を禁術で国民登録から抹消できる。

「モルガン、証書を持って王宮にこい。私は先にいって怪しい者を片っ端から登録抹消して回る。其方はミシェルと手分けして、抹消された者たちの照合をしてくれ」

カミーユは手を振って魔鳥を召喚する。白い大鷲が翼を広げて空中に現れる。

「エティエンヌ、王宮まで最短距離で運んでくれ」

『仰せのままに』

カミーユは露台から飛び降り、仰々しく返事をしたエティエンヌの足に掴まる。浮遊感があり、上空に体が引き揚げられる。下ではモルガンがなにか叫んでいたが、無視して王宮に向かった。

魔鳥は使役者の魔力量により運べる重量も変わる。人をぶら下げて移動できるのはエティエンヌぐらいだ。

地上から向かうよりだいぶ早く王宮に着いたカミーユは、上空から騒ぎの起きている広場を見下ろす。王宮の門を守る騎士団に向かって、暴徒が魔導具やら武器をぶつけている。

「面倒だ。まとめて登録を抹消しよう」

エティエンヌにぶら下がったまま聖笏をだし、範囲を指定する魔法陣を描いて祝詞を唱える。術が完成したら聖笏を振って、魔法陣を地上に落とす。

暴徒がいっせいに火に包まれる。身を焼かれる暴徒の絶叫と、突然のことに驚いて悲鳴を上げて後退する騎士団。地上は阿鼻叫喚《あびきょうかん》の地獄の様相になった。

しばらくして禁術の炎が尽きると、暴徒がばたばたと倒れだす。生きたまま火あぶりにされたのと同じ苦しさなので、禁術のあとに起き上がれるのは相当に精神力があるか、それまで虐げられてきた経験がある者ぐらいだ。

「国民登録を抹消する術を使った。その者らは拘束して地下牢へ。あとで私の側近が証書と本人の照合をしにいくので手伝うように」

地上に降りたカミーユが淡々と命令を放つと、呆然としていた騎士団の面々が慌てて動きだす。

「他の暴徒はどこにいる？　その者らの登録抹消をするよう王命が下った。私が執行するので案内せよ」

すぐに指揮官が飛んできて、案内の騎士をだしてくれる。王宮内や周辺で暴れていた輩や不審な動きをしていた者を無差別に捕まえていき、禁術で燃やして回った。そして半刻もしないで全員の登録照会ができたという伝言を、ミシェルの魔鳥から聞いた。

カミーユはすぐさま神殿に舞い戻り、聖壁の間を開錠してもらって魔石に飛び込んだ。

転移して飛ばされたのは、離宮の上空。そこから屋上の床に現れた魔法陣に吸い込まれる。エティエンヌが通過できた結界の穴というのは、転移陣の一部なのだろう。

次に放りだされた先が、神話本の扉に隠されていた内容にあった寝所の真下。地下の円柱状の壁の向こうにある部屋だった。

天井から落下する。その先にヴィエルジュの蔓がうねうねと集まり、リディアにからみついているのが見えた。

腹の底が怒りと悋気《りんき》と欲で、かっと熱くなる。前のようにリディアが蔓を怖がっていないのは幸いだが、それはそれで合意の行為に見えて悔しい。

「リディア……！」

くるりと回転して、彼女を避けて着地する。床がふわふわと柔らかく、体勢を少し崩す。

「ふぁんっ……あぁ、んっ……かみーゆさまぁ？」

濡れた音の合間から、リディアの快楽に濡れた声がする。こちらを探すように、首を動かす彼女の目は、蔓で覆い隠されていた。

「なんだ、これは！」

よく見ると、リディアを嬲る何本もの蔓は人の手や舌の形をしている。

「カミーユさまっ……なのですか？　ふぁっ、あぁぁ……らめ、もぉっ」

「ああ、私だ。なんなんだこの蔓はっ……お前たちはもう下がれっ！」

リディアの中をかき回していた指型の蔓を引きずりだし、怒りで握りつぶす。散々弄ばれたのか、蔓が抜けた蜜口はだらしなく開き、ごぽっ、と樹液と蜜を大量に吐きだした。

「はぁっ、はぁ……ほんもののカミーユさまぁ？」

蔓がするすると離れていき、リディアが床に四肢をくたりと投げだす。目隠しも外れる。

「本物……？　リディア、大丈夫か？」

「蔓の手が……カミーユ様で。舌も……目隠しされて、カミーユ様みたいで」

たどたどしく説明するリディアが手を伸ばしてくるので、抱き起こしてやる。快楽でとろとろになった姿は可愛くて、ぎゅうっと抱きしめて顔中に口づける。問題は、蕩けさせたのがカミーユではないことだ。

「蔓なのに、カミーユ様みたいだから気持ちよくなってしまって……ごめんなさい」

きゅっ、と首にすがりつてきたリディアが、耳元で可愛らしく謝る。込み上げてくる衝動に、ぐっと奥歯を嚙む。

「あのっ、でも……奥は嫌って言ったら、指と舌だけにしてくれて。なので大丈夫です。まだ処女ですから、許してください」

どうやら蔓はカミーユの手と舌を模倣していたようだ。それで目隠しをされたので、リディアはカミーユに抱かれているみたいで感じてしまったと。しかも、それ以上は駄目だと蔓に言ったら、指以上のものは挿入されなかった。離宮の魔法陣のせいで、毎回、処女に戻ってしまうリディアは、だから破瓜《はか》はしていないと言いたいのだろう。

ここまで犯されていたら、処女でもあまり意味がない気もするが、リディアのことは初めから責めていない。悪いのは蔓だし、すぐに追いかけられなかったカミーユの責任だ。

「リディアは悪くない……それより、一人でよく頑張った。魔力を送って聖壁を強化してくれただろう。君のおかげで寸でのところで飛竜を防げて助かった」

「強化されたのですか？　よかったぁ……わたくし、カミーユ様のお役に立てたのですね」

ふにゃぁ、と笑み崩れて身を寄せてくるリディアを抱きとめる。

「ああ、ありがとう。それより、体はつらくないか？」

「ここでも魔法陣の回復があるので大丈夫です。蔓も、強引ですけれど優しくしてくれましたので」

また腹の底が焼けるような感覚に、眉をひそめる。蔓に悋気を抱くなんて馬鹿らしいが、やはり嫌なものは嫌だ。

「リディア、今度は私が相手だ……蔓のように優しくはできないかもしれない」

「え……カミーユ様？　ひゃっ、あぁ……んぅ、ンッ！」

樹液でべとつくリディアの体に手をすべらせ、貪るように唇をふさぐ。かろうじて着ていた寝衣を力任せに引き裂き、膝に抱き上げたリディアの足を開かせる。引いていた蔓が、協力するようにカミーユの衣服を脱がせていく。東屋の蔓と同じで、二人が交わる手助けに積極的だ。

カミーユに跨《また》がるように向かい合ったリディアの脚の間に、そそり立ったものを押しつける。

「ふぅ、んんっ……はぅ、あ……も、かたい……」

それに気づいたリディアが、恥ずかしそうに頬を染める。もう何度も抱いたのに、初々しい反応だ。大きくなる欲に目を細める。

「……滅茶苦茶にされたいのか？」

「ひゃぁッ！　あっ、まって……ひっ、あぁぁッん、いやぁンッ！」

細腰を乱暴に引き上げ、カミーユの上に落とす。緩みきった蜜口が勃起した雄をのみ込む。途中、少しだけ抵抗感があった場所を通過すると、繋がった場所から赤い雫が滴った。

「リディアの言った通りだったな」

くっ、と喉で笑い、残りを一気に突き入れた。

「あっあぁぁッ……！　らめ、ふかぃ……はぁ、あぁぁッ」

ぐっちゅん、と根元まで受け入れた蜜口が痙攣して締め付ける。持っていかれそうになるのを、息を止めてそらし、下から前後に揺すってやる。

「わかるか、蔓ではない私のものだ」

「ひぃ、あぁッ、あんっ……カミーユさまぁの、好き。きもち、いいのぉ」

そう喘ぎながら、カミーユにすがって腰を揺らす。

「可愛いことを……」

リディアの脚を抱え込み、上下に揺さぶる。蔓も協力して彼女の体を支えるので、動きやすくなる。

ぎりぎりまで引き抜き、落してやれば、最奥を強く突かれたリディアから甘い悲鳴が上がる。ぐぐっ、と奥の口をえぐり腰を回す。先端をのみ込んだ口が痙攣して、腕の中で愛しい体がびくびくと震える。

達したのだろう。そのまま休憩を与えず、むしろ激しく抽挿してやる。

「きゃぁっ、あぁぁッ、だめ……ッ！　まだ、いやぁ……ッ、いってるの、にぃッ」

快感で下りてきた奥の口を、激しく攻め立てながら出し入れする。中は激しく収縮して、達したままになっているのだろう。リディアが泣きじゃくりながら、やめてと懇願してくる。可哀想だが可愛くて、もっとぐちゃぐちゃに泣かせたい。

うねる中を乱暴に行き来し、奥を深くえぐる。ぐっと全体が締まって、カミーユのものを絞る。さすがに耐えられず、熱を解放した。釣られるように、かき抱いたリディアの背中が反って震えた。

「はぁっ……ひぁ、ひゃあッ！　あぁああぁっ……やぁ、死んじゃう……ッ」

「くっ……死にはしない。その心配はもうないぞ」

達した余韻で肩で息をつくリディアの背中を撫でてやる。

「あの神話本の炙り出しを見たのだろう。あれは真実ではなく、邪心を抱くものに読ませるための偽情報だ」

「え……どういう、ことですか？」

神話本には二重に偽情報が書かれていて、邪教団体などはそれに騙されていること。真実が書かれている場所や文字を浮き上がらせる方法を簡単に説明する。

「たしかに、あのまま神事を続け聖壁強化までした場合、テールの体が持たなくなって死に至る。だが、死なせない方法が書かれていた」

この先を告げるのに、一瞬だけ戸惑う。だが、教えないわけにはいかない。嫌がって逃げようとしても、この状態なので無理だろう。最悪、快楽に流してうやむやにするつもりだ。

「シエルの血肉を食べさせるのだ」

邪教徒どもが言っていたことは、だいたい本当だった。けれど相手はテールに限る。テール以外がシエルと交わって血肉を口にしたところで、不老にも不死にもならない。

神話本には、閨神事で弱るテールにシエルの血肉を与え、体を不死にする。そして全ての神事を終えると、シエルは器に収まらない余剰分の魔力を使い切り只人となり、テールも死なずにすむとリディアに説明する。

「すまない……君に黙って、私の血を飲ませた」

肉を食べさせたほうが早く不死になるそうだが、あとで知ったリディアが卒倒するかもしれないと思い、血をスープに混ぜるだけにした。

離宮で怪我をしても痛くないのは、シエルが自身の血肉を調理するためらしい。

「あのスープですか。不思議な味でとても美味しかった……ああ、それで殴られても痛くなかったし、怪我もしなかったのですね。不死とはそういうことなのですね」

「殴られた……？」

不穏な言葉に目を細めると、聖壁の間に入る前のことをリディアが話してくれた。やはりあの神官、嬲り殺しにするしかないようだ。

「リディア……無断でこんなことをした私を、嫌いになるか？」

声がこわばる。拒否されたらと、彼女を抱く腕に力がこもった。

「いいえ、嫌いになんてなりません。わたくしを助けようとしてくださったんですよね」

リディアがぶんぶんと首を振り、ぎゅっと抱きついてきた。

「わたくし、カミーユ様ともっと生きたいと思っていたのです。だから、嬉しい」

「……私も、君と生きられるのが喜ばしい」

ひとまず嫌われなくてよかった。ほっとして抱きしめ返すと、不安そうな声が返ってきた。

「ところで……わたくし、これから不死のままなのですか？」

「いいや。神事で死ぬほど魔力を搾り取られるので、それと相殺されて今まで通りだ。只人となった私は、神格を失い普通の寿命になる。そして君とたくさん交わったことで、君の魔力の影響を受ける」

髪を括っていた紐をほどく。さらりと流して、内側の髪を見せてやるとリディアが目を丸くした。

「銀髪……これ、わたくしの魔力の色ですか？」

「そうだ。シエルは魔力に色がなく、誰の魔力の影響も受けない存在だ。けれど、テールと交わることで神格を失いだし、影響を受ける只人の器が作られる。その過程でテールと同じ魔力色になるのだ」

髪色にその影響がでるらしい。神話本にもそう書かれていて、完全に髪色が変わると儀式終了となる。

「そういう訳だから、完全に変わるまで神事を続ける」

「あ、はい……ひゃぁ、んっ……！」

押し倒し、腰を軽く揺する。もう力を取り戻しているのは、樹液まみれの体に触れているせいもあるが、カミーユ自身が彼女を求めていた。魔法陣の作用も関係ない。

「リディア、愛してる」

「わたくしも……ん、んんぅっ」

言葉を返そうとする彼女の唇に食らいつく。吐息も言葉もすべて、自分だけのものにしてしまいたい。

樹液でぬめる乳房を揉みしだき、赤く腫れぼったくなっている頂を親指でこする。蔓に執拗に愛撫されたのか、少し触れただけでリディアが身をよじって鳴く。

「ひぃやぁんっ……だめ、そこぉじんじんする」

弄られて敏感になりすぎているのだろう。やめて、と悪戯する手を引っかかれるが、無視してさらに嬲る。蔓にこうされたというのが気に入らない。

じゅるっ、と音を立てて熟れた乳首にしゃぶりつく。舌先で転がしていやれば、ひんひんと鳴く声が聞こえた。

「蔓にもこうされたのか？」

つい声が低くなる。びくっと震えたリディアが、涙目で「ごめんなさい」と言う。それでは肯定したも同然で、彼女は悪くないのに脅かすように乳首を甘噛みした。

「きゃ、あぁっ……！　あぁぁん、やぁ、んっ」

きゅうっと繋がった場所が締まる。軽く引いていた腰を突き上げ、乱暴に抽挿を始める。

「あぁぁ、ひゃぁっ……ご、ごめんなさ、あぁぁンッ！」

悪くないと言ってやりたいが、乱れて泣くリディアが愛しくて虐めるのをやめられない。濡れた肌のあちこちに残る、蔓の愛撫の痕にも煽られる。強く圧迫された場所は、肌に薄っすらと赤く痕がある。唇も乳首も赤く腫れぼったく、繋がった蜜口は蕩けきっているのだ。

悋気を起こすなというほうが無理だ。早くカミーユの手ですべて塗り替えたい。

華奢な脚を抱え、深く穿《うが》つ。先ほど暴いた奥の口が、くぷりと先端を咥《くわ》える。さらに腰を進めて侵入してやれば、リディアの細腰が跳ねた。

「ひゃぁんっ、ひっ、ひぁ……ッ！　らめ、それ以上、はいら……な、あぁアァッ」

「嘘をつくな。入るだろう」

ぐんっ、と体重をかけて捻じ込み揺さぶる。

「うぁんっ……ひぐぅ、っ……！　やら……ぁッ」

達したのか、中がびくびくと激しく痙攣して奥へ引き込むようにうねる。その動きに反して腰を引くと、立て続けにリディアが絶頂を迎え涙を流した。そこからはもう、達したままになったのだろう。抽挿するたびに、全身を震わせて乱れる。

その姿に煽られ、より激しく突き上げてしまう。快楽にのまれ、ただひたすらにリディアを貪る。

そうしてカミーユも何度か中に吐きだしたが、まだ髪は染まりきらない。

「あぁんっ、あっ、あ……ひぃ、あぁッ……もっ、いやぁっ」

後ろから犯しているリディアが、ぐずぐずと泣いている。達したまま戻れなくて、なにをされてもひどく感じてしまうのだろう。魔法陣のおかげで体力は回復するが、過ぎた快感は苦しくもある。

さすが王都の聖壁。いつもの神事程度では、完全に強化されないようだ。外の戦闘の様子もわからないので、もしかしたら被害を受けているせいで魔力を搾り取られているのかもしれない。

カミーユはまだ持つが、リディアが駄目かもしれないと考えていると、蔓がおずおずと寄ってきた。カミーユをうかがうように、繋がった場所をするりと撫でる。

そういえば、蔓も混ざって神事をすれば早く魔力の充塡がすむと神話本にあった。

蔓が蜜口を撫でて入りたそうにしているのに、舌打ちする。不本意だが、これ以上長引かせるのも可哀想だ。

「リディア、蔓も一緒に交われば早くすむのだが……どうする？」

ひくひく震える背中に覆いかぶさり、カミーユがみっちり栓をしている蜜口に指先を潜り込ませる。くちゅり、と音がして蜜と子種があふれた。

「ひぁ……っ、それで終わるなら……」

感じすぎて、もうなにをされるのかも理解していないようだが、確認はとった。誘導するように蜜口を指で広げると、その隙間に蔓が一本だけ入っていく。

ぐにゅんっ、と衝撃があり、リディアもわかったのだろう。反射的に逃げようとずり上がる腰を押さえ込む。

「あっ、ああっ、やぁ……な、なに、ひぃあぁッ！」

蔓は器用に奥の奥まで潜り込み、にゅるにゅると動きだす。それにカミーユも刺激され、ぎちっと中を埋めるものが膨れる。

「はっ、はぁ……リディア、すまない。動くぞ」

「ひゃんっ、いやぁ……あぁぁんっ！　あぁっ、そんな……奥まで、だめぇッ」

後ろから激しく穿つ。蔓からでる樹液も手伝って、快感がさらに高まっていく。なにも

考えられない。リディアを犯すことしか頭になく、ずっとこのまま交わっていたくなる。

抜き差しするカミーユの動きと反するように、蔓もリディアの中を行き来する。そのうち蔓の本数も増え、カミーユの一物にもからみついて上下にしごく。どこまでも貪欲に、快楽から得られる魔力を搾り取るつもりなのか。

「はぅ、ひぃぁあぁっ、らめぇ奥……いやぁあぁッ」

高まってくる熱に、抽挿を速くする。もう限界だった。ぐちゅんっ、と奥を深くえぐり動きを止める。最奥の口を先端でぐぐっと押し開け、腰を軽く揺すった。蔓もにゅるりと侵入する。その刺激に、リディアの中が強くうねって、すべてを持っていった。

「……くっ！　はぁ……っ」

「ひぁ……あぁ、アァ……っ！」

びくっ、と腰が震えて吐精するのと一緒に、リディアも達した。中に入り込んだ蔓から、膨れ上がった魔力を吸われていくのがわかる。

あんなに激しかった熱がすっと引いて、理性も戻ってきた。リディアは床に突っ伏して意識を失っている。その背を抱いて、カミーユも横になって目を閉じた。

さすがに疲れた。ここにくる前に、ひと仕事したせいで魔力も体力もかなり減っている。

完全に銀髪になってしまった自身の髪を視界にとらえ、愛しさにふっと笑う。それを最後にカミーユも眠りに落ちた。

転移させられる浮遊感に目を覚ますと、離宮の寝台の上だった。床の魔法陣が発光して、破れた天蓋や壁などを修復していく。アデライドとクローデットの驚く声が聞こえたので、ここでグレゴワールと戦闘していたのだろう。

意識のないリディアを抱きしめながら、すべての修復が終わるのを待つ。二人の汚れた体も、いつものように魔法陣の作用で綺麗になり、体力が回復していくのがわかる。

「クローデットと叔母上……衣裳部屋に服をとりにいきたいので、後ろを向いてもらえますか」

二人の返事が聞こえたので、天蓋から出て衣裳部屋で適当な服に着替えて戻る。

「ありがとうございます。こちらを向いてかまいません……ところで叔母上は、どうしてここに？」

振り向いた叔母の首には裏口の鍵が下がっている。二人とも埃《ほこり》と血で汚れていた。

「決まっているでしょう。グレゴワールを嬲りたかったからよ。力押しのその女では、やりすぎるかもしれないもの」

クローデットは騎士なので魔術攻撃はあまり得意ではない。対するグレゴワールは賢く魔術に長けているので、そこで苦労したはずだ。ようは加勢しにきたのだろうが、素直ではない。

この二人、関係がこじれる前は亡くなったカミーユの母も入れて、仲の良い幼馴染だったそうだ。

「あの……失礼ですが、カミーユ殿下でございますか？」

それまで黙りこくっていたクローデットが、こちらを呆然と見ていた。カミーユは視線の先の髪を梳《す》いて見る。綺麗に銀髪に変わっていた。

「ああ、そうだ。聖婚の儀が成功しシエルの神格を失った結果、リディアの魔力に影響されてこの色になったのだ」

「左様でございますか。少々、驚きました……それで、あのリディアーヌは無事でしょうか？」

無事かどうかと問われると、無事ではないし、まだ見せられない姿だ。カミーユはちらりと天蓋の下りた寝台を振り返る。

「問題ない。神事で疲れているから、しばらくは起きないだろう。ゆっくり休ませてから、私たちは外に出ようと思うが……グレゴワールはどうなった？」

殺したのなら死体があるはずだが、離宮の魔法陣に塵と判断されて消されたのだろうか。するとアデライドが「あれよ」と指さす。食堂にあるはずの魔導具の木箱だ。

「この騒動の首謀者の一人でもあるグレゴワールの尋問は必須でしょう。だから殺さずに、尋問に必要な頭と胴体を残して箱詰めにしておいたわ。あとで、それをエティエンヌに運ばせてちょうだい」

重いから裏口から持ってでるのは嫌だと言う叔母に、木箱の中の惨状を想像して顔をしかめる。加勢ではなく、本当に嬲りにきたのかもしれない。

「なにもそこまで……」

「あら？　頭と胴体が無事なら尋問できるでしょう。騒いでうるさいから喉は潰してあるわ。尋問するときに癒してあげてね」

クローデットに視線をやると、彼女も当然のような顔で頷く。

「傷は魔術で癒して止血してありますし、一応、手足も箱に入っております。暴れられると面倒なので強制的に眠らせました。逆賊相手にかなり人道的な扱いかと思いますわ」

二人とも前線に立って戦う女性なので、人道的な扱いが血生臭い。ただ言いたいこともわかる。

リディアには聞かせられない内容だと嘆息しつつ、二人に労いの言葉を送った。とりあえず木箱をすぐに開かないよう、エティエンヌから側近に伝言してもらおう。

「それでは、わたくしは戻りますわね。邪教査問会で尋問しないとならない人間が多くて大変なのよ」

「待ってください、叔母上……いえ、母上」

踵を返し歩きだそうとしたアデライドの足がぴたりと止まる。クローデットは驚いた様子もなく、ただじっとしている。知っていたのだろう。

「ずっとそう呼びたかった、母上と。これを機に、私の本当の出自を公表しませんか」

緊張でぐっと握った手が汗ばみ、心臓の鼓動が速くなる。

子供の頃は本当に叔母だと信じていた。けれど成長するにしたがって、なにか違うと感じるようになった。

アデライドが時折見せる視線。なにか言いたげな悲しみや激情を押し殺して揺れる、自分によく似た赤い瞳。捻くれた物言いの中の優しさや、触れる手の柔らかさ。生き残るためにたくさんの知識を与えられた。

ふと気づくと、カミーユを見守っている。何度、助けてもらったかわからない。

父も異母兄たちも、事情を知っていそうな第一王妃も、誰もなにも言わなかった。カミーユとアデライドはよく似ているのに、母子ではないかと噂にもならなかった。まるで情報統制されているかのようで、逆にカミーユは怪しんだ。

そんな中で、切れ切れに集まる情報を繋ぎ合わせていった。先代シエルが死んだとき、叔母が自ら救助に行けなかったのはなぜか。それからしばらく、夫を亡くした心労を理由に、誰にも姿を見せず引きこもっていたという話もある。同じ時期に、第二王妃が妊娠していたという事実も。

そして叔母が静養していた別荘に、一時期、女医が足蹴く通っていて、その弟子がのちにバダンテールの専属医になるミラベルだと突き止めた。彼女がリディアの祖母として平民になり生きていたことには、さらに驚かされた。

アデライドは、カミーユを妊娠していた。だから先代――カミーユの父を助けにいけなかったのだ。

今さら、なぜ自分を手放したとなじる気はない。彼女は、カミーユにとって一番よいと思う環境を与えただけだ。

シエルは体も命も狙われる。たとえ王位継承権がなくとも、神聖殿下で第三王子ならば警備が厳重になり、王女の子よりも優先される。仕える人数も変わってくる。

それに復讐に生きると決意したアデライドに、カミーユは足手まといだったろう。たくさん恨みを買う立場に自らなった。彼女は息子を守るために、母という立場を捨てたのだ。

だが、捻くれ方に年季が入っているこの人には、素直に情を求めても無駄だ。誰もが納得する建前を用意して、彼女が頷きたくなるような説得ができなければ、愛情どころか叱責が飛んでくるだろう。

「母上、取引をしましょう。私はこれから自身の命を守るために、貴女の息子に戻りたいだけなのです」

エピローグ

「リディア、手を」

差し出されたカミーユの手に手を重ね、入ったときとは違う晴れやかな気持ちでヴィエルジュ離宮の門を開く。集まった人々から、わあっと歓声が上がり、祝いの花弁が空に舞った。

カミーユは入ったときと同じ典礼用の白い神官服だが、リディアは最近の流行りを取り入れた婚礼衣裳だ。レースの袖は先にいくにしたがって広がり、花弁のような薄布が中からのぞいている。スカート部分も緻密なレースの下に何枚も薄布が重ねられてふんわりと広がり、後方の裾が長く尾を引いて美しい。

薄紅色の髪は緩くまとめて、ヴィエルジュの花と蔓で作られた花冠が載せられた。顔を隠すベールはない。痣が消え、テールの力も消えたのでもう肌を隠す必要がなくなった。普通に生活し、植物に触れることもできる。

クローデットとよく似た珍しい髪色を見せ、血縁であると示唆するためにもベールはかぶらないことにしたのだ。胸元を飾るネックレスも、バダンテール家の女性が代々受け継いできたもので、リディアが正式な娘だと公に示している。

一歩踏みだすごとに、貴族たちの視線が二人に集まる。リディアを見てバダンテール家の娘なのだと納得しながら見惚れ、隣のカミーユを見て目を丸くする。だいたいが、そんな反応だった。

シエルの神格を失い、銀髪になったカミーユは相変わらず清廉な雰囲気はあるが、以前のような近寄りがたい神々しさはなくなっていた。人間らしさを見せ始めた彼に、貴族たちは今後どのような距離感で接するべきか戸惑っているように見える。

そんな二人のあとをついて、侍女や従者がぞろぞろと離宮から出てくる。彼らは二人の支度をするのに離宮の裏口から入ってきた者たちだ。

本来、裏口から入れるのは一人で、中の者に鍵を渡して入れ替えるものだった。けれど、グレゴワールとの戦いで入ってきたクローデットとアデライドを外にだす際、エティエンヌを使って鍵を離宮に戻せば何人でも中に招けることが判明してしまった。

鍵を持って出たアデライドからエティエンヌが鍵を受け取り、離宮に戻ってクローデットに渡す。その逆をしただけだ。結界の穴を使った抜け道で、離宮を造った初代シエルもこんなことになるとは思わなかっただろう。

このことは秘匿され、表向きは聖婚の儀が無事に終了したので外の者を中に招けるようになったとされている。

そしてその抜け道を利用して、リディアとカミーユは離宮にしばらく引きこもり、中に使いの者を呼んで今日のお披露目までの準備を整えた。

最後の神事――聖壁を強化する閨で、リディアの消耗がかなりひどかったせいもある。

元々、頑強な肉体の上に、無駄な魔力が抜けたカミーユは健康そのものだったが、シエルの魔力と聖壁の媒介になり、通常なら死ぬような神事をこなしたリディアは、しばらく寝台から起き上がれなかった。

儀式が終了したので、離宮の魔法陣ももう反応しない。カミーユは甲斐甲斐しく世話を焼き、薬をいくつも調合して飲ませたり、滋養のある食べ物を外から取り寄せたりした。

幸い、疲労が大きかっただけで、なんの後遺症もなく健康な体に戻った。

その間に、カミーユが側近を呼び入れて今後のことについて話し合った結果、どうせならリディアが完全に回復してから、離宮を出るのと同時に儀式成功の祝いと結婚の正式なお披露目をすることになった。

神話本を読み解いたカミーユによると、本来、聖婚の儀は王都総神殿の魔導装置から転移し、まず王都聖壁の強化で閨神事をしてから離宮の寝所で通常の閨を、それが終わったら各東屋で閨をして、シエルとテールが離宮を去って儀式終了。それが正式な流れだったそうだ。長い年月の中、様々な政治的思惑や邪教団体の介入などで失伝してしまったせいで、逆をたどるようになったらしい。

おかげで魔力や体力をよけいに消耗させられたとカミーユがぼやいていた。最初に聖壁の強化をしたほうが、修復が簡単になるそうだ。

離宮を出て、聖堂の前に止まった馬車に案内される。そこから王宮へと移動し、大広間でお披露目となった。

壇上で国王がこの度の聖婚の儀が成功したこと、先日の事変でカミーユとリディアがどれだけ貢献したかなどを集まった貴族たちに聞かせた。

王都で暴れていた邪教団体と隣国デートラヘルの間諜たちのほとんどは拘束され、今もまだ尋問の最中だ。それにより作戦が失敗に終わったデートラヘルは、国境沿いから撤退した。まだしばらく警戒は必要だが、戦力を削がれたので再度攻め入ってくる様子はない。今後は、どう付き合っていくか近隣諸国と話し合い、他国が間に入って賠償など戦後処理にあたる予定だ。

そんな話のあと二人の正式な婚姻を祝い、カミーユは神聖殿下の地位はそのままだが、今後、王族での地位はアデライド王女の息子となると発表された。事前に根回しがされていたので騒ぎにはならなかったが、一部の貴族が落胆しているのがわかった。

彼らは、神格を失い寿命が伸びたカミーユを、始祖シエルの再来として王位につけたいと画策していたらしい。そういった争いの芽を摘むための発表だそうだ。この国の法律では、王の直系がすべて亡くなったという事態にならないかぎり、王の甥に王位継承権はない。

カミーユとしても、関係のよい元異母兄たち——今は従兄たちと争いたくない。もし次期王として担ぎ上げられれば、シエルだったせいで有力候補となり、命を狙われたりと危険が増える。そうなるとリディアの身も危ないし、王座に興味もないので避けたいそうだ。

正直、次期王の王太子妃なんて勤まりそうもないので、リディアもこの決定に賛成だ。

王太子妃にふさわしくないと、離縁させられる可能性もでてくるだろう。

カミーユを実の息子だと認めたアデライドはというと、逆賊のグレゴワールが抜けた穴を埋めるため、最神官の地位に就くことが決まった。これで神殿内の不正や逆賊を洗い出しやすくなると、本人は大喜びしている。グレゴワールのせいで、隠れ教徒や間諜の温床になっていた王都総神殿に、彼女は前から介入したいと思っていたらしい。

神官たちはというと、邪教査問会を使い血生臭いことをしていたアデライドが、実質、神殿の長になるというので若干怯えている。けれど文句を言えないほどの人手不足のため、魔力量が豊富で権力のある彼女の神殿入りを歓迎していた。それだけ今回の事変で粛清された神官の数が多かったのだ。

ここでまたグレゴワールのような不心得者が長にでもなれば、神殿の地位が危うくなる。ならば絶対に神聖殿下を裏切らない、逆賊になどなりえないアデライドが最神官に就けば、一度揺らいだ神殿の威信も盤石になるだろう。

こうして様々な思惑や利害の一致により、カミーユはアデライドの息子と公表された。

隣に立つ彼をそっとうかがう。社交的な笑みの中に、喜色が混じっている。実母だと感じながらずっと傍にいて、それを誰にも聞くこともできず、彼女を慕っていたカミーユは何を思っていたのだろう。リディアには想像もつかないけれど、彼が幸せそうなので嬉しい。

それにしてもこの二人が親子だったとは、意外なようでいて納得した。過激な行動にでるところなどそっくりだ。

それにシエルである息子を延命するためだったと思うと、すべての苛烈な言動も理解できる。誰に恨まれても断罪されても、救いたかったのだろう。

なにが理由であれ、娘を誘拐されたクローデットは一生許さないと言っていた。それも当然のことだ。二人の関係は、今後も改善される見込みはないけれど、それでいいのだろうとカミーユは苦笑していた。

国王の話が終わり、カミーユとリディアが前に出て挨拶をする。そのあとはお披露目の宴となった。入れ替わり立ち替わりで挨拶にやってくる貴族へ、笑顔を向けて当たり障りのない返しをするのに必死だ。カミーユが手助けしてはくれたが、離宮にずっといて貴族教育も足りていないリディアは、彼に恥をかかせていないか気が気でない。王太子妃になる可能性が潰れて本当によかった。

少し波が引いてほっとしていると、懐かしい顔が挨拶にやってきた。

「お久しぶりでございます。リディアーヌ様」

リディアがシュエットでさらわれた直後、王都まで追いかけてきたアメリだった。彼女は商人の情報網を使って行方と事情を調べ、ずっと保留にしていた貴族の婚約者との結婚を決意した。今は婚約者なので、結婚して貴族籍になるまでは神官籍だ。

その彼女の横にはバダンテール家の三男、レイモンが立っている。子供の頃のアメリを見初め、強引に婚約を取り付けた貴族というのはリディアの実兄だった。彼を毛嫌いしていたアメリだったが、リディアと義姉妹になれるならと今では結婚に意欲的だ。実は高位貴族だったと言われても、平民に近い神官から貴族社会に一人で入ることに不安しかなかったリディアにとって、頼もしい味方である。

今回の婚礼衣裳を用意してくれたのもアメリだ。いくらお金があっても人脈や人手がなければ、王族の花嫁として遜色ない立派な衣裳を短期間で用意するのは難しい。リディアたちが離宮に入っている間、儀式終了後に必要だろうと家格に合う下着や普段着から婚礼衣裳まで、仮縫いしておいてくれた。彼女がリディアの寸法を把握していたのもよかった。おかげでいつ他家に招かれたり宴があったとしても、困らないぐらい衣裳が用意されている。

クローデットもそんなアメリの働きを喜び、とてもよい関係を築いているそうだ。

「ありがとう、リディアーヌ。君のおかげで、やっと結婚できる」

レイモンに両手で手を強く握られる。まだ二十歳で、アメリとそんな年も離れていないのに、なぜ邪見にされていたのだろう。騎士だけあってがっちりしているが、優し気な容貌はミシェルに似ていて女性受けもよさそうだ。アメリに言わせると、性格が粘着質で気持ち悪いそうだが、そうは見えない。

「おめでとうございます、お兄様。アメリをよろしくお願いいたします」

「もちろんだ。誰よりも大切にして、しまっておくよ」

聞き間違えだろうか。不穏な返事に笑顔で小首を傾げる。隣のアメリは冷めた目で微笑みながら、「そうはいきませんわよ」と低い声でこぼした。

リディアを心配したが故に結婚を決意して、よかったのだろうかと思うが、アメリはあれで賢くて気が強くて弁が立つ。王都でも大きな商会の娘で、財力も、動かせる人材も豊富なので、貴族社会でもやっていけるだろう。難のある婚約者も上手く操縦するに違いないが、少しだけ心配だった。助けられることがあったら、すぐに駆けつけようと決意する。

そうして少しの不安を残し、主役の二人はお披露目の宴を早々に辞した。

カミーユの寝台に腰掛けたリディアは、落ち着きなくきょろきょろする。周囲はあまり華美ではない、直線的な意匠の調度で揃えられている。

ここは王宮に設けられた彼の部屋だ。第三王子から王の甥になったので、近々引き払って王宮の外に邸を賜ることになっている。結婚したリディアもそこに住む。

立場上、もうシュエットに戻ることはできないけれど、祖父母がこちらの神殿に異動してくることになった。リディアのためでもあるが、今回の事変で人手不足だからだ。祖父はアデライドと親交があったらしく、たまに仕事を手伝っていたという。

リディアはこれからカミーユの妻として彼を支えることになるけれど、このまま見習いから神官になってかまわないそうだ。カミーユの地位は神聖殿下のままなので、社交をする妻より神殿にいて業務を手伝ってほしいと頼まれた。実際、人手不足が深刻だ。女医もぜひ目指すように言われたので、しばらくは祖母の助手として学ぶことになっている。

　立場も地位も急激に変わってしまったけれど、シュエットにいた頃と似た環境に身を置けるのはありがたい。なにもかもカミーユのおかげだ。彼がリディアのことも考えて、将来を選択し周囲に根回ししてくれていたからだ。

「リディア、待たせたか？」

　ぼうっと考えにふけっていたら、寝所の扉が開いた。リディアは慌てて寝台から飛び降り、寝衣の裾を直す。

　宴を抜けてから、侍女たちの案内で浴室に連れていかれて磨き上げられた。着せられた寝衣は、離宮ほどではないが普通の寝衣に比べると丈が短く、光の加減で布地が透ける。使われているレースやリボンは最高品質で美しく、こった意匠で、これはこれで煽情《せんじょう》的だ。

「あの……侍女たちに、初夜だからと着せられてしまいまして。今さら初夜だなんておかしいですよね。結婚式もすでに終わって、お披露目でしたのに」

　もっと恥ずかしい恰好をしていたのに、妙な気恥しさで早口になる。

「いや、おかしくないだろう。今までは儀式だったのだ。これから本当の結婚生活になるのだから」

　ふっ、と笑ったカミーユの手が、リディアの頬に伸びる。

「それに、その体なら初夜といっても差支えないだろう」

言われた意味を察して、かあっと全身が熱くなる。

地下での閨が終了してすぐ、魔法陣で体の回復や治癒が一度だけされたらしい。そのあと離宮で寝込んでいる間、リディアはカミーユに抱かれていない。また処女に戻っている。

「だが、今日は疲れただろう。まだ病み上がりだ。無理をしないで寝なさい」

ひょいっと抱き上げられ、寝台に入れられる。慌ててカミーユの袖を摑んで起き上がった。

「待ってくださいませ。カミーユ様は……?」

「私はそこの長椅子で寝る。新婚一日目から別室で寝たら、邪推する者もいるからな」

リディアが離宮で療養している間も、カミーユは長椅子で横になっていた。寝台は広いので一緒に寝ようと誘ったが、具合が悪いとわかっていても寝台で触れたら抱きたくなると言われて拒否された。あれからずっとカミーユは寝台で寝ていない。

「さすがにお体に障りますから、共寝をしてくださいませ」

「だが……」

難色を示すカミーユの袖を、強く握って引き留める。本当は体の心配だけではない。

「……一緒に寝てほしいのです。儀式以外でも触れ合いたいと思っております」

精一杯の誘い文句だった。顔の熱さに眩暈がして、恥ずかしさにぎゅっと目をつぶる。

体調が回復していくにしたがって、一人寝が寂しくなった。そのうちカミーユに抱かれたいのだと気づいてしまった。まさか自分がそういう気持ちになるなんて、はしたないし、知られたら引かれるかもしれない。そう思って、自分からは言いだせずにずっと悶々としていた。

侍女たちに初夜だと言われて恥ずかしかったけれど、期待もしていた。だからここでお預けにされるのはつらい。それに抱きたくなると共寝を拒否されたのなら、カミーユだって嫌ではないはずだ。

「なんてことを言うんだ……」

押し殺した声にそっと目を開けると、視線をそらしたカミーユの目元も赤く染まっている。

「手加減できないぞ」

その言葉を合図に唇が乱暴に重なり、寝台に押し倒された。口づけも久しぶりで、口中を弄る舌に夢中になって自分のもからめる。じんじんと痺れるように体が疼く。まだ口づけだけなのに、お腹の奥が切ない。離宮ではないのに、媚薬でも盛られたみたいだ。

「はぁ……っ、なん、で……？」

声がもう蕩けている。手足もくったりと力が抜け、早くカミーユに食べられたくてうずうずする。

「そうだった。言い忘れていたが、私たちは番だ。もとから身体的に惹かれ合い、離宮の魔法陣がなくても閨で快楽を得やすいそうだ」

神話本に書かれていたそうだ。離宮の魔法陣はシエルとテールが閨をきちんと行うように、初めて関係を結ぶ二人に性衝動を与えたり、理性を奪うだけのものだという。性行為そのものに影響は与えていないと、カミーユが話す。

「要するに、激しく感じて乱れたりしたのは、魔法陣のせいではなく番の能力みたいなものので、これからも続くということだ」

「え……それって……」

「魔法陣は魔力を一定量吸い取ると、番の熱を冷ます効果もあった。君が療養している間に読み解いた……むしろ魔法陣で強制的に鎮められないぶん大変かもしれない」

火照っていた体から、さあっと血の気が引いていく。魔法陣で回復してもらえない状態で、閨をして大丈夫なのか心配になってきた。

「ちょ、ちょっと待ってくださ……んぐっ」

思わずカミーユの胸を押して逃げようとしたが、のしかかられ唇を貪られる。濃厚な口づけに、たちまち頭がぼうっとなる。これが番のせいなのか。

「もう待てない……そちらから誘った責任はとりなさい」

そう言うと、カミーユは寝衣を脱がすのも面倒だというように襟元を引っ張る。胸元のリボンがほどけ、ずり下げられた襟ぐりから乳房がこぼれた。強調するように、乳房の下に寝衣が食い込み寄せて上げる。それに目を細めたカミーユが、柔肉のたわみに甘く噛みついた。

「ひゃぁ……んっ！　あ……っ、カミーユさまぁ！」

体がひくんっと跳ねる。まだ始めなのに、すごく気持ちいい。噛んだ場所を舌先でなぞられると背筋がぞくぞくする。頂に舌が触れただけで、脚の間が濡れてきた。

口中で乳首を転がされ、甘噛みされる。そのあとにしゃぶられると、頭が真っ白になった。

「あっ、あぁぁ……ッ！　やぁ、うそ……っ、ひっあぁッ！」

腰が甘く震えて、下着がびしょびしょになる。もう達してしまうなんて、恥ずかしくて目が潤む。

「そんなに寂しかったのか？」

気づいたカミーユが、欲に濡れた目で笑う。恥ずかしさで「違います」と首を振ると、寝衣をたくし上げられ、脚の間に彼の体が入ってきた。

「嘘をつくな。こんなに濡らして……透けて見えている」

「ひんっ……！　や、さわっちゃ……ッ！」

薄布が張り付いた割れ目を、指がつうっと撫で上げる。達して敏感になっている蜜口が、ぱくぱくと痙攣する。そこにカミーユが顔を埋め、下着の上から吸いついた。

じゅるっ、と中心の肉芽をしゃぶられると、快感に腰が揺れる。けれど直接でない愛撫に、だんだんじれったくなる。

「ふぁっ……あっ、はぁ……カミーユさま、もっ……それぱっかり、いやぁ」

濡れた音と彼の息遣いが、脚の間でしっとりとこもる。達しそうで達しない刺激は拷問に等しい。蜜もいつもより、たくさんあふれてくる。

寝衣がからんで動かしにくい腕を伸ばし、リディアは下着の紐をほどいた。

「もぅ……中にも、くださいませぇ……」

自ら膝を抱え、脚を開く。気持ちよくなることしか考えられないのは、番だからなのか。外気にさらされた襞と蜜口がひくつき、滴った蜜が粗相をしたみたいに寝具を濡らす。

ごくりっ、とカミーユの喉が鳴り、むしゃぶりつかれた。鼻先が肉芽を押し上げ、蜜口に舌を突き入れられる。浅い場所でぬちゅぬちゅと出し入れされ、ほぐれたところに指が押し入ってきた。

「ふぁっ、あぁぁッ……！　それ、すき……あぁッ」

入り口を舌でくすぐられ、指が奥をかき回す。すぐに本数が増え、感じる場所を突かれる。じゅぶじゅぶと濡れた音が響くほど、激しく指が行き来して、舌は震える肉芽を舐めしゃぶる。

「あっひぁっ……ひゃあぁッ！　らめっ、そこ……アァァッ！」

じゅっ、と肉芽を強く吸われる。それと同時に指でぐるんと中を撫でられ、突き上げられた。

集まった熱が弾け、浮遊感のあとに急降下する。がくんっと手足から力が抜け、蜜口が余韻にひくつき濡れそぼる。だが、それで終わりではなく、すぐに怒張したものを押しつ

けられた。ぐっ、と硬い先端が襞を暴き、入り口にめり込む。

「んっ、あぁ……まってぇ、まだ……ぁ、あぁぁ……ッ」

「無理だ。もう待てない……っ」

少しうかがう様子もなく、カミーユのものが押し入ってくる。柔らかくなっていても、毎回、初めてに戻っていた体だ。離宮の魔法陣がない状態で、無理に開くのも初めてだった。

どうなるかわからない。けれど期待と快感でリディアの体は震え、うねりながら昂った雄を受け入れていく。

「ひんっ……！　ひゃあぁっ、あっあっ……ひぐっ！」

一瞬、裂けるような痛みが走った。なのにすぐ、それが快感に塗り替わり奥まで彼のものが到達する。ずんっ、と重い衝撃が走り、最奥にぶつかった。

「はぐぅ……ッ、はっはぁ、あぁ……ッ、やんっ……うそぉ」

びく、びくんっと中が激しく収縮して果てる。こんなに連続で絶頂を迎えるなんて初めてで、呆然とする。カミーユが息を乱して目をすがめる。

「随分と感じやすくなっているみたいだな。これなら魔法陣がなくても問題なさそうだ」

舌なめずりするような声と視線に、ぞくりとする。触れていない場所まで粟立って、敏感になっていく。駄目だ。これ以上なにかされたら、おかしくなる。

けれどカミーユは「動くぞ」と低く呟き、抽挿を始めた。

「ひゃぁ、まっ、まってぇ……！　やぁ、らめぇ……あっ、あぁあっンッ！」

逃げようとした腰を掴まれ、激しく揺さぶられる。高みに上がったままになった体は、なにをされても過剰に感じてしまう。

大きく腰を引かれ、一気に貫かれる。何度も繰り返され速くなる抜き差しに身悶え、彼の動きに合わせて腰を揺する。自分から迎え入れるように、さらに脚を広げて腕を伸ばした。

「ふぁっ、あぁあっ……！　あんっ、もっとぉ……ください、ませっ」

屈んでくれたカミーユの首にすがり、脚を彼の腰に回す。激しい抽挿も好きだけれど、最奥も開いてほしい。そこに吐きだされるのが好きだった。

リディアの思いが伝わったのか、ぐぐっと深く突き上げられる。

「んぐ……っ、はぁんっ、アァァ……ッ！」

これでもかと捻じ込まれ、ぐちゅんっと奥の口がふさがった。そのまま小刻みに揺すられ、最奥をこじ開けられる。ぬちゅぬちゅ、と中がこすれて蜜があふれる音がする。

「はっ、あぁぁんっ、あぁ……ッ、かみーゆ、さまぁ……ッ」

「リディア、リディア……可愛い。愛してる」

ぎゅうっと抱きしめられ、奥をぐりぐりと嬲られる。気持ちよくて、頭がおかしくなりそうで、けれどももっと彼と深く交わりたくて、その唇を貪った。カミーユも噛みつくように口づけを返してくれる。下も上も繋がって、どろどろに溶けてしまいそうだった。

「んぅ、んんっ……ンッ！　はぁ……はっ、カミーユさま好きぃ」

ぐんっ、と強く腰を押しつけられる。重い衝撃が最奥に走り、中がきつく締まる。

「……う、ぐっ！　リディア……ッ」

「ひぃっあぁッ……ア……アァ……ンッ！」

激しくうねる内壁に絞られ、怒張が脈打ちながら果てる。最奥に、どくどくと子種がそそがれる。最後の一滴までのみ込むように、蜜口がぎゅっと縮む。それにカミーユが声を漏らし、リディアの腰を抱え込んで子種を擦りつけるように腰を前後に揺らした。

はあ、と息をついて手足を寝具に投げだす。離宮でしたのと変わらない快感だった。ただ、体力が回復したり、魔力を吸い取られる感覚がない。そして疲れているのに、熱が引く様子もなかった。

「リディア、まだ大丈夫そうだな」

耳元で低音の艶めいた声がして、腰を撫で上げられる。ひゃん、と小さく悲鳴を上げて身をよじるが逃げられない。中に入ったままの雄が、もう硬くなり始めていた。

「……カミーユさまぁ、お手柔らかにお願いいたします」

そういうのが精いっぱいだ。けれど返ってきた言葉は、期待できないものだった。

「善処しよう」

そのあと、どれだけ抱かれたのかリディアに記憶はない。起きたら翌日の昼過ぎで、体のあちこちは痛いし、情事の痕がびっしりと残っていて泣きそうになった。今までは、痕も綺麗になくなっていたのだ。

リディアは切実に、離宮の魔法陣がほしいと思った。


その後、フィエリテ王国ではシエル様が生まれると、国を挙げてテール様を探し出し保護するようになった。

正しき聖婚を復活させた番、カミーユとリディアの二人が古い文献を紐解き、テールの探し方や成人するまで生かす方法。シエルを只人にして延命する方法。正式な儀式の順番などを編纂《へんさん》し、長く後世に残るよう法を整備したからだ。

聖婚の儀が成功したことで、女性として中傷を受けることもあったリディアだが、傍らには常に夫が寄り添い、不心得者は排除されていった。死ぬまで仲睦まじい番だったという。

こうして二人の功績と夫婦愛は語り継がれて、フィエリテ王国も永く繁栄し続けたのだった。

あとがき

はじめまして、もしくはこんにちは。青砥あかです。

今回は神殿を中心としたファンタジーです。要はセッ○スしないと出られない離宮です。

以下、ネタバレになりますので、見たくない人は閉じてください。


今回、ヒーローのカミーユが一物を切断するという暴挙にでてますね。プロットの段階でも書いてあったのですが、編集さんになにも言われなかったので書きました。駄目と言われても譲れなかったと思いますが……。

カミーユのキャラを作っていき、プロットを組み立てていったら、どうしてもこの人は初夜の翌日にこうなるなと自然に想像できてしまい、なんならあの暴挙がないと、私の中で解釈違いを起こすので譲れない一点になってしまいました。

しかも後々、重要な伏線も兼ねているので、暴挙にでてもらうしかなったというわけです。あんなことするヒーロー、見たことないし書いたのも初めてです。受け入れてもらえるのかドキドキしてます。

童貞と潔癖を拗らせてるというレベルではないのですが、カミーユは絶対にこういうキャラだとなってしまいました。

それから毎回、処女に戻ってしまうヒロインのリディア。最初はそういう設定なかったのですが、書き始めたら「あれ？　これは毎回処女に戻ってしまうのでは？」と気付いて、副産物的にできた設定です。

カミーユももちろん童貞に戻ってると思うのですが、童貞は初めてかどうかの判定ができませんよね。

ともかく、最後まで処女と童貞に戻り続けるという、どんな性癖なんだと問いたい内容になってしまいました。どっちも美味しいので大好きです。

あと蔓を交えた触手3P？

触手も初めて書いたのですが、楽しかったです。なんだか触手の蔓ちゃんが可愛いなと思いました。もっと触手を書きたかったです。

では、ここまで読んでくださりありがとうございました。

青砥あか

ムーンドロップス文庫　最新刊！

イシクロ〔著〕／なま〔イラスト〕

Dekiai sareru yotei no mirai no hanashi

溺愛される予定の未来の話

新妻は寡黙な夫の
真実の想いにたどり着く

世間で『氷の公爵』と呼ばれている無口で無表情な夫・コンラッドと結婚して１年。ステラは、彼からまったく相手にされず、初夜を迎えることもなく寂しい日々を送ってきた。しかし、夫に離縁したいと伝える決心をした夜、冷徹だった彼が優しい微笑みを浮かべ、当然のように愛をささやき、ステラをベッドに誘う。動揺したままついに彼と結ばれるが、どうも自分の身体はコンラッドを受け入れるのが初めてではないらしい。ステラは嫁いで以来、ずっと止まっていた公爵家の大時計が動き出していることと、自分の身に起きている不思議な体験が関係あると気づき…。妻を愛しているのに伝えられない不器用な夫と、ひたむきに彼の愛を信じようとする妻のファンタジックラブストーリー。

★著者・イラストレーターへのファンレターやプレゼントにつきまして★
著者・イラストレーターへのファンレターやプレゼントは、下記の住所にお送りください。いただいたお手紙やプレゼントは、できるだけ早く著作者にお送りしておりますが、状況によって時間が掛かる場合があります。生ものや賞味期限の短い食べ物をご送付いただきますとお届けできない場合がございますので、何卒ご理解ください。
送り先
〒160-0004　東京都新宿区四谷 3-14-1　UUR 四谷三丁目ビル２階
（株）パブリッシングリンク
ムーンドロップス 編集部
〇〇（著者・イラストレーターのお名前）様

聖なる王子は番の乙女と閨神事に耽溺する

２０２３年４月１７日　初版第一刷発行

著……………………………………………………… 青砥あか
画……………………………………………………… さばるどろ
編集……………………………… 株式会社パブリッシングリンク
ブックデザイン…………………………………… しおざわりな
（ムシカゴグラフィクス）
本文ＤＴＰ………………………………………………… ＩＤＲ

発行人…………………………………………………… 後藤明信
発行…………………………………………… 株式会社竹書房
〒102-0075　東京都千代田区三番町８－１
三番町東急ビル６Ｆ
email：info@takeshobo.co.jp
http://www.takeshobo.co.jp
印刷・製本……………………………… 中央精版印刷株式会社